L'Affaire Kodra

Renato Olivieri

L'Affaire Kodra

Traduit de l'italien
par Jean Bouyssou

Collection dirigée par
François Guérif

Rivages/noir

Titre original : *Il caso Kodra*

106, bd Saint-Germain – 75006 Paris

ISBN : 2-7436-0797-1
ISSN : 0764-7786

Elle aurait dû mourir plus tard...
La vie n'est qu'une ombre qui passe, un pauvre histrion
qui se pavane et s'échauffe une heure sur la scène
et puis qu'on n'entend plus : une histoire contée
par un idiot, pleine de bruit et de fureur
et qui ne veut rien dire.

William SHAKESPEARE, *Macbeth*

1

Jeudi

Il y avait en effet quelque chose de bizarre dans la mort de Mme Kodra. Elle avait été renversée par une voiture blanche, probablement une Fiat 132, le mardi 6 janvier, à dix-huit heures trente, à l'angle de la via Porpora et de la via Catalani, à Milan. Elle mourut moins d'une heure plus tard à l'hôpital principal. Une infirmière (Emanuela Quadri, trente-deux ans) raconta au médecin de garde (le docteur Giuseppe Ancona, quarante-huit ans) que la malheureuse avait murmuré avant de mourir un mot, peut-être un nom.

— Un nom comme Paola ou Pola. Ça aurait pu aussi être Paolo, parce que la dame était épuisée et sa voix un murmure, un souffle.

Le médecin regarda l'infirmière :

— Les parents ont-ils été avertis ?

— Elle vivait seule, elle était veuve.

— Kodra est un nom albanais, dit le médecin. Il y a aussi un peintre qui s'appelle comme ça.

— Elle était née à Fiume en 1923, comme ma mère.

— À qui as-tu donné la carte d'identité ?

— Elle avait un passeport et un permis de conduire périmé, dit l'infirmière. Prandi les a gardés pour faire le rapport au commissariat.

— Ça ne donnera rien. Le voyou a filé, et personne n'a relevé le numéro d'immatriculation. Pourtant c'est curieux : la femme ne présente que ce coup à la nuque, aucune ecchymose sur le corps.

— Amedeo dit que quelqu'un a vu l'auto, une Fiat 132 blanche, ajouta l'infirmière.

— Quel Amedeo ?

— Le chauffeur de l'ambulance, celui de Bari qui joue de la guitare.

— On est mal parti, dit le médecin. Dis-moi, demain tu n'es pas de garde, on se voit ?

— Ta femme s'est absentée ?

— Une semaine de neige à Madonna di Campiglio.

— Demain soir je suis prise.

— Tu es une sotte, dit doucement le médecin.

— Bonsoir, docteur. À propos, je vais t'offrir le disque.

— Quel disque ?

— *Bonsoir, docteur.*

— Tais-toi.

La jeune femme lui sourit et sortit.

Le rapport disait :

Mardi 6 janvier, jour de l'Épiphanie, aux environs de 18 heures 30, la dame Anna Stuparic, veuve Kodra, âgée de 53 ans, née à Fiume le 4 mars 1923, domiciliée à Milan, 12 bis via Catalani où elle vivait seule, a été renversée à l'angle de celle-ci et de la via

Porpora par une automobile probablement blanche. Selon le chauffeur de l'ambulance de la Croix Verte, Amedeo Panizzaro, il s'agirait d'une Fiat 132 : c'est ce que lui aurait dit le concierge de l'immeuble de la via Porpora, juste en face duquel s'est produit l'accident. Le concierge, Giuseppe Marengo âgé de 59 ans, a entendu un coup de frein. Il s'est mis à la fenêtre et a vu la voiture qui s'éloignait vers le piazzale Loreto. Il y avait du brouillard. Il ne se souvient pas du numéro d'immatriculation, etc.

Le vice-commissaire Giulio Ambrosio pensa que l'agent Prandi avait des aptitudes littéraires : lui seul pouvait ajouter, après mardi 6 janvier, « jour de l'Épiphanie ». Un miracle qu'il n'ait pas écrit : née le 4 mars 1923 sous le signe des Poissons.

En tout cas c'était une affaire détestable : un salopard tue une femme et s'enfuit, ni vu ni connu. Le *Corriere della Sera* l'avait annoncée dans les faits divers, vingt lignes en corps six, titre sur une colonne avec en plus une erreur d'impression. *Il Giornale* l'avait donnée sur deux colonnes :

TUÉE PAR UNE AUTO QUI S'ENFUIT
DANS LE BROUILLARD

Le vice-commissaire Ambrosio pensa à la via Porpora, et aussi au vieux cinéma Porpora où il allait quand il était jeune. Il se souvenait de ce quartier aux maisons peu élevées, avec des jardins intérieurs et des potagers, des pensions, de petites auberges, des portails modern style, des commerces. Il avait vu au « Porpora » tous les films de Fred Astaire et Ginger

Rogers avec une fille qui s'appelait Lisa et qui avait ensuite fréquenté un cours de danse près de la piazza Missori. Une fois qu'elle avait su danser les slows, Lisa avait rencontré un prothésiste dentaire de la Porta Volta et ils s'étaient séparés.

— Bonelli ! cria-t-il. Je sors, si on me cherche, dis que je serai de retour à cinq heures. Salut.

Il alluma une Muratti, descendit le grand escalier de la préfecture de police. Sa Golf de couleur vert gazon était dans la cour (elle lui plaisait parce que c'était une petite voiture à la mode comme l'avaient été la Mini puis la R5). Il faisait froid, trois au-dessous de zéro, selon le *Gazzettino Padano*. Il remonta le col de sa canadienne et monta en voiture.

Il y a des années que je ne suis pas allé via Porpora, pensa-t-il.

Il se rangea en face d'un bar, il avait envie d'un café.

— Allongé, dit-il.

C'était un homme robuste, au visage marqué, avec des cheveux épais coupés court, un air distrait, comme s'il avait en tête un problème à résoudre et ne pensait qu'à ça, sans réussir à trouver la solution.

Il sortit dans la rue.

La via Catalani n'avait pas changé, elle était comme dans son souvenir. Il marchait lentement en regardant les maisons à un étage, chacune d'une couleur différente. Un petit hôtel (pour faire l'amour l'après-midi), une clinique (c'était là qu'on avait enlevé les amygdales à Guenzati, un camarade de quatrième au collège), la plaque d'un toiletteur pour chiens.

Il dépassa le numéro 12 bis : une chose à la fois. Il regarda les arbres noirs d'un jardin. Via Vallaze, le brouillard était plus épais. J'y passais à vélo, se dit-il. Depuis que Francesca l'avait quitté, il se racontait des choses à lui-même.

Il n'y avait pas de loge de concierge, quatre sonnettes, deux sans nom. À côté de l'une, était écrit « Papetti », à côté de l'autre « Orlandini ». Il préféra cette dernière car il était un peu snob, même dans ce genre de choix.

Il ne se passa rien.

Alors, à contrecœur, il appuya sur le bouton de M. Papetti, qui se révéla être une dame.

Elle l'attendait au premier étage, en haut de l'escalier.

— Je n'ai pas bien compris votre nom. Qui cherchez-vous ?

C'était une vieille indomptable, maigre, qui allait sur ses soixante-dix ans, avec une voix forte qui passait certainement, au téléphone, pour celle d'un homme. Elle fumait.

— Je m'appelle Ambrosio et je cherche Mme Kodra.

— Entrez. Vous êtes des pompes funèbres ?

La vieille le regardait avec curiosité mais non sans suspicion.

— Vous n'êtes pas des pompes funèbres ? répéta-t-elle, en reculant vers la porte.

— Non, je suis de la police judiciaire.

Autant le dire tout de suite.

— Entrez.

La pièce était sombre, bien qu'il fût trois heures de

l'après-midi : un divan recouvert d'une cotonnade à fleurs, deux fauteuils assortis au divan, une lampe avec un abat-jour d'un rouge éteint, une vieille table ronde, un secrétaire avec le rabat ouvert, sur les murs un tableau ovale composé de fleurs séchées, une vue de Naples dans un cadre noir, la photographie d'une jeune fille avec un grand chapeau blanc qui, pensa Ambrosio, ferait très bien sur porcelaine pour une tombe.

— Asseyez-vous

Un ressort du fauteuil était cassé.

— Parlez-moi de Mme Kodra.

— Vous faites bien de vous adresser à moi, je n'aime pas tourner autour du pot. Mon pauvre mari était adjudant-chef dans les douanes.

— Vous vivez seule ?

— Avec ma fille qui est employée à la Compagnie d'électricité.

— Je cherche des informations sur Mme Kodra : comment vivait-elle, quel type de femme c'était. Tout ce que vous savez.

— Ce n'est pas facile.

La vieille prit un fume-cigarette en onyx, y plaça sa cigarette, installa derrière son dos deux coussins faits au crochet. Sur son divan elle avait l'air d'une idole ou d'un rapace. Qui sait à quoi elle ressemblait quand elle était jeune. Imprévisibilité des femmes : un homme, on peut toujours plus ou moins réussir à imaginer comment il sera ou comment il était.

— Pas facile, répéta-t-elle. Elle habitait ici, en dessous de mon appartement, juste après la guerre. Nous sommes arrivés dix ans plus tard. Je me souviens que nous avions notre premier téléviseur, un Geloso qui n'était jamais en panne, un phénomène : mon mari était toujours collé devant. Nous avons vu ensemble l'insurrection de Budapest. Vous étiez un gamin.

— En cinquante-six, j'avais vingt-neuf ans et je venais juste de me marier.

— Des enfants ?

— Non. Dites-moi, madame : pourquoi est-ce si difficile d'avoir des informations sur votre voisine ?

— Parce qu'elle vivait comme un ours : bonjour, bonsoir et c'est tout. Mon mari l'appelait Mata Hari, vous savez la fameuse espionne. À la télévision…

— Excusez-moi, madame, mais…

— Il l'appelait comme ça parce que c'était un personnage mystérieux. Elle était gracieuse dans son genre, blonde. Elle se décolorait, naturellement. Assez en chair. Avec les années, elle s'était un peu alourdie, mais c'était encore une belle femme. Elle ne faisait confiance à personne. Elle avait un certain horaire pendant des mois et puis ça changeait. Elle changeait peut-être de travail. Parfois, le dimanche, elle s'en allait en taxi et revenait après minuit.

— Des hommes ?

— Vous voulez dire des amants ?

Elle le regardait avec une pointe de malice.

— Des personnes de sexe masculin qui fréquentaient la maison ?

— Jamais vu.

— Sûr ?

— Mon mari disait : « Mata Hari doit être frigide. » Penses-tu, je lui disais, elle a ses raisons, ses hommes, elle doit les garder à distance. Qu'en pensez-vous ?

— Probablement. Qui est le propriétaire de cette maison ?

— M. Orlandini. Le professeur Orlandini, qui habite ici à côté de chez nous. Il y a quatre appartements, deux à l'étage en dessous et deux au premier.

— Qui habite l'appartement à côté de celui de Mme Kodra ?

— Il y avait autrefois une famille, le mari, la femme et un enfant, des gens du Sud, qui étaient aussi concierges. Puis ils sont partis et un type qui s'occupait de domestiques est venu à leur place.

— De domestiques ?

— Il avait une agence de placement pour femmes de ménage.

— Et après ?

— Quoi, et après ?

— Qui est venu y habiter ?

— Personne. C'est devenu la remise d'un marchand de vin qui a un bar tout près d'ici, via Porpora.

Ambrosio se leva et alla à la fenêtre. Les arbres noirs étaient devenus gris, le brouillard enveloppait tout. Il était trois heures et demie et il faisait quasiment nuit.

— J'ai d'abord sonné chez M. Orlandini mais personne n'a répondu, dit-il en regardant la vieille.

— Il n'est presque jamais chez lui.

— Et sa femme ?

— Il n'est pas marié, sourit la vieille. Une femme

de ménage, Elvire, vient le matin. Soit dit en passant, je pense qu'elle a fait le trottoir.

— Si je voulais voir l'appartement en dessous, à qui devrais-je demander la clé ? J'espérais qu'il y avait un concierge.

— Mme Kodra gardait la clé dans son sac, je pense. Elle ne la donnait à personne.

— Et l'été quand elle partait en vacances ?

— Je ne crois pas qu'elle partait en vacances. De toute manière, elle ne m'aurait sûrement pas confié sa clé. Elle ne l'a même pas fait quand elle est allée à l'hôpital, il y a quelques semaines. Elle ne la donnait à personne.

— Vous en êtes sûre ?

C'était une question provocante.

— Aussi sûr que peut l'être quelqu'un qui ne s'occupe pas des affaires des autres. Peut-être que le professeur en saura plus que moi, cher brigadier.

— Je suis vice-commissaire, madame.

— Je suis contente que vous ayez fait carrière.

— Vous êtes bien aimable.

Il la regarda d'une manière si désarmante que la vieille madame Papetti s'adoucit légèrement, et ajouta :

— Après-demain c'est samedi et le professeur sera certainement chez lui l'après-midi. À l'hôpital ils auront sans doute le sac de Mme Kodra : vous y trouverez les clés.

— Merci, madame Maigret.

Cette fois elle lui sourit sans malice, lui donna la main et voulut même l'aider à enfiler sa canadienne.

Avant de sortir, Ambrosio demanda, comme si l'idée lui en était venue tout à coup :

— Et vous, comment avez-vous appris la mort de cette dame ?

— D'abord je lis chaque matin *Il Giornale* de Montanelli, et puis, le soir de l'accident, quelqu'un de la Croix Verte est venu ici chercher des parents de cette madame Kodra, et il n'a trouvé que moi.

— Au revoir et merci.

— Au revoir, commissaire. Savez-vous que vous ressemblez à Lino Ventura, l'acteur ?

Il descendit l'escalier. Il s'arrêta devant la porte de noyer qui portait une plaque de cuivre ovale avec une inscription en cursive anglaise « *A. Kodra* ». En face, il y avait une autre porte, identique, mais sans plaque avec seulement les deux trous laissés par les vis. Il se retourna alors tout à coup : la vieille dame l'observait.

La Golf eut du mal à démarrer, la température devait avoir encore baissé. Piazza Loreto, il faillit se tromper de rue et prendre le corso Buenos Aires.

Il pensa, ça me rappelle un brouillard du temps de la guerre. Il se souvint que son père disait : « Avec ces foutus avions au-dessus de nos têtes, nous aurions besoin de ce bon vieux brouillard d'avant-guerre. » Et pourtant en 43, un soir, il s'était perdu piazza Aspromonte, impossible de retrouver le chemin de la maison. Un cauchemar : ce fut sa première vraie terreur. Non, la première, c'était quand, tout gamin, il avait vu un aveugle et avait été obsédé par l'idée de perdre lui aussi la vue ; la nuit il y pensait et il en avait des sueurs froides. Finalement, un dimanche, avant d'aller au cinéma, il se confia à sa mère, et elle lui raconta que, petite fille, elle avait peur des serpents et qu'elle regardait sous les lits tous les soirs ; elle craignait d'en trouver dans les tiroirs de linge, derrière les armoires, jusque dans les tuyaux d'écoulement de la baignoire. « Et tu sais pourquoi ? Parce que j'avais lu un livre de Kipling sur des serpents et des mangoustes. » Sa mère réussissait toujours à le rassurer. Encore maintenant, alors qu'elle avait soixante-quinze ans, elle était si gaie et si sage que, parfois, aller déjeuner chez elle et lui parler lui faisait l'effet d'un tranquillisant.

À seize heures vingt, il prenait l'allée de l'hôpital dans la via Francesco Sforza.

— J'ai lu ton rapport sur la femme qui a été tuée par une voiture, via Porpora, dit Ambrosio à l'agent Prandi.

C'était à peine plus qu'un réduit, avec un bureau en piteux état, une machine à écrire Remington noire, le calendrier d'une pâtisserie de la via Visconti di Modrone et deux chaises de métal qui avaient été laquées de blanc vingt ans auparavant.

— Vous la connaissiez, Monsieur ?

— Non, pourquoi ?

— Parce que vous vous y intéressez.

Ambrosio éprouva un léger embarras.

Oui, *pourquoi ?* Pourquoi avait-il décidé de s'occuper d'un banal accident de la circulation ?

— C'est ta faute, Prandi. Tes petits rapports sont de véritables récits. Tu devrais être journaliste.

— Vous plaisantez. Pourtant, selon moi, il y a dans cet accident quelque chose qui ne colle pas.

— Ne fais pas de roman, maintenant.

Il ne sait pas, pensa-t-il, que c'est le nom de la rue qui m'a mis en branle, un désir soudain de revenir en arrière, une impulsion stupide de solitaire. *Via Catalani* : il y passait avec Lisa, le soir, et ils s'embrassaient dans les portes cochères, qui à l'époque étaient toujours ouvertes. Embrasser une fille dans une porte cochère supposait courage, technique et habileté.

— Tu disais que quelque chose ne collait pas ?

— J'ai parlé avec l'ambulancier : il a entendu dire que la dame affirmait toujours qu'elle ne se ferait jamais écraser, parce qu'elle était extrêmement attentive dans la rue…

— Ça ne veut rien dire.

— Oui, mais elle a été touchée à la tête, c'est ce que m'a dit le médecin. J'ai bien failli vous faire un rapport différent, ne serait-ce que pour avoir la conscience tranquille. De toute manière, l'autopsie sera effectuée demain.

— Elle pourrait être tombée en avant et la voiture…

— Dans ce cas elle aurait eu des blessures, des ecchymoses sur d'autres parties du corps. Enfin, je crois.

— Comment s'appelle le médecin qui était de garde le soir de l'accident ?

— Ancona, le docteur Giuseppe Ancona.

— Je voudrais lui parler.

— Au premier étage, mais je ne sais pas s'il est là à cette heure-ci. Vous trouverez Emanuela, l'infirmière qui a vu la femme dès qu'on l'a amenée en ambulance. C'est une belle fille. Voulez-vous que je vous accompagne ?

— Merci, j'irai seul.

Elle avait les yeux clairs, peut-être verts, elle était de taille moyenne, avec des mèches blondes, quelques taches de rousseur sur le nez et le regard un peu rêveur de ces myopes qui ne veulent pas porter de lunettes, que les hommes interprètent généralement de travers. Il se présenta.

— Je voudrais vous parler tranquillement.

— Venez par ici, je vous montre le chemin.

Elle le conduisit dans une petite pièce : un bureau métallique, quelques armoires vitrées pleines de médicaments, un fauteuil en simili cuir, une chaise.

— Asseyez-vous.

Elle prit la chaise.

— Vous fumez ?

— Merci.

Il lui offrit une Muratti. Elle sortit de la poche de sa blouse un Cartier en argent. Cadeau d'un amant, pensa Ambrosio. Pas d'alliance, un anneau d'or avec une petite émeraude à l'auriculaire gauche.

— La dame a été amenée ici en ambulance dans la soirée de mardi. Elle était pratiquement dans le coma, elle avait une blessure à la nuque et perdait du sang ; à un moment donné, elle a commencé à gémir et j'ai entendu un mot, mais je n'ai pas réussi à bien comprendre ce qu'elle disait : Paola ou Pola, ou quelque chose de ce genre, m'a-t-il semblé. J'en ai parlé aussi au docteur.

— Et puis ?

— Elle a perdu totalement connaissance et elle

est morte peu après. Son corps est maintenant à la morgue de la place Gorini. On fera son autopsie demain matin.

— Où est le docteur Ancona ?

Il lui sembla qu'elle répondait de façon vague comme si elle pensait à autre chose. Elle avait une voix basse et agréable :

— Le jeudi après-midi, il est chez lui. Il sera là demain. Dois-je lui dire quelque chose ?

— Non, je reviendrai éventuellement, et même sûrement.

Il la regarda et lui sourit.

Le téléphone se mit à sonner. Elle dit seulement :

— Entendu, certainement, oui…

Ambrosio se leva et lui tendit la main. Avant de s'en aller, il lui demanda :

— À quelle heure finissez-vous ?

— À sept heures et demie.

— Au revoir.

Je suis en train d'oublier quelque chose, pensa-t-il. *Le sac à main.*

— Excusez-moi, mademoiselle.

— Oui ?

Elle le regarda puis chercha un cendrier.

— Pouvez-vous me trouver le sac à main de Mme Kodra, je viendrai le chercher plus tard.

Une excuse maladroite, il le savait. C'était la première fois que ça lui arrivait depuis au moins un an : qu'une femme lui plaise, une femme qui, certainement, avait un amant.

À cinq heures de l'après-midi, il s'asseyait à son

bureau, à la préfecture de police. Il lut un titre dans *La Notte* :

UN JOAILLIER ENLEVÉ –
UN MILLIARD DE RANÇON ?

Il alluma la lampe verte, regarda le calendrier de plastique blanc que lui avait offert sa mère : jeudi 8 janvier.

Mon Dieu, comme je suis malheureux, pensa-t-il.

À sept heures moins le quart, il fit téléphoner à la Polyclinique :

— Bonelli, cherche-moi l'infirmière Emanuela Quadri. Dis-lui de m'attendre à l'entrée principale quand elle sortira à sept heures et demie. Tu as bien compris ?

Puis il ajouta :

— Avec le sac à main de Mme Kodra.

Il prit la bouteille d'eau minérale qu'il gardait à portée de main, remplit un demi-verre et y mit un comprimé d'aspirine effervescente ; il aimait regarder les bulles et appuyer le verre froid sur son front.

Je m'intéresse à cette histoire uniquement parce que je me sens seul, parce que je veux retrouver des émotions d'autrefois, alors que je me moque du rapport sur les pickpockets que j'aurais déjà dû remettre. Sans compter que les accidents de la voie publique me reviennent uniquement parce que Martini est en congé, pensa-t-il.

Il alluma une cigarette et descendit le grand escalier pendant que le téléphone de son bureau sonnait. Au diable.

Il arriva à l'entrée principale avec une avance de dix minutes. Ça aussi, c'est mauvais signe, se dit-il.

— Bonsoir.

Il ne l'avait pas vue venir. Elle avait un manteau en renard et un béret de laine couleur poil de chameau. Elle portait des lunettes.

— Vous êtes en voiture ?

— D'habitude je prends le trolleybus qui m'amène près de chez moi. J'habite via San Vincenzo.

— Alors je vous accompagne.

— Merci.

Elle lui donna un paquet :

— Voici le sac à main de la dame.

Ils sortirent dans le brouillard.

Dans la voiture on était bien. Rien à redire au chauffage de la Golf.

— Avec tous ces sens interdits, dit Ambrosio, il faut passer par le centre : largo Augusto, piazza Missori, corso Italia, via Mulino delle Armi. Je me trompe ?

— Ça me va.

— Quel brouillard ! Prendriez-vous un apéritif ?

— Volontiers

— J'ai une question : quel parfum utilisez-vous ?

— Pourquoi ?

— Ça me rappelle quelque chose.

— Une femme.

— Vous vous trompez.

Il lui sourit :

— Quand j'étais enfant, mes parents m'emmenaient chez un oncle riche. Ça me plaisait parce que c'était un homme imposant qui fumait le cigare et utilisait une lotion après-rasage de son invention. Il disait que pour obtenir ce parfum léger, à peine perceptible, il fallait mélanger certaines essences qu'il achetait à Londres. Une fois il m'en a offert un flacon, j'en mettais une goutte sur mon mouchoir. Formidable. Depuis ce temps-là, chaque fois que je sens un parfum qui me plaît, je pense…

— En somme, je vous rappelle votre oncle.

Ils rirent ensemble.

— On pourrait s'arrêter ici, il y a même une place pour la voiture.

Avant de descendre, il prit le paquet contenant le sac à main de Mme Kodra.

Ils choisirent une table d'angle. Le bar-pâtisserie était vieillot mais agréable, il y régnait une bonne odeur de gâteau au chocolat.

Il enleva sa canadienne, et elle plaça sa fourrure sur le dossier de la chaise.

— Vous buvez un americano ?

— Je n'en ai jamais bu.

— À une époque ç'a été à la mode, je parle d'il y a trente ans.

— Essayons.

Il mit le paquet sur la table.

— Je regarderai le contenu du sac au bureau.

— Je crois qu'il y a un passeport, un permis de conduire, de la monnaie, une paire de lunettes, des clés…

— Vous avez vérifié ?

— C'est Prandi qui me l'a dit.

— Que pensez-vous de l'accident ?

— Pauvre femme. Elle n'a pas eu de chance : mourir par la faute d'un chauffard. Elle était encore assez jeune. Cinquante-trois ans, comme ma mère.

— Où habite votre mère ?

— Avec mon père et moi. Nous habitons ensemble tous les trois. Je suis fille unique.

Il éprouva un curieux sentiment de soulagement. Il avait pensé qu'elle habitait seule dans un studio ; une idée de policier.

— Et que fait votre père ?

— Il a un commerce d'appareils photo Porta Genova, à deux pas de la maison. Nous vivons dans des mansardes que j'ai aménagées moi-même, j'ai convaincu mes parents de se débarrasser de leurs vieux meubles ; ç'a été une affaire épique. Mais vous savez que c'est bon, votre americano ?

Les yeux n'étaient pas verts, mais bleus, d'un bleu intense. D'un azur intense. Et quand elle retirait ses lunettes, comme elle le faisait maintenant, elle avait un regard plus désarmé. Son chemisier écru moulait sa poitrine généreuse. Au cou, une chaînette d'or avec un cœur en brillants. Ce fut plus fort que lui, il s'en repentit sur-le-champ, mais il avait déjà posé la question :

— Comment se fait-il que vous ne soyez pas mariée ?

Elle le regarda.

— Excusez-moi, dit Ambrosio.

Elle ne répondit pas et demanda :

— Et vous, êtes-vous marié ?

— Je vis séparé de ma femme.

— Vous habitez loin d'ici ?

— J'ai eu de la chance. J'ai acheté il y a des années un studio, via Solferino, à côté du *Corriere*, dans un vieil immeuble qui a été rénové depuis. Je l'avais payé moins de quatre millions de lires et il en vaut maintenant plus de vingt. Mais je n'ai eu de la chance qu'en matière de logement.

— Vous n'habitez pas loin du docteur Ancona, dit-elle.

— Ah oui ?

Fini l'instant de grâce.

— Il habite via della Moscova, à côté de l'Angelicum.

— Je lui parlerai demain.

Elle regarda sa montre : huit heures et demie.

— Vous me raccompagnez chez moi ?

Sa voix aussi lui plaisait. Attention, vice-commissaire Giulio Ambrosio.

— Je vous ai retardée. Je m'en excuse.

— Mes parents sont habitués.

— Ah oui ?

— Il m'arrive d'être en retard, à cause du travail à l'hôpital.

— Et aussi parce qu'on vous offre un apéritif.

— Aussi.

Ambrosio se leva et l'aida à enfiler son manteau.

Dans la voiture, ils ne parlèrent pas tout de suite. Piazza Missori le brouillard s'était éclairci, il redevint épais via Mulino delle Armi. Il ralentit, roulant presque au pas.

— Où dînez-vous, d'habitude ? demanda-t-elle inopinément.

— Je vais au Tumbun de San Marc. Vous connaissez ?

— Non.

— Je vous le ferai connaître un de ces jours. On s'y sert soi-même et la bière y est bonne.

— Me voilà arrivée, dit-elle, arrêtez-vous donc ici. L'entrée est là, à vingt mètres.

Elle lui donna la main :

— Merci.

— Merci à vous. Je vous verrai demain à l'hôpital.

Il sortit de la voiture et l'accompagna.

— Bonne nuit.

Avant d'entrer dans l'ascenseur, elle se retourna et lui fit un signe de la main.

Il n'avait pas envie de dîner dans une trattoria. Dans un bar près de Brera, il commanda une tartine grillée, une Guinness, une part de tarte aux pommes et un café. Puis il laissa la voiture dans le garage habituel de la via San Marco et rentra chez lui à pied.

Après s'être déchaussé et avoir enlevé sa veste, il aimait s'allonger sur le divan, dans la tiédeur et le silence du petit appartement à la moquette vert pomme et aux meubles laqués de blanc. Aux murs, des lithographies de Morlotti, Guttuso, Cassinari dans des cadres de bois de couleur vieil argent. C'était un architecte d'intérieur, celui qui avait les honneurs de *Casa Vogue*, qui avait décoré le studio, et il n'avait même pas voulu une lire, parce qu'Ambrosio avait réussi à retrouver une serviette pleine de documents qu'un voleur lui avait dérobée dans le hall d'un restaurant, piazza della Repubblica.

Il se versa un doigt de Scotch Mackinlay et regarda dans le sac de Mme Kodra. Il y avait un passeport valable jusqu'en 1979, un permis de conduire périmé, trois clés sur un porte-clés en argent représentant un poisson, un briquet noir, deux billets de tram, un mouchoir, un porte-monnaie contenant sept mille deux cents lires, deux jetons de téléphone, la carte de visite un peu froissée d'un certain professeur Michele Mari, avec un numéro de téléphone écrit à la main, deux pastilles de Veramon, un tube de rouge à lèvres, trois épingles à cheveux, une paire de lunettes.

À dix heures, il décida d'aller se coucher : un lit d'une place et demie, installé derrière un mur bas blanchi à la chaux, avec radio, lecteur de cassettes, lampe de chevet à intensité variable, téléviseur, cendrier et livres à portée de main. La plus fonctionnelle des alcôves, avait décrété l'architecte. Dommage qu'il lui manque la femme appropriée.

Il ne réussit pas à s'endormir tout de suite, il continuait à penser à une réplique de Longanesi : « On ne peut avoir confiance en lui, il a beaucoup souffert. »

Le lendemain, il allait retourner à l'hôpital, il reverrait Emanuela (Cette fille ne devrait donc pas avoir confiance en moi ?). L'idée de faire la connaissance du médecin le mettait mal à l'aise. Finalement il se leva et choisit un livre d'Axel Kuhn qu'il avait acheté la semaine précédente, *Le système du pouvoir fasciste*. Il allait sûrement s'endormir. Il commença à lire la préface de Giorgio Galli. Arrivé aux rapports entre le mouvement national-socialiste et les cercles militaires allemands, le vice-commissaire laissa tomber le livre sur la moquette vert pomme, éteignit la lumière et trouva enfin la paix.

2

Vendredi

Le docteur Giuseppe Ancona ne ressemblait pas à l'image qu'il s'était faite de lui. Grand et maigre, mais d'une maigreur de convalescent, il avait une tendance à la calvitie, des yeux clairs un peu cernés. Même la voix, qu'on attendait basse, comme celle d'un acteur de théâtre, Dieu sait pourquoi, était, au contraire, assez aiguë. Il parlait vite, il avait des mains longues et soignées, une Piaget qu'il portait par-dessus le poignet de sa chemise. Ambrosio remarqua la coupe de son costume sur mesure, de style anglais, couleur tabac. Un costume à trois cent mille lires, pensa-t-il.

— Le fait que vous soyez là ne me surprend pas, je trouve cet accident assez curieux. Emanuela vous a-t-elle rapporté que cette dame disait qu'il ne lui arriverait jamais de passer sous une voiture parce qu'elle faisait extrêmement attention dans la rue ? Du moins d'après un témoin qui, je crois, l'a dit au conducteur de l'ambulance. Et puis la blessure à la nuque…

(Ils se sont téléphoné, en déduisit Ambrosio.)

— Comme si elle avait reçu un coup derrière la tête, et voilà.

— Exactement.

— Qui fera l'autopsie, ce matin ?

— Le professeur Salienti.

— D'après vous, docteur, quand pourra-t-on savoir quelque chose ?

— Vers midi. Si vous allez à la morgue, piazza Gorini, vous y trouverez le professeur. Dites-lui que vous m'avez parlé, nous sommes amis.

— Je pense que j'y ferai un saut.

— Tenez-moi au courant. Emanuela vous a-t-elle dit qu'avant de mourir, la dame avait murmuré un mot, un nom ?

— Oui.

— C'est curieux ; mais c'est peut-être à cause de son nom, un nom albanais inhabituel. Ça ne m'est jamais arrivé de faire des conjectures de roman policier à propos d'un accident de la circulation. Si elle s'était appelée Rossi...

— Vous êtes romain ?

— Non, je ne suis pas romain, je suis de Pérouse, mais j'ai toujours vécu ici.

— Marié ?

— Depuis dix-huit ans, j'ai deux fils. Et vous ?

— Je n'ai pas d'enfants.

— Et vous le regrettez. Vous savez, ils causent un tas de soucis.

Le docteur Ancona ouvrit une petite armoire et en sortit une blouse d'une blancheur publicitaire. Ambrosio se leva :

— Selon vous, docteur, Mme Kodra serait morte à la suite d'un coup violent à la nuque ?

— Je n'ai pas dit cela.

— Alors, la cause de la mort…

— Le coup à la nuque a été très violent, pourtant la mort est advenue de manière soudaine, avant que nous ayons pu tenter quoi que ce soit. Il aurait fallu l'opérer, probablement. De l'accident jusqu'à sa mort, il s'est écoulé quarante à cinquante minutes. Du quartier de Loretto jusqu'ici, l'ambulance, avec le brouillard, a dû mettre au moins vingt minutes, faites le calcul.

— Elle est restée vivante, à l'hôpital, une vingtaine de minutes.

— Exactement.

— Vous n'avez pas eu l'impression qu'elle pouvait mourir d'un instant à l'autre ?

— Mon Dieu, comment savoir ?

— Avez-vous pensé qu'cllc était dans un état désespéré ?

— Je dirais dans un état grave. J'ai vu des gens dans un état bien pire qui s'en sont tirés.

— En somme, la mort de Mme Kodra n'était pas prévisible, en tout cas pas si vite, c'est ça ?

Le docteur Ancona enfila la blouse. Ambrosio perçut dans l'intonation du médecin, presque imperceptibles, déception et prudence à son égard.

— Je le répète : Mme Kodra est arrivée à l'hôpital dans un état préoccupant, du moins en apparence. Elle avait perdu du sang, on l'a mise sous oxygène, et on lui a fait une piqûre pour soutenir le cœur. Elle gémissait, on devait faire une radio, bref les minutes passaient. À la fin, quand on allait l'amener à la radio, elle est morte. Ç'a été une surprise pour Emanuela, elle est venue me chercher en courant...

— Où étiez-vous ?

— Ici.

— Excusez-moi si je pose une question qui vous semblera indiscrète, mais c'est mon métier.

— Faites.

— Êtes-vous sûr que votre intérêt pour cette affaire soit dû au nom inhabituel de la victime et non à une espèce de... disons de vague remords de n'avoir pas compris tout de suite (soyons clairs : ce n'est la faute de personne) que la malheureuse passait dans l'autre monde ?

— Non, j'y ai pensé. De toute manière l'autopsie clarifiera les choses. Je peux vous dire qu'il n'y a eu, de la part de quiconque, ici à l'hôpital, aucune négligence. Bien au contraire.

— Je vous crois, docteur, je ne voulais accuser personne, ni vous ni d'autres. Le fait est que les policiers sont obligés de poser des questions.

— Allez voir le professeur Salienti, je vais lui téléphoner.

— Au revoir, docteur.

— Tenez-moi au courant.

Dans le couloir, il ne vit pas Emanuela.

Dehors il y avait moins de brouillard. Vendredi, pensa-t-il, c'est un bon jour pour aller à la morgue.

Carrelages blancs, couloir gris, odeur de désinfectant, bureau digne de la préfecture de police avec des meubles métalliques gris, calendrier de la Monteshell sur l'usage approprié des anticryptogamiques, un classeur. Et, extraordinaire, sur une table, un numéro des *Vie del mondo* d'octobre 1939.

— Authentique, une véritable antiquité, mon cher.

Le professeur Salienti, la soixantaine, ressemblait à Chaplin, il ne lui manquait que le chapeau melon.

— Je l'ai trouvé dans un tiroir du bureau. Trente-six ans ont passé. Vous vous rendez compte ? Trente-six ans de morgue. Incroyable.

Il se passa la main sur les yeux.

— Fatigué ?

— Je travaille depuis sept heures, j'autopsie des cadavres et je pêche de vieilles revues. Vous voyez comme c'est gai. Cet après-midi j'ai un cours de médecine légale à l'université. Pourtant on s'y fait, la nature humaine est une grande chose.

— Le docteur Ancona vous a téléphoné ?

— Beppe a de la chance. Il plaît même aux femmes. À ce qu'il dit. Oui, il m'a téléphoné à propos de la dame au nom albanais. Voulez-vous la voir ?

— Ce n'est pas nécessaire, merci professeur. Il me suffira de vous poser quelques questions. Je sais que vous préparerez un rapport pour le Parquet, mais j'aimerais que vous me donniez déjà quelques informations ; je sais que Mme Kodra a été renversée par une voiture mardi soir et qu'elle est morte environ une heure plus tard à l'hôpital. Je voudrais savoir si la cause de la mort est le choc violent…

— Voyez-vous, cher ami, ce n'est pas facile de vous répondre. Non, ce n'est pas facile. En fait, la dame a eu le crâne défoncé au niveau de la nuque ;

oublions les termes techniques, vous les lirez. Vous les lirez et vous les oublierez parce que, pour votre bonheur, vous n'êtes pas médecin. Donc la victime a reçu un coup violent mais pas suffisant pour provoquer une mort si rapide, si son cœur avait été normal. Seulement son état cardio-vasculaire était assez médiocre, le foie était hypertrophié, elle avait subi l'ablation récente des ovaires et elle présente des traces de piqûres à l'avant-bras gauche. Elle a eu des enfants, mais il y a longtemps. Poumons comportant quelques cicatrices, mais c'est normal. Le corps, dans l'ensemble, était soigné et cette dame devait faire de la gymnastique ou des massages, elle avait une belle poitrine. Une dame d'âge mûr encore plaisante.

— En plus de la nuque, y avait-il d'autres blessures sur le corps ?

— Non, un hématome superficiel sur le côté gauche dû à la chute, et c'est tout.

— D'après vous, comment s'est passé l'accident ?

— Je peux faire des suppositions, mais ce n'est pas facile, il faut faire travailler l'imagination parce qu'il est rare qu'une personne renversée par une voiture soit atteinte à la nuque. C'est arrivé, mais ce genre de blessures se rencontre plutôt dans d'autres types d'accidents.

— Faites une supposition, professeur. La plus vraisemblable.

— Voilà : la dame évite la voiture mais glisse et donne de la tête sur le bord du trottoir.

— Vous excluez qu'elle ait été heurtée directement.

— Cher ami, s'il n'y avait pas eu, comme on me l'a dit, des témoins ou un témoin, je ne me souviens pas bien, de l'accident, je dirais que, ou il s'est passé quelque chose comme ce que je supposais tout à l'heure, ou bien…

— Ou bien ?

— Ou bien la dame a été frappée à la nuque par quelqu'un avec une barre de fer, et ce quelqu'un s'est enfui en voiture.

— Donc meurtre, et pas accident de la route.

— Je présume, comme l'a dit Sir Henry Morton Stanley, l'explorateur anglais, quand il a rencontré du côté du lac Tanganyika le missionnaire écossais Livingstone. Vous connaissez l'histoire.

— Je ne pense pas, mentit Ambrosio, qui avait des lettres.

— Eh bien. Vous savez que Livingstone était donné pour mort. En réalité, il était resté un bout de temps parmi les sauvages au fin fond de l'Afrique noire. Sir Henry le cherchait et à force de chercher, voilà qu'il le trouve. Il le trouve vêtu de loques, grand, maigre, le casque colonial sur la tête, au milieu d'une tribu de noirs avec lances et flèches. Il s'approche, il le regarde, ils se regardent. Imaginez la scène, la chaleur. Et Stanley, tranquille, flegmatique, lui dit : « Docteur Livingstone, je présume ? » Vous ne riez pas ? Humour britannique, mon cher. Involontaire si vous voulez, mais humour.

Ambrosio rit : le fait est que le médecin légiste ressemblait plus que jamais à Charlot.

— Et maintenant, puis-je vous poser une question ?

— Faites, professeur.

— Comment se fait-il que vous vous occupiez de cette affaire ? D'habitude, c'est M. Martini qui me téléphone à propos des accidents de la circulation.

— Le commissaire Martini est en congé. Quelqu'un s'est-il manifesté pour Mme Kodra ?

— Attendez, je téléphone au concierge.

Le professeur Salienti reposa l'écouteur et fit signe que non :

— Le seul qui se soit occupé de l'affaire est un journaliste, celui-là même qui est sur l'affaire du joaillier étranglé, il y a trois nuits, avec un bas nylon. Nous avons aussi fait son autopsie. Strangulation. Un crime d'homosexuels. Voulez-vous parier ?

— Il s'en est occupé de quelle manière ? Le journaliste, je veux dire.

— Il a demandé s'il y avait du nouveau sur la dame renversée dans le brouillard le jour de l'Épiphanie.

— Connaissez-vous le nom du journaliste ?

— C'est Valenti, de la *Notte*.

Ambrosio laissa échapper une imprécation.

— Vous le connaissez ?

— Nous étions ensemble à l'université, il a arrêté ses études à la fin de la deuxième année. C'est un fouineur.

— Méfiez-vous, il est chez le concierge.

— Ciel, dit Ambrosio.

Il se leva et tendit la main au professeur.

— Votre rapport fera passer le dossier du

département des accidents à celui des homicides ? Je me trompe ?

— Mon cher, avec mon petit rapport, cosigné par le docteur Carabelli de cet estimable institut, nous resterons toujours dans le département des hypothèses. Pourtant, je crois, et notez que je ne critique personne, qu'avec ce que vous avez sur le feu, vous autres, avec les problèmes auxquels vous êtes confrontés, la pauvre dame restera, toute sa mort durant, victime d'un chauffard.

— Merci, professeur. J'ai eu plaisir à faire votre connaissance.

— Dites-moi : et si ce Valenti me demande quelque chose ?

— Restez dans le vague. Secret professionnel, etc.

— Adieu, cher ami.

Ambrosio alluma une Muratti et, cherchant à passer inaperçu devant la loge du concierge, releva le col de sa canadienne.

— Halte !

Loupé.

Valenti était toujours le même ; maintenant il avait les cheveux plus longs, mais sans un fil blanc, seulement des poches sous les yeux. De petite taille, avec l'air négligé de celui qui met toujours les mêmes vêtements, les yeux rieurs, la voix d'Arnoldo Foà récitant García Lorca (à cinq heures de l'après-midi...).

— Salut Valenti.

— Salut, commissaire.

— Vice-commissaire.

— Toujours aussi tatillon. Comment vas-tu ? Je ne t'ai pas vu depuis la dernière enquête sur les vols à la tire dans le métro, tu te rappelles ce papier génial ? Et Francesca ?

— Elle va bien et moi aussi.

— Pas de bonne humeur, hein ?

Ambrosio offrit une cigarette au journaliste, il lui déplaisait de paraître brusque : genre policier dépositaire de secrets d'État. Des secrets, tu parles ! Mais pourquoi faut-il que les journalistes restent toute leur vie des espèces d'étudiants ?

— Non, c'est mon humeur habituelle.

— Condoléances.

— Tu viens prendre quelque chose au bar ?

— Volontiers.

On voyait bien qu'il était embarrassé. Il regarda sa montre et quand ils furent devant la porte, il dit :

— Est-ce que tu pourrais m'attendre cinq minutes ? Écoute, faisons comme ça : va devant, il y a un café avant la via Aselli, je t'y rejoins tout de suite.

— Fais vite, j'ai un rendez-vous à une heure.

— Je serai rapide comme l'éclair.

Dans l'après-midi, en repensant à l'entretien avec Valenti, il sentait en lui une vague crainte, quelque chose qui le troublait, l'impression qu'il aurait bientôt à justifier certaines de ses curiosités. Curiosités ? Ou plutôt clairvoyance, sixième sens, intuition ? Il n'avait rien dit de précis au journaliste et le professeur avait respecté leur accord. Mais toute cette prudence avait éveillé les soupçons de Valenti, toujours à la recherche d'histoires mystérieuses ou susceptibles de se prêter, d'une façon ou d'une autre à ses interrogations troublantes.

— Troublant, lui avait-il dit, est l'adjectif que j'aime le plus. Écoute : une dame troublante, une mort troublante. Tu sens comme c'est beau ?

De deux heures à quatre heures de l'après-midi, Ambrosio avança son rapport sur les vols à la tire. À quatre heures, il téléphona au chef de la Mobile et demanda à lui parler, sachant parfaitement qu'ils se verraient le lendemain. Je me crée un alibi, pensa-t-il, je voudrais bien que cette affaire ne m'échappe pas, j'aime retourner via Catalani.

Il y retourna à six heures, après avoir expédié deux dossiers et avoir été dérangé par au moins huit coups de téléphone dont sept inutiles.

Dehors le brouillard s'était levé, il pleuvait, il pleuvait à verse, et la ville se reflétait dans une immense flaque noire qui donnait le frisson.

Il sonna chez Orlandini et cette fois il y avait quelqu'un, car la porte d'entrée s'ouvrit automatiquement et, en même temps, une voix provenant de l'interphone demanda :

— C'est ouvert ? Qui est-ce ?

— Ambrosio. Merci, c'est ouvert.

Le professeur Orlandini avait un air de *viveur démodé**, des cernes de malade du foie, des cheveux poivre et sel assez longs pour son âge, qui devait dépasser la soixantaine de plusieurs années, un

* En français dans le texte.

costume prince-de-Galles, un nœud papillon couleur rouille.

— Je suis le vice-commissaire Ambrosio, de la police judiciaire.

De la main, Orlandini lui fit signe de s'installer dans un séjour curieusement pimpant, avec un mobilier de bois clair, des divans aux coussins jaunes et des lampes blanches achetées chez des décorateurs. Sur les murs il n'y avait que des dessins de nus : hommes, femmes, au crayon, à l'encre de Chine, au fusain, au pastel, dans des cadres blancs tous semblables, disposés harmonieusement jusqu'au plafond.

Ambrosio commença à les regarder, Orlandini mit de la glace dans deux verres, versa du whisky, lui en tendit un en disant :

— Ils vous plaisent ?

— Oui.

— Ils sont tous de moi. J'ai dessiné longtemps. Regardez les dates : 1935, 37, 38, 41 et jusqu'à 1947. Voyez ce petit nu de jeune fille ? C'est le dernier : 1948. Depuis j'ai arrêté, j'ai changé de métier, en restant pourtant dans la partie, comme on dit, puisque je suis marchand de tableaux.

Il parlait lentement, comme quelqu'un habitué à enseigner, en prononçant les « r » à la française.

— Vous êtes professeur.

— De dessin, naturellement ; j'ai fréquenté l'Académie Albertina, à Turin. Mes parents étaient piémontais, d'Ivrea, et j'ai enseigné, toujours à Turin, dans une école normale.

— Vous habitez Milan depuis longtemps ?

— Depuis 1942. Notre maison de Turin, via Cibrario, a brûlé pendant un raid aérien et mon père, qui s'occupait de philatélie et faisait commerce de timbres, a décidé de déménager à Milan, parce que ma mère avait hérité cet immeuble d'une sœur.

— Vous rappelez-vous quand Mme Kodra est venue habiter ici ?

Orlandini s'assit sur l'un des divans et fit signe à Ambrosio de s'installer en face de lui.

Il agitait le verre en faisant tinter les glaçons et regardait le whisky d'un air absorbé. Quand le silence devint presque désagréable, il se leva, s'approcha d'Ambrosio, lui mit une main sur l'épaule et ce geste, qui aurait pu paraître théâtral, était sincère. Ambrosio le comprit parce que le visage de l'homme avait pris une expression troublée et presque tendre :

— Comment se fait-il que vous vous occupiez de la mort d'Anna ? Ce n'était pas un accident ?

— Qu'en pensez-vous, monsieur ?

Il retourna s'asseoir. Il semblait las. Il passa une main dans ses cheveux.

— Je ne sais rien, j'ai lu ce qu'on a écrit dans les journaux et hier, la dame qui habite à côté m'a téléphoné pour m'avertir que vous viendriez me voir. C'est tout. Mais il me semble assez étonnant que la police s'occupe d'un accident de la circulation comme s'il s'agissait de… de quelque chose de plus grave.

— Vous pensez que cette dame a été renversée exprès ?

— Je vous répète que je ne sais rien et que je ne

pense rien, seulement à la disparition de la pauvre Anna. Je voudrais que vous soyez sincère avec moi et que vous me fassiez part de vos soupçons, pour que je puisse, dans la mesure de mes moyens, vous aider. Quand Anna est venue habiter ici, elle était jeune, et moi aussi ; j'avais trente-six ou trente-sept ans, j'enseignais le dessin d'après modèle à l'école d'art du Castello et je peignais des portraits. Elle était très belle, vous savez ? Son mari, un officier de la milice d'origine albanaise, avait disparu au cours de la retraite de Russie et elle n'en avait plus de nouvelles depuis au moins cinq ans.

— Vous rappelez-vous comment elle est tombée justement sur cette maison de la via Catalani ?

— Nous avions mis une pancarte sur la porte d'entrée : « Appartement, deux pièces, cuisine, salle de bains, à louer », et elle l'a pris parce que c'était bon marché. Quand elle a emménagé, elle avait très peu de meubles, un lit, une table, une armoire, quelques sièges, une malle.

— Où habitait-elle avant ?

— Du côté de la piazza Napoli, avec une sœur de son père, réfugiée d'Istrie, alors très âgée et qui est morte par la suite dans un hospice de vieillards. Anna avait réussi à trouver un poste d'interprète dans une entreprise qui faisait du commerce avec l'Est, elle connaissait bien l'allemand et le slovène. Mais elle ne gagnait pas beaucoup et, pendant un certain temps, elle a aussi donné des leçons dans un cours du soir privé.

— Vous êtes devenus amis ?

— Anna était une femme réservée, elle avait alors

vingt-quatre ou vingt-cinq ans, elle ne souriait jamais, ne faisait pas de confidences, comme si elle était constamment sur la défensive. Une fois, c'était l'été et mes parents avaient quitté Milan pour passer deux semaines à la campagne près d'Ivrea. Anna est venue avec l'argent du loyer et mon père n'étant pas là, elle est tombée sur moi. J'étais en train de peindre et, pour la première fois, elle s'est ouverte un peu, et ainsi nous avons commencé à bavarder et elle a parlé d'elle, de son mari disparu, de son travail. À la fin je l'ai invitée à dîner avec moi et nous sommes allés dans une brasserie de la piazza Piola qui n'existe plus et qui me plaisait. Vous vous souvenez ?

— Oui, elle était à l'angle de la via Donatello, j'y allais aussi.

— Nous sommes rentrés tard et elle m'a dit que ç'avait été une belle soirée, la plus belle qu'elle ait passée à Milan jusqu'alors.

— Et après ?

— Je n'étais pas un type entreprenant, et je dois dire que le trouble que j'éprouvais me préoccupait. Disons que je craignais un peu les femmes, par timidité probablement. Le fait est que je n'ai pas cherché à la revoir et elle non plus. Quelques jours ont passé, jusqu'à ce que nous nous rencontrions par hasard devant la porte. Elle était habituée aux assiduités, disons même aux manœuvres des hommes, et peut-être ma façon de faire l'avait-elle rassurée, si bien que c'est elle, cette fois, qui m'a invité à dîner. Puis j'ai fait son portrait.

Ambrosio regarda le petit nu de 1948.

— Non, ce n'est pas celui-là. Le portrait est chez

elle, c'est une tête dessinée au crayon avec un fond à l'aquarelle.

— A-t-elle jamais posé pour vous, après ce portrait ?

— Oui, une fois. C'est moi qui avais insisté ; elle ne voulait pas.

— Étiez-vous amoureux ?

— Il n'y a rien eu entre nous. Seulement une solide amitié. Et je pense qu'elle avait quelqu'un.

— Elle vous l'avait dit ?

— Non, mais une fois je l'avais aperçue dans le centre en compagnie d'un homme.

— Ça pouvait être n'importe qui.

— Ils se tenaient par le bras, et quand elle m'a vu, elle s'est séparée de lui et a fait semblant de regarder une vitrine.

— Vous étiez un peu jaloux ?

— Pour être sincère, je dois dire que la chose m'a déplu. Je traversais une période difficile, mon père était malade et ma mère était beaucoup avec lui, je me sentais seul, l'argent se faisait rare et c'est comme ça que j'ai commencé à vendre des tableaux pour le compte d'un ami qui avait une galerie du côté de Brera. Je parcourais la province avec une Topolino d'occasion... Ç'a été ma chance car, malheureusement, quelques années plus tard mes parents sont morts et avec les loyers bloqués de trois petits logements et le peu qu'on me payait à l'école, j'aurais vécu de pain et d'eau, enfin assez mal.

— Et avec Anna ?

— Nous nous voyions rarement, j'aimais mieux

ça pour ma tranquillité. Si elle avait été moins attirante…

— Et qu'en disait votre mère ?

Orlandini ne répondit pas tout de suite et Ambrosio eut la certitude que c'était la question la plus indiscrète qu'il lui ait posée jusque-là.

— Eh bien, ma mère n'avait pas de sympathie pour elle ; elle craignait qu'elle ne me fasse du mal. Les mères sont souvent trop protectrices.

— Vous vous disputiez ?

— Avec ma mère ? Non. Mais elle me contrôlait, me posait des questions, cherchait à me mettre sur mes gardes par des allusions parfois désagréables, elle me tourmentait un peu. Elle n'était pas habituée à me voir m'intéresser à une femme de ce genre.

Il se leva, alluma une autre lampe, prit la bouteille :

— Voulez-vous encore un whisky ?

— Non, merci. Avez-vous les clefs de l'appartement du dessous ?

Il le regarda, surpris :

— Non, pourquoi devrais-je les avoir ?

Il semblait offensé. Ou faisait-il semblant de l'être ?

— J'ai les clefs qui se trouvaient dans le sac à main de Mme Kodra, dit Ambrosio. Si vous m'accompagnez en bas, je jetterais volontiers un coup d'œil chez elle. Cela vous ennuie ?

— Avez-vous un mandat ? Je veux dire : c'est une perquisition officielle ?

— Non ce n'est rien d'officiel. Jusqu'à maintenant nous tenons pour certain que Mme Kodra est morte par la faute d'un chauffard. S'il n'en était pas ainsi, d'autres que moi s'occuperaient de cette affaire. Mais, en vous entendant parler, il m'a presque semblé avoir connu votre voisine, votre amie, et il y a des choses, comment dire, des particularités qui m'ont intrigué. Je voudrais avoir les idées plus claires, vous comprenez ?

Quand il voulait, Ambrosio était convaincant, il savait tout mettre sur le plan de la compréhension mutuelle, un vrai fils de pute.

— Vous avez été sincère avec moi, monsieur, et je le serai avec vous, assuré que je suis de votre discrétion. Eh bien, avant de rédiger le rapport définitif sur cet accident qui n'a pas eu de témoins directs, à moins que quelqu'un ne se manifeste plus tard, je ne voudrais pas qu'il demeure le moindre doute ; bref je voudrais être certain que la victime a eu seulement la malchance de traverser la rue au mauvais moment. Voilà pourquoi je veux tout savoir sur Mme Kodra. Voulez-vous que nous allions chez elle ? Nous ne resterons pas longtemps.

Orlandini finit son verre d'un trait et dit doucement :

— D'accord.

Il y avait quelque chose qui ne collait pas dans l'appartement.

Ambrosio le comprit dès qu'ils eurent allumé les lumières, et peut-être Orlandini le comprit-il également, qui resta immobile dans la petite entrée, les mains derrière le dos. Les cadres aux murs étaient tous de travers, un vase contenant des fleurs séchées était posé sur le parquet, à côté d'une commode.

— Avait-elle un coffre-fort ?

— Je ne pense pas.

— Quelqu'un le pensait, dit Ambrosio, en montrant les cadres, et le croyait caché derrière un portrait ou un paysage.

L'appartement était meublé dans le style fin dix-neuvième que les marchands de meubles appellent « de grand-mère », sans grande valeur mais plaisant. Partout régnait une atmosphère qui rappelait à Ambrosio un décor d'opérette, peut-être à cause de quelques éventails sous verre ou des peintures à l'huile dans des cadres dorés avec des passe-partout de velours amarante. Dans le séjour, une vitrine avec des tasses et des assiettes anglaises, un trumeau qui servait de bibliothèque avec les œuvres de Goethe en allemand, reliées en maroquin, des romans de Tolstoï, de Stendhal, de Flaubert, de Balzac. Un divan recouvert de cretonne, quelques tapis persans et, dans la chambre à coucher, un lit à deux places en cuivre, plutôt joli, vraisemblablement du dix-neuvième napolitain (Ambrosio en avait vu un semblable quelques années plus tôt chez un antiquaire de Santa Margherita).

— Asseyez-vous, pendant que je jette un coup d'œil. Il n'est pas mal du tout cet appartement, il y a ici une certaine atmosphère, vous ne trouvez pas ? Cette dame avait de la personnalité...

— Elle était intelligente, elle avait du goût, à sa façon. Les choses du passé lui plaisaient. Nous avons eu parfois des discussions parce qu'elle ne voulait pas admettre que les peintres contemporains avaient des mérites, elle préférait des artistes de style académique, des véristes sans talent à des peintres doués mais incompréhensibles pour elle. Je me souviens qu'un jour nous nous sommes disputés à cause de Picasso qu'elle tenait pour une espèce de charlatan, d'escroc qui spéculait sur le conformisme de ceux qui, par peur de paraître dépassés ou obtus, se laissaient séduire par une peinture tout à fait infantile ; et elle m'invectivait, moi, pauvre imbécile, qui n'avais pas le courage de l'admettre.

Il sourit.

— Et puis j'imagine que vous faisiez la paix.

— On finissait par en rire et comme mes œuvres étaient celles d'un figuratif, qui donc peignait la réalité, elle ajoutait que j'étais un hypocrite et qu'en réalité je soutenais les modernes seulement pour l'irriter, pour la provoquer et finalement pour me donner des airs d'intellectuel.

— En somme, vous étiez devenus très amis.

Orlandini l'observait pendant qu'il feuilletait les pages des livres, regardait dans les tiroirs, ôtait les cadres des murs pour regarder derrière, ouvrait les portes d'une armoire qui se trouvait dans un angle entre le séjour et la chambre à coucher.

— Nous étions amis, je vous l'ai dit ; mais après une période de — comment dire — d'enthousiasme de ma part, nous nous sommes fréquentés plus rarement, jusqu'à ce que nos rapports deviennent quasi inexistants. Sauf que l'estime et l'amitié réciproques sont demeurées, bien sûr.

— Regardez cette photo.

Ambrosio avait trouvé une boîte à chaussures

pleine de photographies, de cartes postales, de cartes de Noël.

— Ça fait un bout de temps.

Il retourna le cliché. Il y avait une date :

— C'était en 1950, nous étions allés à Bellagio un dimanche d'été avec des connaissances, et quelqu'un a pris cette photo sur le bateau.

— Vous vous tenez par la main, dit Ambrosio et puis, très vite, comme s'il voulait oublier un sujet embarrassant, il demanda :

— Et ce jeune homme, qui est-ce ?

— Je ne sais pas.

— Bien, dit Ambrosio, regardant une à une les photos (presque toutes d'Anna Kodra seule, une quand elle était enfant avec la date *Fiume, 7 août 1928*, une, place Saint Marc, représentant deux personnes, un homme et une femme, jeunes, au milieu d'un vol de pigeons, peut-être les parents d'Anna en voyage de noces, portant à l'encre décolorée l'inscription *Venise dans notre cœur, 1921*).

— Maintenant je voudrais jeter un coup d'œil à la chambre à coucher ; vous voulez venir, Monsieur ?

Orlandini se leva, il tenait encore en main la photographie de Bellagio, il était inquiet, ou plutôt irrité comme peut l'être celui qui se sent tomber malgré lui dans une sorte de piège : c'était du moins l'impression qu'il donnait à Ambrosio.

— Quelqu'un a fouillé là-dedans ; ce n'est pas possible qu'une femme range sa propre lingerie comme ça, dit-il, en regardant dans les tiroirs d'une commode Chippendale. Quelqu'un croyait trouver quelque chose entre les mouchoirs, les foulards et les chemises de nuit. Mais *quoi* ? Des lettres ? Des papiers ? D'après vous, Mme Kodra pouvait-elle avoir un secret, être mêlée à quelque chose de dangereux ?

— Je ne sais pas, je vous jure que je ne sais pas. Pour moi Anna était une femme normale, comme il y en a des milliers, je n'ai jamais eu de soupçons d'aucune sorte sur elle. Comme je vous l'ai dit, bien qu'habitant la même maison, nous ne nous fréquentions pas assidûment, pas même dans les premiers temps ; et depuis des années chacun menait sa propre vie et nous ne nous voyions presque pas.

— Alors comment êtes-vous si sûr qu'elle menait une existence tranquille, qu'elle ne s'était pas fourrée dans un pétrin quelconque dans l'espoir illusoire de gagner davantage ? De quoi vivait-elle d'après vous ?

— Je savais, comme je vous l'ai dit, qu'elle enseignait l'allemand dans un cours du soir, puis dans une école d'interprètes à côté de la piazza del Duomo. Elle a été pendant un moment employée par une entreprise de la Porta Genova, je me souviens qu'elle se plaignait de la distance, elle devait prendre deux trams. En tout cas, elle a toujours gagné convenablement sa vie, je pense.

— Cet appartement, ces tableaux et ces meubles, elle les a achetés toute seule ?

— Et comment, sinon ?

Orlandini regardait Ambrosio avec un air de défi, puis il s'assit sur un fauteuil à côté du lit et dit, presque comme s'il se parlait à lui-même :

— Ce portrait est de moi. Tant d'années ont passé...

Dans la petite pharmacie de la salle de bains, Ambrosio trouva deux tubes de tranquillisants, des somnifères, de l'aspirine, des vitamines, des pastilles pour la digestion, une bouteille de sirop pour la toux, une petite poire de caoutchouc, un dentifrice pour « gencives sensibles » à base de formaldéhyde, de glycérolate d'amidon et de chaux carbonatée, trois suppositoires d'uniplus, de la vitamine B12, du collyre à la camomille.

— Elle n'avait pas l'air d'être en mauvaise santé, dit Ambrosio. Les pharmacies familiales permettent des diagnostics presque parfaits.

— Ça dépend, dit Orlandini. Mon père était un ennemi juré des médicaments. Si vous aviez vu celle de mes parents, vous auriez supposé qu'ils étaient frais comme des gardons, mais ils sont morts assez jeunes.

— Vous m'en voulez ?

Orlandini sourit, se leva :

— Peut-être est-ce le moment de partir ?

— Y a-t-il une cave ? demanda Ambrosio.

— Il y en a deux, l'une est à moi et il n'y a rien dedans, l'autre est louée au patron du bar de la via Porpora qui a transformé l'appartement de devant en une réserve de vins et de liqueurs.

— Et au grenier ?

— Quoi au grenier ?

— Mme Kodra avait-elle un grenier ?

— Un box : chez nous c'est une grande pièce

unique divisée en plusieurs box. Vous voulez le voir ?

— Pas maintenant, dit Ambrosio, regardant sa montre, je reviendrai peut-être demain.

Orlandini avait le visage fatigué et sa voix était celle d'un homme épuisé, la voix de quelqu'un qui vient de passer un examen difficile et ne sait pas exactement comment il s'en est tiré.

Il était huit heures moins vingt quand Ambrosio mit en marche à la fois le moteur de la Golf et les essuie-glaces : la rue était mal éclairée et la pluie battante réduisait encore la visibilité.

Avant de démarrer, il tira de la poche de sa veste une carte postale sans date qu'il avait trouvée dans un livre posé avec d'autres sur la baignoire. C'était une phrase sans signature : *Te souviens-tu ? Moi si, avec nostalgie*. Sur la carte postale, une vue de Torcello, l'île dans la lagune de Venise.

Un endroit pour se dire adieu, pensa Ambrosio, qui, en matière d'adieu, s'y entendait.

— Je cherche M. Giuseppe Marengo.

— C'est mon mari, il est à la cave pour la chaudière. Que voulez-vous ? demanda la dame avec un accent piémontais. Elle était petite, maigre et elle avait des yeux malins.

— Je suis de la police et je voudrais poser quelques questions à votre mari à propos de l'accident de voiture de mardi soir.

— Pauvre dame, elle n'a pas eu une belle fin, ça non. Il y avait un mauvais brouillard. Nous sommes allés voir à la fenêtre qui donne sur la rue quand nous avons entendu un coup de frein et puis un cri. Un instant après, je dirais trois secondes, Giuseppe a vu une voiture blanche qui s'éloignait à toute vitesse vers Loreto. Par terre, il y avait quelque chose de sombre, on ne comprenait pas bien ce que c'était ; alors nous sommes allés voir… Voilà mon mari. Le monsieur est de la police.

Le concierge avait le visage rubicond de celui qui apprécie le bon vin. De fait il avait en main une bouteille de Barolo 64. Il resta un instant embarrassé, comme pris en faute, et ne sachant où mettre la bouteille. Alors Ambrosio regarda l'étiquette et dit :

— Il vaut bien trois mille lires, c'est du bon.

C'est le commandeur Altamura du premier étage qui me l'a donné, je l'ai rencontré à la cave.

— Il sait probablement que vous êtes un connaisseur, ajouta Ambrosio.

— Je suis de Montemagno, près d'Asti, ce qui veut dire qu'on connaît le bon vin ; notre palais sait l'apprécier, monsieur.

— *Ton* palais, précisa sa femme. Et se tournant vers Ambrosio avec un sourire :

— Asseyez-vous. Et toi, Pino, écoute ce que dit le monsieur sur la pauvre dame qui a été renversée par une voiture.

Elle lui prit la bouteille et le poussa vers un siège. Il s'y assit avec les mains sur les genoux, il paraissait peint par Rosai.

— Donc, vous avez vu la voiture s'enfuir dans le brouillard vers le piazzale Loreto.

— Oui.

— Votre femme m'a dit que vous vous êtes mis à

la fenêtre qui donne sur la via Porpora parce que vous aviez entendu…

— Un grand coup de frein…

— Et un cri.

— Non, pas de cri. Un coup de frein et c'est tout, mais violent.

— Votre femme (et il la regarda) m'a parlé d'un cri.

— Non, je ne l'ai pas entendu.

Elle paraissait perplexe.

— Peut-être que je me suis trompée, peut-être que dans ces cas-là on croit entendre des choses qu'on imagine. Tu ne l'as pas entendu ?

— Moi non.

— Et alors peut-être… enfin il me semblait. Nous avons couru dehors, la dame était par terre, à moitié sur le trottoir. J'ai téléphoné tout de suite au 7733, le numéro d'appel d'urgence des ambulances, nous avons le numéro au-dessus de la boîte aux lettres. Ils sont arrivés avec la sirène et ils ont dit que la dame était blessée à la tête.

— Vous avez parlé avec quelqu'un ?

Le concierge répondit :

— Avec un infirmier de l'ambulance.

— Il y avait des gens autour ?

— Non, C'était fête, l'Épiphanie. Le café à côté était fermé et avec le brouillard on n'y voyait pas grand-chose.

— Quelle heure était-il ?

— Six heures et quelques.

— Comment s'est produit l'accident d'après vous ?

— Il allait vite, il n'a vu la dame qu'au dernier moment, il a freiné mais trop tard. Après l'avoir renversée, il a pris peur et s'est enfui. Ça arrive.

— Avez-vous vu la voiture arrêtée ?

— Non. Quand je me suis mis à la fenêtre, elle roulait.

— L'immatriculation ?

— Impossible de la voir, je n'y ai pas même pas pensé, je me rappelle seulement que c'était une voiture assez grosse, blanche, du genre de celle du comptable du second étage. Une Fiat 132, mais la sienne est verte.

— En somme vous êtes convaincu qu'il s'agit d'un accident dû au brouillard et que le conducteur s'est sauvé pour ne pas avoir d'ennuis. Seriez-vous disposé à le confirmer devant un juge ?

Le concierge se leva, Ambrosio fit de même, en le regardant fixement. C'était une méthode infaillible.

Pourquoi ? demanda l'homme, embarrassé. Il est arrivé quelque chose ?

— Dis-lui, dit la femme, d'une voix un peu aiguë, dis-lui !

— Voilà, mais je ne suis pas sûr. Il m'a semblé voir quelqu'un courir de l'autre côté de la voiture. Je l'ai dit à ma femme, mais ça pouvait être un passant qui ne voulait pas témoigner. Vous ne pensez pas ? Ça arrive, hein ?

Il retourna s'asseoir comme à la fin d'une reprise de boxe. Sa femme lui mit la main sur l'épaule. D'un appartement voisin parvenait l'indicatif du journal télévisé de vingt heures.

— Sûr de ne pas avoir entendu de cri ?

— Je crois… je ne crois pas en avoir entendu, monsieur.

— Allô, je suis bien chez les Quadri ? Mademoiselle Emanuela est-elle là ?

— Qui est à l'appareil ? demanda une voix rauque d'homme.

— Ambrosio.

Puis il entendit la même voix qui s'exclamait :

— On te demande au téléphone !

Une vingtaine de secondes s'écoulèrent et, finalement, la jeune femme dit :

— Oui, qui est à l'appareil ?

— C'est moi, Ambrosio, le policier.

On comprenait qu'elle était un peu surprise de l'entendre.

— Il pleut à seaux, dit-il stupidement, je suis dans un bar près de la via Catalani.

— Comment va l'enquête ?

— Comme ça. J'ai interrogé des gens et maintenant… maintenant je voudrais vous voir pour vous demander quelque chose.

— Quoi ?

— C'est à propos du conducteur de l'ambulance, dont je ne me rappelle pas le nom, à qui…

— Amedeo, dit-elle, à voix basse.

— Je voudrais lui parler, mais d'abord je préférerais avoir votre avis sur quelques points.

— C'est urgent ?

— Vous avez dîné ?

— Non. J'étais dans la salle de bains quand vous m'avez appelée.

— Je suis désolé.

— Pas de problèmes, je me coiffais, je n'étais pas dans la baignoire.

Elle rit. Elle devait être magnifique, dans la baignoire, avec cette peau claire de blonde et ce corps souple, pensa-t-il.

— Je voudrais vous proposer de dîner avec moi, comme ça on pourrait parler calmement, dit-il trop vite.

Et il ajouta :

— Mais il est probablement tard et vous ne pouvez pas sortir.

— Quand passez-vous me prendre ?

Ambrosio regarda sa Rolex :

— À huit heures et demie, ça va ?

— À tout à l'heure, dit-elle.

Assis au volant, il alluma une cigarette et commença à fredonner *Torna caro ideal*, en chantant ignoblement faux, comme disait Francesca, sa femme, avant de consacrer sa vie à un professeur au conservatoire de Santa Cecilia. Elle, pour sûr, était musicienne. Il se félicita de son humour.

Au Bagutta les garçons le connaissaient.

Ils trouvèrent une place dans un angle près de la verrière qui donnait sur la pergola, contre un mur peint par Achille Funi.

— Je n'étais jamais venue ici, dit Emanuela. Ça me plaît.

— C'est un endroit sympathique. Et malgré les journalistes, les peintres et les frimeurs divers qui le fréquentent, il a gardé la bonne cuisine des vieilles trattorias toscanes.

Emanuela portait une robe écrue avec une large ceinture en cuir et des bottes assorties à la ceinture. Ses cheveux blonds étaient retenus en queue de cheval par un élastique orné de deux boules jaunes qui ressemblaient à des bonbons au citron. Elle avait enlevé ses lunettes pour les mettre dans son sac, dont elle avait extrait un paquet de HB et le briquet Cartier en argent.

— Il est beau, dit Ambrosio.

— Il a une forme magnifique, mais il s'est détraqué deux fois, de sorte que entre l'achat et les réparations, j'ai dépensé une fortune, vu que le salaire d'une infirmière laisse à désirer.

— Nous sommes logés à la même enseigne. En matière de salaire, je veux dire, remarqua Ambrosio, soulagé d'apprendre que le Cartier n'était pas le cadeau d'un amant.

Le poisson grillé lui rappela une soirée à Portofino, au Navicello, avec Francesca vêtue de blanc et d'orange, et lui furieux parce qu'elle voulait aller en bateau le lendemain avec un groupe d'amis qu'elle avait connus au Covo.

— À quoi pensez-vous ?

— Au fait que le vendredi je mange toujours du poisson, si je peux, mentit-il, et vous ?

— Des sandwiches au jambon.

Ils rirent. Il lui effleura la main qu'elle avait posée sur le paquet de cigarettes.

— Je suis heureux d'être ici avec vous. J'ai eu une dure journée, j'ai été au bureau, puis à l'institut médico-légal, puis via Catalani et via Porpora, j'ai parlé avec un professeur de dessin et avec un concierge expert en vins.

— Avez-vous découvert quelque chose ?

— Rien d'intéressant. Pourtant j'ai le soupçon que Mme Kodra a été blessée et est morte autrement que nous ne l'avons cru au début. C'est un soupçon qui me taraude. Je ne me suis presque jamais occupé de morts violentes ; avant j'étais au bureau des passeports et maintenant au département des vols à la tire. Mon ami Martini a pris ses congés et c'est comme ça que le rapport sur l'accident est arrivé sur mon bureau, bien que je ne sois pas de l'équipe de la circulation. Chez nous on travaille encore de manière artisanale, pas du tout comme en Amérique, ou du moins comme dans les films américains. Demain je parlerai au chef de la Mobile, c'est lui qui décidera s'il y a lieu d'approfondir l'enquête.

— Et vous ?

— Rien, je retournerai à mes pickpockets.

— Ce serait dommage, dit Emanuela.

— Vous me prenez pour Sherlock Homes ?

— Non, Sherlock Holmes ne me plaît pas. Je préfère Maigret.

— Je vous rappelle Maigret ?

— Maigret est plus vieux que vous, et plus gros. Non, je crois que vous pourriez ressembler à Mike Shayne, et un peu aussi à Marlowe…

— Mais regardez comme elle est cultivée ! dit-il.

— Je ne suis pas cultivée, seulement je lis tout depuis les étiquettes des bouteilles d'eau minérale jusqu'aux bandes dessinées de Mandrake.

— Quels sont les auteurs de roman policier que vous préférez ?

— Chandler, McBain et Simenon.

— Voyez-vous ça : comme moi, dit Ambrosio réellement surpris ; elle s'amusa de le voir rester la fourchette en l'air.

— Et Agatha Christie ? demanda-t-il, pour faire tout de suite la preuve par neuf.

— Je n'arrive pas à la lire. Miss Marple, qui découvre l'assassin en tricotant, ne m'amuse pas, et Hercule Poirot non plus.

Il l'interrompit :

— Je voudrais vous embrasser, je voudrais... vous dire bravo.

— Eh bien, dites-moi bravo.

Elle lui sourit.

Elle me plaît, pensa Ambrosio, cette fille m'enchante.

— Je disais que c'est dommage que vous ne puissiez plus vous intéresser à Mme Kodra, continua Emanuela.

— Je crois que je suivrai l'affaire quand même. On me tiendra informé, et, éventuellement, j'aiderai en travaillant un peu de mon côté. Demain je voudrais entendre ce jeune ambulancier, cet Amedeo que vous connaissez ; peut-être se souviendra-t-il de quelque chose, en tout cas il me confirmera ce que m'ont dit le concierge de la via Porpora et la voisine de la via Catalani.

— Je peux lui dire de vous téléphoner à la préfecture, comme ça vous vous mettrez d'accord. Je sais où le trouver.

— Comment est-il ?

— Il est de Bari, sympathique, un peu hippie, il joue de la guitare, il donne son sang, lit *Mickey* et le dimanche, aussi, *Il Manifesto*.

— Comment donc ? C'est un extrémiste ?

— En Italie, comme l'a dit quelqu'un, nous sommes tous des extrémistes. Par prudence.

— Quel genre d'homme est le docteur Ancona ?

— Pourquoi me le demandez-vous ?

— Si je disais « pour un motif professionnel », je ne serais pas du tout sincère.

Elle avait des paillettes dans les yeux, et une lueur de malice, une petite lueur sympathique de malice.

— Eh bien : intelligent, sûr de lui, marié, une ambition freinée par la paresse ; un peu menteur, ce qu'il faut d'égoïsme pour avoir du succès avec les femmes.

— Vous en avez été amoureuse ?

— Qu'en pensez-vous ?

— Peut-être que oui.

— Peut-être. Vous avez deviné.

— En général je ne comprends que les choses que je ne connais pas.

— Bonne réponse pour un policier. Oui, j'ai été touchée, moi aussi, par le charme discret du docteur Ancona, mais je m'en suis dégagée à temps, quand j'ai compris qu'il répétait pour moi un rôle dans lequel il avait déjà été applaudi à tout rompre. Et plus d'une fois.

— Un Casanova ?

— Un de ces hommes qui ont besoin de se

prouver à eux-mêmes qu'ils sont toujours irrésistibles. D'un ennui !

— Vous êtes encore blessée ?

— Peut-être.

— Je suis moi-même un peu blessé.

Il lui sourit :

— Ma femme est partie vivre avec un autre à Rome, nous nous sommes séparés sans drame. Elle voulait un autre genre de vie, après dix-sept ans de mariage, elle s'est lassée. Disons après quatorze ans.

— Et vous, vous vous étiez lassé ?

— Non. Je suis un type fidèle, de ceux prêts à partir quand sonne la trompette.

— Vous récitez un rôle ?

— J'ai l'air d'un acteur ?

— Non.

Elle le dit avec une voix si basse qu'on ne l'entendait presque pas. Entre eux le silence devenait une sorte de complicité, aussi Ambrosio se servit-il, pour le rompre, de la pauvre Mme Kodra. Il demanda :

— Pensiez-vous qu'elle pouvait mourir si rapidement ?

— Personne ne le pensait. Savez-vous quelque chose de l'autopsie ?

— Oui, elle avait le cœur faible. Vous êtes sûre que personne, vraiment personne, ne s'est intéressé à elle ou n'a téléphoné ?

— Je crois vraiment que non.

— La dame doit avoir eu au moins un fils ou une fille, il y a longtemps.

— Il est possible alors que son nom soit Paola.

— C'est possible.

— Elle l'appelait, elle l'appelait. Il me semble voir encore ses lèvres bouger doucement ; pour essayer de comprendre, je devais me pencher sur elle. Oui, je me souviens… Elle disait Paola, Paola… Et ses yeux, les yeux d'une morte, déjà…

— Voulez-vous un café ?

— Après je ne dormirais pas. Il est presque onze heures. Vous me raccompagnez chez moi ?

En sortant Ambrosio pensa qu'il n'y avait rien de mieux qu'une nuit de pluie, un parapluie, et une voiture garée assez loin (à côté du palais du Sénat) pour commencer une histoire avec une femme qui comprend qu'on est sur le point de tomber amoureux d'elle.

3

Samedi

Saint Aldo ermite, premier quartier de lune : le calendrier dans la minuscule cuisine était de ceux qui plaisaient à Ambrosio, avec les fêtes en rouge et des espaces pour écrire quelques notes. Il prit le crayon, traça une croix à côté du vendredi et ajouta *Bagutta*. Il regarda par la fenêtre par-dessus les toits de la via Solferino : ciel plombé avec une bande blanche au niveau des antennes et du faîte des toits. Il ne pleuvait plus.

Il préféra, à la canadienne qu'il remit dans l'armoire, un manteau de cuir doublé de marmotte. Il eut envie de manger une brioche à la confiture, comme celles du café Doney, via Veneto. Il chassa la pensée de Rome avec agacement et sortit de chez lui en allumant sa première cigarette de la journée.

À neuf heures, il franchit la porte de la via Fatebenefratelli et quand, quelques minutes plus tard, il s'assit à son bureau, il se sentit vaguement mal à l'aise, comme s'il pressentait qu'il allait lui arriver quelque chose de désagréable.

Le téléphone sonna et le fit sursauter.

— Bonjour.

C'était elle.

— Merci pour hier soir. Vous savez, le type de la Croix Verte, Amedeo Panizzaro, est dans le couloir, il est de garde aux urgences ; je l'ai fait avertir. Si vous voulez, je vous le passe...

— Merci à vous pour hier soir. Emanuela...

C'était la première fois qu'il l'appelait par son prénom.

— Vous êtes toujours là ? Bon, je voulais vous dire que ma promesse de vous faire connaître aussi le Tumbun de San Marc tient toujours. Vous vous en souvenez ?

— Bien sûr, dit-elle de cette voix qui réussissait à lui donner envie de la revoir immédiatement. Bien sûr que je m'en souviens.

— Alors passez-moi Amedeo et puis, à la fin de la journée, je vous ferai un rapport sur mes découvertes, puisque vous aimez les romans policiers.

— Appelez-moi ; je vous passe Amedeo.

On ne pouvait se tromper sur son accent : il était bien de *Bèri*.

— Réfléchissez bien : quand vous êtes arrivé sur le lieu de l'accident, est-ce qu'il y avait beaucoup de monde autour du corps de cette femme ?

— Pas beaucoup : le concierge, sa femme et quelques locataires dc l'immeuble, ça pouvait faire une dizaine de personnes.

— Il y avait beaucoup de brouillard ?

— La visibilité était faible et la rue assez obscure.

— Comment avez-vous trouvé la victime ?

— Que voulez-vous dire ?

— Comment était placé le corps ?

— Recroquevillé sur le côté, avec la tête sur le trottoir ; il était couché sur la chaussée, comme si la dame dormait. Son sac était à côté d'elle. Pendant que mon collègue installait le brancard par terre, j'ai regardé son passeport et j'ai vu qu'elle habitait à deux pas. J'ai demandé si quelqu'un savait quelque chose et alors le concierge m'a dit qu'il avait entendu un coup de frein et qu'il s'était aperçu que la dame avait été renversée. La voiture s'était enfuie vers Loreto ; sa femme nous avait téléphoné tout de suite.

— Et après ?

— La pauvre respirait encore et j'ai dit à mon collègue : « Armando, passons au 12 bis c'est à côté, et avertissons les parents, c'est l'affaire d'une minute. » Et ça n'a pas été plus long, parce que la dame n'avait pas de parents. Une voisine de son immeuble me l'a crié dans l'escalier : « Elle n'a personne, elle est seule, tout à fait seule. »

— Combien de temps avez-vous mis pour arriver à l'hôpital ?

— Pas beaucoup plus d'un quart d'heure ; il n'y avait pas de circulation, mais la visibilité n'était pas bonne.

— Est-ce que vous pensiez que la dame allait mourir ?

— On ne pense pas à ça, monsieur. Nous sommes trop habitués. Je pensais au match.

— Pour qui êtes-vous ?

— Pour *Bèri* évidemment.

— Seulement pour Bari ?

— Après pour Milan. Et vous, monsieur ?

— Pour la Juventus, mais je m'y connais peu en football.

À neuf heures et demie il chercha à voir le chef, qui n'était pas encore dans son bureau. Tant pis pour lui, pensa-t-il, avec un certain soulagement.

Un soulagement qui dura environ une heure, jusqu'à la sortie de l'édition milanaise de *La Notte*, qui étalait en première page un titre sur quatre colonnes :

MYSTÈRE DANS LE BROUILLARD
TUÉE PAR UN CHAUFFARD
OU ASSASSINÉE
D'UN COUP À LA NUQUE ?

Ambrosio sentit ses oreilles devenir brûlantes, il connaissait le symptôme. Ma bouche va devenir amère, pensa-t-il, envoyant au diable son ex-camarade d'université.

Il lut :

Il y a quelque chose d'étrange dans la mort d'Anna Kodra, 53 ans, née à Fiume et veuve d'un officier albanais disparu en Russie, advenue le soir de l'Épiphanie via Porpora, à l'angle de la via Catalani, où la victime habitait depuis 1947, au numéro 12 bis. Un témoin, M. G. M., qui habite en face de l'endroit où a été trouvée la dame — elle râlait déjà et allait décéder une heure plus tard à l'hôpital de la via Francesco Sforza — dit avoir entendu un coup de frein, s'être penché à la fenêtre, et avoir vu la voiture s'enfuir en laissant à terre le corps inanimé. C'est l'épouse de M. G. M. qui a averti les secours.

Deux jours plus tard, un fonctionnaire de la police judiciaire s'intéressait à l'affaire, qui avait l'air d'être assez mystérieuse. Il apparaît en effet que la victime — qui menait une existence très solitaire, vivait seule et n'avait pas de parents — aurait été frappée à la nuque. À l'institut médico-légal, le professeur Salienti, avec toute la légitime prudence requise par sa fonction, a confirmé que la blessure était d'un type assez inhabituel pour un accident de la circulation. La dame ne présentait en effet ni hématome ni fracture sur d'autres parties du corps.

La question qui vient spontanément à l'esprit est la suivante : si Anna Kodra a vraiment été renversée par un chauffard à cause du brouillard, n'aurait-elle pas dû présenter des blessures différentes de celles qu'a observées le médecin légiste ?

Autre question : si la victime n'a pas été renversée mais assassinée d'un coup à la nuque, quel serait le mobile de ce crime déconcertant ? Qui était en réalité Anna Kodra ? Les hypothèses sont variées : crime passionnel, vengeance, règlement de comptes. D'Anna Kodra on sait bien peu de chose, et c'est justement le manque de certitudes qui entraîne toute une série d'hypothèses dramatiques.

Le fonctionnaire de la police judiciaire qui s'occupe de l'affaire nous a déclaré : « Pour l'instant il n'y a aucun mystère. Mais toute victime mérite que les motifs de sa mort soient éclaircis au-delà du doute raisonnable. Je suis cette affaire parce qu'il n'est pas juste qu'une femme soit tuée par un irresponsable qui prend la fuite à la faveur du brouillard. Le trouver et le faire condamner est pour moi un devoir. » Belles paroles qui pourtant, à notre avis, cachent une vérité plus déconcertante ou plutôt le soupçon qu'il s'agisse d'un vrai crime. Le crime de l'Épiphanie.

Le fils de pute a utilisé deux fois l'adjectif déconcertant, il n'a pas cité mon nom, mais m'a tout de même compromis ; maintenant l'affaire va passer à la Mobile et moi je reste le bec dans l'eau, pensa Ambrosio. Je le savais, je le savais. Ce matin j'étais de mauvaise humeur, voilà pourquoi : j'ai un sixième sens. Le mage de Naples, c'est rien à côté de moi.

Bonelli entra sans frapper, il tenait à la main *La Notte* :

— Il y a là un journaliste, un certain Valenti. Il dit qu'il est votre ami.

Ambrosio se leva brusquement, au moment même où le téléphone sonnait. Il prit le combiné :

— Oui monsieur, je serai là d'ici à une minute.

C'était le chef de la brigade mobile Aurelio Massagrande, né à Battipaglia, province de Salerne, un type à manier avec précaution, policier de grande classe, coléreux, lunatique, bizarre, et même fasciste aux dires de quelques ennemis. Et il en avait. Pas seulement dans la pègre.

— Tu as lu le papier ? lui demanda Valenti, tout sourires, en le voyant sortir avec un air farouche. Et il ajouta :

— Ne te fais pas de souci. J'ai eu l'imprimatur chez toi : Serpico. Si tu as du flair et pas les autres, ce n'est pas ta faute, non ?

Maintenant il lui courait après en criant :

— Non ?

— Va te faire... dit Ambrosio entre ses dents, la bouche amère comme s'il avait bu du fiel.

— Asseyez-vous et racontez-moi tout depuis le début, dit Massagrande, avec sa gueule de mafieux, en allumant un cigarillo hollandais et en le regardant entre ses paupières plissées. Sur le bureau, il y avait un exemplaire du journal avec l'article de Valenti.

Ambrosio ne savait pas bien par où commencer. En vérité il s'était préparé une excuse du genre : le rapport a éveillé mes soupçons, il y avait quelque chose dans cet accident qui ne me convainquait pas, etc. Et finalement il raconta que, voyant le nom de la via Catalani, il avait eu envie d'y aller. Il y avait des années qu'il n'y était pas retourné. Quand il était jeune, il habitait à deux pas et, le soir, il y allait avec sa petite amie. Massagrande écoutait en fumant son cigarillo et prenait quelques notes avec un stylo à bille sur un cahier d'écolier.

À la fin, il dit :

— Diagnostic : vous avez la nausée des paperasses, bien plus que la nostalgie de la via Catalani ou des souvenirs d'enfance, Ambrosio. Vous en avez marre, par-dessus la tête de faire le petit scribouillard florentin et il vous est venu l'envie de redevenir flic. Exact ?

— Peut-être, dit-il.

Ce n'était pas vrai mais il se sentit mieux. Il ajouta :

— Je vous ai tout dit. Maintenant il vous faut déterminer si cela vaut la peine de faire des investigations supplémentaires. Mme Kodra a peut-être été assassinée.

— Comment, peut-être ? *Elle a été assassinée.*

Ambrosio alluma une cigarette, se carra dans le fauteuil en cuir et, regardant le chef de la Mobile dessiner une marguerite sur le cahier d'écolier, dit :

— Je crois que le professeur Orlandini en sait beaucoup plus qu'il ne m'en a dit.

— Vous pouvez en être sûr, reconnut Massagrande se levant brusquement, et nous lui ferons cracher tous ses petits secrets. Ambrosio, j'ai peu de personnel disponible, trois homicides en quatre jours, deux vols à main armée et j'ai découvert du nouveau dans l'assassinat de cette fille poignardée Porta Venezia. Donc, j'ai du travail par-dessus la tête. Malgré tout, je vous défends de vous occuper de choses qui ne vous regardent pas, c'est clair ?

— Oui monsieur, dit Ambrosio amèrement.

— Cependant... ajouta la gueule de mafieux, cependant, si vous avez l'envie irrépressible d'enquêter, je ne peux pas vous empêcher, en dehors des heures de travail, le soir, le dimanche, de jouer au petit détective, hein ? À condition que vous me teniez au courant.

Il lui tendit la main en souriant :

— Et moi, de mon côté, je vous rendrai la pareille. Nous nous téléphonerons. Pas un mot à la presse, d'accord ?

— Merci, monsieur.

Il sortit du bureau avec l'air de celui qui, en paix avec lui-même, se rend à un rendez-vous amoureux.

À une heure, au lieu de déjeuner, il était via Catalani : il garait sa voiture en face d'un hôtel aux volets rouges et avant d'appuyer sur la sonnette du professeur Orlandini, il regarda le ciel qui s'éclaircissait. Il sonna deux fois mais personne ne répondit, alors il se fit ouvrir par Mme Papetti, ou plutôt par sa fille, une femme allant sur la quarantaine, voyante, oxygénée, avec des sourcils dessinés au crayon et un grain de beauté près du nez, un accent milanais, ce qui se fait rare à Milan, et un sourire contagieux :

— Maman m'a parlé de vous, monsieur. Elle ne fait que parler de vous, n'est-ce pas, vu qu'elle s'est sentie au beau milieu, disons, de la tragédie. Et maintenant moi aussi, au travail, je suis devenue pour ainsi dire quelqu'un, parce que les journaux se sont intéressés à notre maison et à notre voisine, qui, de son vivant, était quelqu'un de pas croyable, tellement elle faisait des cachotteries, vous comprenez ? Mais asseyez-vous, monsieur, installez-vous, que j'appelle maman. Elle vous a vu par la fenêtre, vous savez, et elle est allée à la salle de bains pour se maquiller, figurez-vous ; mais ne lui dites pas, sinon elle ne me parlerait plus, elle a un caractère pas croyable.

— Voici notre commissaire qui enquête, dit la vieille Mme Papetti, apparaissant tout à coup. Je parie que vous cherchez le professeur.

— J'ai sonné chez lui, mais il n'est pas là.

— Bien sûr, il est parti.

— Parti ?

— Hier soir, avant le dîner. Par hasard j'étais à la fenêtre et j'ai vu qu'il prenait un taxi, il avait une petite valise, mais pas de parapluie, et pourtant il pleuvait comme vache qui pisse, mais il veut faire le jeune homme.

— Où pensez-vous qu'il soit allé ?

— Qui sait ? Ce qui est curieux c'est que d'habitude, il prend sa voiture. Je ne l'ai jamais vu prendre un taxi. J'ai dit à ma fille : il y a anguille sous roche.

— Vous m'aviez dit que je le trouverais à la maison aujourd'hui.

— Le samedi, il y est toujours. Toujours, pas vrai Clelia ?

— Où peut-il être allé ?

— Difficile à dire, je sais qu'il a une maison dans le Piémont et puis qu'il a des amis quelque part sur le lac Majeur, près de Stresa.

— Il a beaucoup d'amis ?

— Je crois que oui, surtout masculins. Des hommes.

— Que voulez-vous dire ?

— Rien, et ne vous mettez pas en tête des idées extravagantes. Ne me faites pas passer pour une commère.

— Maman, le monsieur n'a rien dit du tout, c'est toi qui rends les gens curieux, même moi qui, c'est pas pour dire, suis la discrétion personnifiée.

— Clelia, tais-toi. Comme dit le poète, le silence est d'or.

— Écoutez, madame, si vous avez des soupçons, vous devez m'en faire part. Je suis ici pour aider la justice, cela semble un peu pompeux dit comme ça, mais c'est la vérité. Nous voulons découvrir celui qui a tué Mme Kodra, et je dis nous parce que sous peu vous verrez d'autres collègues, bien plus impatients que moi, qui suis un peu dilettante...

— Vous un dilettante, monsieur ? l'interrompit Clelia, en joignant les mains en un geste qui provoqua chez Ambrosio un accès d'hilarité.

— Vous êtes plus rusé qu'Arsène Lupin, même si c'était un filou, abrégea la mère.

Et elle ajouta :

— Alors vous êtes convaincu qu'elle a été tuée, que ce n'est pas un accident ? Je le savais, je le sentais.

— Qu'est-ce que vous sentiez ?

— Qu'elle a été tuée exprès, que c'est vraiment un crime, comme c'est écrit dans *La Notte*. Vous l'avez lu ?

— Non je n'ai rien lu et je n'ai pas parlé de crime. J'ai seulement dit qu'il faut aider la police à découvrir la vérité, quelle qu'elle soit. Donc si vous connaissez quelque fait, si vous vous souvenez de quelque chose qui puisse me mettre sur une piste, qui puisse me servir, je vous demande de me le dire. Par exemple : vous affirmez que Mme Kodra était toujours seule, que vous ne l'avez jamais vue avec un homme pendant toutes les années où elle a habité ici. Est-ce possible ? Réfléchissez bien.

— Seulement avec le professeur Orlandini, mais lui ne compte pas. Une seule fois, il y a très longtemps, j'ai entendu des voix, tard le soir, cela avait l'air d'une dispute et puis on s'est dit que c'était la radio ou la télévision. Tout d'un coup ça s'est tu ; quelques minutes après deux hommes sont sortis dans la rue, il faisait noir et je ne les ai pas bien vus, mais ils auraient pu être allés chez les voisins de Mme Kodra et pas chez elle.

— Comment se fait-il que vous vous souveniez de cette histoire ?

— Parce que vous m'avez fait m'en souvenir, et parce que j'ai dit à mon mari : « Ta Mata Hari a de la visite », et quand ils ont commencé à élever la voix, c'est pas qu'ils hurlaient mais presque, j'ai entrouvert la porte et juste à ce moment, ils ont cessé. Mon mari disait que ça pouvait être la radio.

— Pourtant vous êtes allée à la fenêtre.

— À la fenêtre, elle y va mille fois par jour, dit sa fille. Pour elle, la fenêtre est quelque chose comme la scène pour un critique dramatique, je ne sais pas si je me fais bien comprendre.

— Vous vous faites très bien comprendre, reconnut Ambrosio, en se levant pendant que la vieille dame fusillait sa fille du regard.

— Si je savais quelque chose, commissaire, je jure que je vous le dirais, mais ma voisine était toujours seule, elle sortait, revenait, ressortait. En somme elle menait une vie si normale que, rétrospectivement, ça paraît suspect.

Quand Ambrosio démarra avec la Golf, il vit dans le rétroviseur une Giulia de la Mobile qui arrivait de la via Vallazze.

Il n'avait pas d'appétit, il traversait une de ces périodes d'instabilité, avec des hauts et des bas, auxquelles il était désormais habitué. Par exemple, il ne réussissait plus à dormir comme autrefois, à se réveiller, le matin, à grand-peine, mais joyeux.

Maintenant il se réveillait tôt et, à sept heures, il se rasait sans entrain. Quelquefois le souvenir lui revenait de ces matins d'avril ou de mai, où il mettait une nouvelle chemise et une nouvelle cravate, embrassait Francesca, encore couchée comme une tigresse au repos, et allait prendre son petit déjeuner au bar, puis fumait sa première cigarette de la journée dans une odeur de café torréfié. Peut-être était-ce la faute de son travail, peut-être attendait-il plus de la vie et avait-il des ambitions. Et c'est ainsi que son mariage, lui aussi, entre mauvaise humeur et petites vengeances, entre récriminations et accusations, s'était transformé dans les dernières années en une aigre routine, jusqu'à ce qu'elle le quittât. Elle ne supportait plus ses colères soudaines, elle voulait une vie plus « douce », disait-elle. Je suis peut-être égoïste, disait-elle, mais j'aimerais un homme solide, pas un épidermique, un rustre comme toi, ennuyeux, ennuyeux comme la pluie.

En mangeant sans plaisir un toast au jambon dans un bar de la piazza Cavour, il eut envie de téléphoner à Emanuela. Mais l'idée qu'on était samedi, qu'elle était peut-être occupée, le rendit mélancolique. Il décida de l'appeler éventuellement dans la soirée.

Il alla au bureau et s'imposa de finir le rapport sur les pickpockets. Il devait absolument le rendre lundi, même s'il fallait travailler à la maison tout le dimanche. Au fait, il avait promis à sa mère d'aller déjeuner chez elle, dimanche à une heure.

Il travailla trois heures d'affilée, sans s'accorder un instant de repos, puis il ressentit le besoin d'un café et sortit. L'air du crépuscule lui fit du bien, ou peut-être que sa conscience n'avait plus rien à lui reprocher, ce qui le rendit plus calme : il avait accompli son devoir de fonctionnaire, le rapport était pratiquement fini ; en somme il se sentait presque en vacances. Il prit un jeton et appela l'hôpital.

— Oui, je suis dans un bar, celui qui est en face de la préfecture. Comment ? Certainement qu'il y a du nouveau, seulement ici, il y a beaucoup de bruit et puis... Oui, d'accord, je passerai vous prendre à sept heures et demie.

Et maintenant, se dit-il, je voudrais bien savoir pourquoi je lui ai téléphoné du bar et non du bureau. Docteur Freud, dites-le-moi.

Ambrosio arriva à l'hôpital avec dix minutes d'avance. Il attendit Emanuela vingt-deux minutes en fumant trois Muratti et enfin l'amena comme promis au Tumbun de San Marc, qui est un endroit curieux, un peu self-service, un peu brasserie, avec un air vieillot décidément snob.

— Vous voyez ce monsieur rond, habillé de bleu, qui semble sorti tout droit d'un roman de Dickens ? Devinez qui c'est ?

— Un arbitre de football.

— Froid.

— Un terroriste arabe.

— Froid, froid.

— Un acteur.

— Vous chauffez.

— Un metteur en scène.

— Vous brûlez.

— Enfin, quelqu'un qui fait du théâtre.

— Quel type de théâtre ?
— Dramatique.
— Non.
— Comique.
— Ce n'est pas ce que je dirais.
— De variétés.
— C'est presque ça : c'est le maire de Milan.

Ils étaient assis à une table d'angle, sur un banc, et ils s'étaient servis eux-mêmes, comme c'est l'usage dans cet endroit. Les tables de noyer foncé, les lumières tamisées, deux couples d'amoureux, et peut-être la saveur de l'excellente bière à la pression contribuèrent à donner à la soirée un ton agréablement intime. Ambrosio se sentit envahi par une sensation inhabituelle de bien-être, il lui semblait être revenu des années en arrière quand une nouvelle petite amie, l'arrivée d'une lettre, l'achat d'un livre longtemps désiré, lui donnait une envie de vivre qu'il n'avait retrouvée, par la suite, que de plus en plus rarement.

— Dîner avec vous, dit Ambrosio, me réconcilie avec la vie. Vous ne savez peut-être pas combien il est frustrant d'être seul dans une trattoria. Les premières fois c'est peut-être agréable, mais après...

— Et vous ne savez peut-être pas combien il est peu stimulant de manger à la cantine de l'hôpital.

— Alors, nous prendrons des dispositions, dit Ambrosio. Nous déclarerons la guerre à la solitude des trattorias et si possible aux cantines d'entreprise.

— Parlez-moi de votre enquête.

— Hier soir le professeur Orlandini a pris le large : il est vraisemblable qu'il a eu peur de quelque chose. Ce doit être une affaire sérieuse parce qu'il sait très bien qu'en agissant ainsi il se rend suspect. Sans compter qu'il m'avait assuré qu'aujourd'hui je le trouverai chez lui.

— Qu'est-ce qui a pu arriver ?

— Quelqu'un l'a peut-être effrayé. C'est tout sauf un idiot. Il doit donc avoir de bonnes raisons d'être parti. De toute manière, l'affaire est entre les mains de la Mobile, je ne m'en occupe plus.

Elle le regarda avec surprise, il y avait de la tendresse dans son regard et Ambrosio le comprit. Il dit :

— Je ne m'en occuperai pas officiellement, mais le chef m'a fait comprendre que, si je voulais, je pourrai suivre un peu l'enquête.

— Et vous la suivrez ?

— Je crois que oui. Pour découvrir la vérité, il n'y a qu'une voie : fouiller dans le passé de la victime. Il y a quelque chose chez cette dame, dans son histoire, qui me fascine, mais je ne sais pas ce que c'est. Orlandini m'a fait d'elle un portrait qui est, je pense, en partie véridique. Sa voisine me l'a décrite sans sympathie, en soulignant le fait qu'elle menait une existence *trop* ordonnée, avec des parenthèses mystérieuses : d'après elle, naturellement. Avez-vous jamais entendu parler d'un certain professeur Mari ?

— Le gynécologue ?

— Dans le sac de Mme Kodra j'ai trouvé une carte de visite d'un professeur qui s'appelle Michele Mari.

— C'est lui ; il est très en vue dans le milieu médical.

Ambrosio regarda sa montre.

— Cela vous ennuierait que je donne un coup de téléphone ?

Il chercha le numéro sur l'annuaire. Une dame lui répondit. Quand elle entendit le mot « police », elle s'exclama :

— Mon Dieu, qu'est-ce qui est arrivé ?

Ambrosio lui répondit qu'il n'y avait rien de grave et obtint le numéro d'un restaurant du corso Sempione, où le professeur dînait avec sa femme et quelques amis.

— Vous voyez ? Si nous ne nous étions pas rencontrés, mon enquête se traînerait, dit Ambrosio en passant la première puis en se dirigeant à vive allure vers le Parc. Maintenant je veux entendre ce que me dira ce gynécologue avant que les gens de la Mobile ne mettent la main dessus. Je suis incorrigible : je vous invite à dîner et je vous traite comme, comme...

— Comme l'inspecteur Lucas, je pense, sourit Emanuela qui en fait s'amusait.

— C'est une affaire de quelques minutes.

Il se gara dans une rue tranquille à vingt mètres de l'enseigne lumineuse du restaurant, un des plus chics de la ville.

— Venez.

— Je préfère vous attendre dans la voiture, ne vous faites pas de souci, je m'enferme à l'intérieur et, en cas de besoin, je klaxonnerai.

Le restaurant se trouvait au premier étage :

lumières tamisées, moquette, atmosphère de club anglais. Il montra sa carte au propriétaire et s'assit sur un divan en cuir.

Le professeur Mari était un homme d'une soixantaine d'années, bronzé, cheveux gris coupés court, un visage de consul romain. Il portait une veste bleue sur un pantalon gris, et sur la chemise bleu ciel, une cravate Yves Saint-Laurent qu'Ambrosio lui envia.

Il se leva en se présentant.

— Je vous prie de m'excuser, professeur, si je vous dérange, mais j'en ai pour une minute. Je m'occupe d'un accident de la circulation arrivé, je crois, à l'une de vos patientes. Un accident qui s'est produit il y a quelques jours et dont les journaux ont parlé.

— Je lis peu les journaux, malheureusement. Qui est la dame ?

— Anna Kodra.

Le professeur Mari s'assit et fit signe à Ambrosio de s'installer à côté de lui :

— C'est grave ?

— Elle est morte, dit Ambrosio le regardant attentivement.

Il était surpris, paraissait ennuyé, et il écouta en silence toute l'histoire. À la fin, il demanda :

— Vous pensez qu'elle a été tuée ? Avec préméditation, j'entends.

— Pour le savoir avec certitude, il faudrait connaître à fond la vie et les habitudes de la victime. Mme Kodra vivait seule, je n'ai pas trouvé un parent, pas un, seulement des voisins qui ne m'ont été d'aucune aide.

— Comment êtes-vous remonté jusqu'à moi ?

— J'ai trouvé une de vos cartes de visite dans son sac. Vous la connaissiez bien ?

— Comme on peut connaître une patiente qu'on suit depuis un an. Elle a dû venir me voir l'hiver dernier à cause de certains troubles. Je l'ai examinée et je lui ai prescrit des soins qui ont duré quelques mois sans résultats appréciables. Alors je l'ai convaincue de se faire opérer ; ça n'a pas été facile parce qu'elle était terrifiée et avait peur de mourir. Elle s'était mis dans la tête qu'elle avait une maladie incurable et que le cœur, de toute manière, ne résisterait pas à l'intervention. Bref, ce n'était pas une patiente facile, j'ai dû me donner de la peine. Finalement, je l'ai opérée quelques semaines avant Noël à la clinique de la via Quadronno. Je me souviens lui avoir dit : à Noël vous n'y penserez plus, et au Nouvel An vous trinquerez avec moi, complètement remise à neuf.

— Et vous avez trinqué ?

— Non, parce que j'ai pris une semaine de vacances entre Noël et le Nouvel An pour aller à Cervinia. De toute manière l'intervention s'était bien passée et les examens histologiques étaient bons. J'aurais dû la revoir en février, le mois prochain. Je lui avais conseillé d'aller passer deux semaines sur la Riviera.

— Dites-moi professeur : que savez-vous de Mme Kodra, de sa vie, j'entends. Vous en avait-elle parlé ?

— C'était une dame peu bavarde ; elle m'a dit seulement qu'elle était veuve d'un Albanais, et elle me l'a dit parce que je lui ai demandé l'origine de son curieux nom. Elle m'a dit également, parce que je lui ai posé la question, qu'elle avait une fille mais qu'elles ne vivaient pas ensemble.

— Quel âge a cette fille ?

— Je ne m'en souviens pas, mais elle n'est certainement pas toute jeune.

— Quelle idée vous êtes-vous faite de Mme Kodra ? Je veux dire : d'après vous, quel genre de femme était-ce ?

Le professeur se passa la main sur les cheveux :

— C'est curieux parce que je me suis posé cette même question quand j'ai fait sa connaissance dans mon cabinet. Quel type de femme est-ce ? Une femme encore agréable au corps bien conservé, et des yeux, vous me comprendrez, pleins de féminité. Voilà : c'était une femme dans toute l'acception du terme et même, ai-je pensé, une dévoreuse d'hommes, comme on dit. Mais par la suite j'ai noté en elle une timidité, une espèce de réserve ; elle était, ou paraissait, fragile, en dépit de son air intrépide. On devinait que Mme Kodra devait être différente de ce qu'elle paraissait.

— Quelle femme était-ce en réalité ?

— Une femme profondément malheureuse, mais pas à cause de sa santé.

— Merci, professeur. Vous serez peut-être dérangé par quelques collègues, mais soyez patient. Ce sont des choses qui arrivent.

Emanuela avait appuyé sa tête sur le dossier et paraissait dormir. Il la regarda, et elle se baissa brusquement pour lui ouvrir la portière.

— Tout va bien ?

— Mme Kodra avait un secret et même deux. Le premier secret est une fille.

— Qui s'appelle Paola, j'avais donc raison. Où habite-t-elle ?

— Nous devrons le découvrir, cher inspecteur Lucas, lui dit-il. Et avec l'excuse d'être le commissaire Maigret, il caressa légèrement le visage de la jeune femme. Mais nous chercherons à le découvrir demain. Maintenant, allons dans un endroit où on joue du piano. Vous aimez le piano ?

— J'adore, répondit-elle, appuyant à nouveau la tête sur le dossier.

Cette nuit-là, le vice-commissaire ne réussit pas à dormir en paix. Il essaya de trouver le sommeil avec un roman intitulé *Souvenirs d'une télégraphiste*, d'une certaine Nyta Jasmar, pseudonyme d'une obscure employée qui s'appelait en réalité Clotilde Scanabissi Samaritani : or même cette Scanabissi Samaritani ne fut d'aucune aide à Giulio Ambrosio, lequel se retournait dans son lit d'une place et demie en regardant de temps en temps l'heure au radio-réveil qui égrenait implacablement les minutes avec le bruit d'un canari frappant du bec sur sa cage.

Emanuela avait eu un geste qui l'avait troublé : ils étaient assis l'un en face de l'autre, ils avaient bu un gin-fizz, le piano jouait un air jadis célèbre, *Douce France, cher pays de mon enfance* et, à un moment donné, elle lui avait pris le poignet en le lui serrant et lui avait dit : « Dommage, on fait toujours connaissance un peu tard », et lui avait effleuré le dos de la main.

Quand ils s'étaient levés, en l'aidant à enfiler son manteau de fourrure, il avait senti sa chaleur et avait eu le désir de la serrer contre lui. Mais il n'avait pas osé, et il l'avait suivie en regardant ses cheveux blonds rassemblés en queue-de-cheval.

Finalement l'image de la jeune femme s'effaça progressivement et Ambrosio fut frappé par une idée surprenante, pas tant par elle-même que parce que, chose extraordinaire pour un policier, elle ne l'avait pas effleurée jusqu'à ce moment. Mais il était un policier façon de parler. *Pour la première fois il pensa aux obsèques de Mme Kodra.*

Il était trois heures et dix minutes, le dimanche 11 janvier.

4

Dimanche

Il s'assoupit vers le matin pour se réveiller quelques minutes avant les nouvelles de huit heures, qu'il essaya en vain d'écouter pour se distraire ; mais la voix des présentateurs, qu'il supportait toujours difficilement, lui fut alors intolérable et il arrêta le radio-réveil avec colère. Il se leva et se rasa.

Il décida d'aller au bureau à pied, après avoir pris son petit déjeuner dans le centre, sous la Galerie : une marche agréable avec les journaux sous le bras en passant par la via Manzoni jusqu'à la piazza Cavour. Le temps était humide et il ressentit sa vieille douleur à l'épaule. Il but un jus de pamplemousse, un café, mangea deux croissants à la crème et, à neuf heures et quart, il était déjà assis à son bureau, prêt à répondre à l'appel de Massagrande. Lequel feignit de s'étonner, l'hypocrite, de le trouver un dimanche matin à son fichu poste.

— Venez, que nous fassions le point, hurla au téléphone le chef de la Mobile. Et la première chose qu'il dit le remplit d'une vague inquiétude et même de quelque crainte, si bien qu'il accomplit mentalement les conjurations rituelles comme dans son enfance si quelqu'un mettait un chapeau sur un lit.

— Les obsèques de Mme Kodra, commença Massagrande, auront lieu demain matin, le Parquet a donné son accord. Connaissez-vous la dernière ? Un individu a téléphoné anonymement à une entreprise de pompes funèbres pour lui demander de s'occuper de tout en précisant qu'elle recevrait dans l'après-midi l'argent nécessaire. Le responsable de l'entreprise m'a téléphoné, l'affaire lui a paru curieuse. Eh bien, hier soir à six heures, quelqu'un a déposé à l'adresse des pompes funèbres une enveloppe contenant douze billets de cinquante mille lires et quatre de dix mille, accompagnés d'une note tapée à la machine sur du papier blanc sans en-tête, naturellement, qui disait : *Ci-joint la somme de six cent quarante mille lires, comme convenu par téléphone, pour les obsèques de Mme Anna Kodra, morte dans un accident de la circulation, dont le corps se trouve à l'institut médico-légal, piazzale Gorini. Remerciements. Un ami de la défunte qui ne désire pas se faire connaître.*

Massagrande fit une pause, regarda Ambrosio et poursuivit :

— Cet *ami* pourrait être le professeur Orlandini, qui se cache. De toute manière, il était parfaitement en droit de s'en aller puisque personne ne lui avait dit de rester.

Il regarda encore Ambrosio :

— Le mobile. Pourquoi pensez-vous qu'on ait tué Anna Kodra ?

— Mais sommes-nous sûrs qu'on l'ait tuée de propos délibéré ?

— Elle a sûrement été tuée de propos délibéré, lança le chef de la Mobile, et d'un bon coup de barre de fer à la nuque. C'est ce que croit le professeur Salienti, c'est ce que croit son adjoint, c'est ce que croit le substitut du procureur Bonfiglio. Et en plus, c'est ce que je crois, pas vrai ?

— J'ai aussi tendance à le croire, admit Ambrosio.

— Merci.

— Il y a quelque chose qui m'a rendu soupçonneux ou plutôt qui m'a intrigué dans toute cette affaire.

— Et c'est ?

— Le fait que la victime vive seule, sans parents ni amis, comme si elle voulait ou devait s'isoler, donner une certaine image d'elle-même, faire croire qu'elle était ce qu'elle n'était probablement pas. Le seul à savoir quelque chose d'elle est le professeur Orlandini, qui m'a paru sincère mais en même temps timoré. Je dirais même fuyant.

— Comme s'il avait peur de quelqu'un ?

— Je ne sais pas. Disons qu'il m'a donné l'impression que ses rapports avec Anna Kodra étaient différents de ce qu'il a voulu me laisser entendre. Le fait qu'il ait disparu me fait supposer qu'il en sait beaucoup plus que ce qu'il m'a dit. Il faudrait interroger quelqu'un qui a connu Madame Kodra là où elle travaillait, ou là où elle habitait, il y a trente ans… Il nous faudrait des adresses, des noms…

— Déjà fait, dit Massagrande en prenant sur la table une feuille dactylographiée et en la passant à Ambrosio. Toutes ces informations proviennent de l'état civil, du bureau des passeports, de la Sécurité sociale, du rectorat. Lisez.

1947 : Anna Stuparic, veuve Kodra, habite à Milan, via Vespri Siciliani 2, avec sa tante paternelle Antonia Stuparic, qui meurt d'une crise de diabète à l'institut du Bon Pasteur, le 15 septembre.

1948 : déménage via Catalani 12 bis.

1950 : professeur suppléant d'allemand à l'institut technique Alessandro Volta.

1951 : enseigne l'allemand dans un institut privé d'interprètes qui se trouvait alors via Mazzini et qui a fermé depuis.

1956 : trouve un emploi à la Stern, une entreprise de chimie dont le siège est à Francfort et dont la filiale italienne occupe un étage au 29 de la via De Amicis. Elle reste à la Stern jusqu'en 1965. Elle en démissionne alors qu'elle a le grade d'employée de première classe.

1975 : dossier à la Sécurité sociale pour hospitalisation dans une clinique privée de la via Quadronno. Intervention chirurgicale pratiquée par le professeur Mari.

— Avez-vous déjà entendu parler du professeur Mari ? demanda Massagrande en allumant un cigarillo.

— Je l'ai rencontré hier soir.

— Pourquoi ne me l'avez-vous pas dit ?

— J'allais vous le dire, répondit Ambrosio, et il était sincère.

— Il se trouve que c'est le gynécologue de ma femme. Et voilà que, cinq minutes après que vous êtes allé le trouver au restaurant, il me téléphonait. Le monde est petit. Quelle impression vous a-t-il faite ?

— Pourquoi ?

— Comment pourquoi ? Mais vous savez que vous êtes un drôle de type ? Le professeur ne m'est pas sympathique, point final. Quelqu'un qui se précipite pour me téléphoner seulement parce qu'un policier va l'interroger sur une de ses patientes, je ne le comprends pas. Ou plutôt, je le comprends, mais ça ne me plaît pas.

— Qu'est-ce qu'il vous a dit ?

— Rien de spécial : qu'un fonctionnaire de la préfecture de police était venu le trouver, qu'il était à notre disposition, que le fait de me connaître le rassurait, qu'il craignait comme la peste les problèmes de ce type, qu'il espérait que les journaux ne rendraient pas public son nom, etc. Un authentique casse-couilles.

— Avec moi, il a été aimable et m'a dit une chose qui m'a frappé : il m'a dit qu'Anna Kodra était une femme très malheureuse.

— Naturellement : elle était malade.

— Pas pour ça. Elle était très malheureuse pour une autre raison, inconnue. Et c'est là, dans cette raison, que se trouve peut-être le secret de sa mort.

— Et que vous a encore dit le casse-couilles ?

— Qu'elle avait eu une fille.

— Laquelle n'a laissé aucune trace. Elle a dû mourir à peine née.

— Non, elle a dit au docteur qu'elles vivaient éloignées.

— Et le professeur Orlandini ne vous a rien dit de cette fille clandestine ?

— Non. Et à l'état civil ?

— Nous avons épluché tous les Kodra et les Stuparic de la ville, ils se comptent sur les doigts d'une main, et on n'en a rien tiré. Nous ferons d'autres recherches à Trieste et sur les listes des réfugiés d'Istrie et de Dalmatie. Dites-moi, Ambrosio : puisque vous vous amusez comme un fou, autant que je ne vous retire pas votre jouet des mains. Donc vous allez travailler tout le dimanche sur les renseignements que je vous ai donnés...

— C'est-à-dire ?

— C'est-à-dire que vous allez donner des coups de téléphone, visiter des maisons, vous promener dans les rues, le dimanche les rues sont plus tranquilles, et poser des questions intelligentes à droite et à gauche. Demain matin, reposé et informé comme le *New York Times*, vous me retrouverez à la morgue. J'y serai pour les obsèques, via Mangiagalli, à l'angle du piazzale Gorini.

Il lui tendit la main ct un cigarillo.

— Bon dimanche, ajouta-t-il, rejetant la fumée par les narines.

La via Vespri Siciliani était différente du souvenir qu'il en avait : autrefois, il y avait de rares maisons du côté de la piazza Napoli, puis des prés et des jardins. Aujourd'hui c'était devenu une honnête rue avec des immeubles de sept ou huit étages, des cafés, des commerces et des garages. Il rangea la Golf avec difficulté près d'un poste à essence et vit aussitôt le numéro deux, la maison qu'habitait Anna Kodra vingt-neuf ans auparavant. C'était un petit immeuble vaguement néoclassique, avec une entrée sur la partie droite de la façade. La porte était fermée et naturellement les trois commerces de l'immeuble l'étaient également.

Il décida de marcher un peu, surtout pour jeter un coup d'œil à la rue, et imagina Anna, qui avait alors vingt-quatre ans, sur ce même trottoir. Il la vit attendre le tram numéro huit à l'arrêt sur la place ou regarder les affiches du cinéma « Ducale ». En ce temps-là, il y avait des palissades piazza Napoli, il y passait à vélo parce qu'il connaissait une fille qui habitait Giambellino, c'était la fille d'un menuisier, aux yeux langoureux, avec un léger duvet sur la lèvre supérieure et une odeur de musc, mais elle lui plaisait parce qu'elle se laissait caresser et embrasser dans les prés, après le terminus.

En sonnant chez la concierge, il s'aperçut qu'il pleuvait.

— Je suis ici depuis douze ans, dit la concierge, avant j'habitais à Giussano avec mon mari qui n'est pas là en ce moment, il est sorti avec le chien, avec tout ce qui se passe nous le gardons dans la cour. Kodra ? Jamais entendu ce nom-là. Vous dites qu'elle habitait dans l'immeuble juste après la guerre ? Les locataires sont tous nouveaux ; il n'y en a pas d'anciens, sauf l'ingénieur du premier étage qui va sur ses quatre-vingts ans ; il est veuf et vit seul. Une nièce vient le voir deux fois par semaine parce qu'elle espère hériter.

La femme bavardait volontiers. Dans son genre, elle était agréable. Elle portait un pull-over mettant en valeur sa poitrine abondante qui attirait l'œil d'Ambrosio, mais il cherchait à la regarder le moins possible pour éviter de passer pour un cochon. Si bien que la femme le prit pour un policier timide, le fit asseoir dans la cuisine et lui offrit un Martini dry.

— J'en prendrai moi aussi une larme, monsieur, dit-elle en lui souriant sans malice et en s'asseyant à son tour sur un tabouret qui vacilla sous son poids au point qu'Ambrosio la prit par le bras craignant qu'elle ne tombât. Mais il la sentit solide comme une acrobate de cirque, pour ce qu'il savait des acrobates.

— Cette locataire était alors aussi jeune que vous l'êtes maintenant, blonde, plutôt belle. Elle vivait avec une vieille tante. Elle est restée ici un an, puis elle est partie, dit-il à la concierge qui lui demanda :

— Quel âge avait-elle ?

— Vingt-quatre ans.

— Mais moi j'en ai trente-six.

— Ça ne compte pas, une jolie femme est une jolie femme, dit Ambrosio qui, quand il était en veine de galanterie, n'y allait pas avec le dos de la cuillère. Elle a dû avoir des admirateurs comme vous, je suppose. Et peut-être que le vieil ingénieur était l'un d'entre eux.

— L'ingénieur est un vieux satyre, admit-elle. Figurez-vous qu'il a voulu que je l'accompagne à la cave pour chercher du vin et puis il a essayé de me caresser les fesses, sauf votre respect.

— Vous voyez ? dit Ambrosio. Et qu'en dit votre mari ?

— Il n'en sait rien, ce sont des bêtises, et lui c'est un type à faire tout un cirque, mais l'ingénieur n'est pas dangereux.

— Vous êtes sûre qu'à part l'ingénieur, il n'y a personne qui habitait ici, il y a trente ans ? Je vous le demande au cas où le vieux ne se souviendrait de rien ; vous savez comme les vieux sont bizarres et distraits.

La concierge se mit à se ronger un ongle et dit tout d'un coup :

— Pina !

— Qui est Pina ?

— La crémière. Une fois elle m'a dit qu'elle était ici depuis des siècles, déjà avant la guerre. Son mari travaillait au garage comme gardien de nuit.

— Vous voyez ? dit Ambrosio. Petit à petit nous découvrons un tas de témoins.

— Témoins ? Témoins de quoi ? demanda la femme.

— Façon de parler : je veux dire des gens qui ont connu Mme Kodra.

— Qu'est-ce qui lui est arrivé ?

— Pourquoi est-ce que vous ne m'accompagnez pas chez l'ingénieur ? Je vous servirai d'escorte, nous n'aurez rien à craindre, lui dit-il pour faire diversion, et de fait, elle rit et se leva. Elle ressemblait à la femme nue du monument dédié à Cavour, celle qui écrit le nom du comte sur le piédestal.

— Je vous montre le chemin.

L'appartement de l'ingénieur Brambati était plongé dans la pénombre. Il était meublé dans le style arrondi qui était en vogue à l'époque de la guerre d'Abyssinie. Le vieux était grand, maigre, légèrement courbé, mais ses yeux étaient très mobiles et astucieux ; il portait un costume couleur rouille avec un gilet et une cravate anglaise si neuve qu'elle semblait ne pas lui appartenir. Il regarda avec sympathie la concierge et dit :

— Voici notre Giovanna qui, je l'espère, m'apporte de bonnes nouvelles.

Puis, fixant Ambrosio, il ajouta :

— Asseyez-vous.

La concierge faisant mine de partir, il la retint par le bras en lui disant :

— Restez vous aussi.

Mais quand il sut qu'il s'agissait d'un policier, il ne s'occupa plus d'elle, et elle retourna à sa loge. Il s'assit, plein de curiosité, à côté d'Ambrosio.

— Le nom ne me dit rien : vous avez dit Kodra ? Non, je ne me rappelle aucune jeune femme de ce nom. Vous dites qu'elle était blonde et gracieuse ? Effectivement, il y en avait une très svelte qui habitait avec une dame âgée, juste au-dessus, au second étage. Elle était mariée et avait une petite fille qui pleurait la nuit et ma pauvre femme disait qu'on ne lui donnait sans doute pas suffisamment de lait.

— Avez-vous jamais vu le mari ?

— Jamais. J'ai vu quelquefois les deux dames, et aussi la petite. Il y a tant d'années de cela, plus de vingt, il me semble.

— Environ trente.

— Mon Dieu, j'avais seulement cinquante ans, comme j'étais jeune. Quel dommage ! *Tempus fugit*.

— Vous n'avez jamais vu d'homme avec la jeune femme ?

— Il me semble que non. Mais comment le dire avec certitude ? Je sortais le matin à huit heures, je travaillais dans une usine de Cesano Maderno, et je rentrais le soir pour le dîner. Le dimanche, je restais à la maison, sauf à la belle saison où j'allais pêcher dans le Tessin.

— Le fait qu'elle ait une petite fille alors qu'on ne voyait jamais le mari n'a pas rendu les gens curieux ?

— C'est possible, mais, à l'époque, avec toutes ces guerres, on était habitué à voir peu les maris. Je le répète, c'est possible. Mais j'étais très occupé. Je vous le dis, d'homme à homme, j'avais à ce moment-là une liaison qui m'occupait complètement.

Il sourit à Ambrosio en clignant de l'œil.

— Qu'est-il arrivé à cette dame ? demanda le vieux.

— Vous lisez les journaux du soir ?

— Jamais, par principe.

— Rien de spécial : elle est morte.

— Pourquoi m'avez-vous demandé si je lisais les journaux du soir ?

— Curiosité de policier.

— Curiosité pour curiosité : de quoi est morte mon ex-voisine ?

— De mort violente.

— C'est la pire de toutes. Je pense souvent à la

mort. Avec calme, vous savez ! Sans dramatiser, parce que je me suis habitué à y penser au cours de toutes les années de ma longue vie, j'y pensais même quand j'étais jeune, il ne se passait pas un jour sans que je pense à la mort. Peut-être est-ce pour ça que je n'ai pas été un mari fidèle.

— « L'amour de la mort me distrait », dit Ambrosio à voix basse.

— Qu'avez-vous dit ?

— Un vers.

— Répétez-le.

— L'amour de la mort me distrait.

— Comment s'appelle le poète ?

— Raffaele Carrieri.

— Curieux, un policier qui connaît les poètes.

Le vieil ingénieur se leva et accompagna Ambrosio à la porte, il lui tendit la main et laissa la porte ouverte jusqu'à ce qu'il ait descendu la première volée de marches.

Le commissaire demanda à Giovanna comment s'appelait la crémière et où elle habitait, sur quoi, prenant son loden au portemanteau, elle lui dit toute réjouie :

— Je vous accompagne, monsieur.

La laitière était une petite vieille très maigre, aux yeux en boutons de bottine. Plus méridionale que ça, tu meurs, pensa Ambrosio, et il lui demanda où elle était née :

— À Canzo, dit-elle, dans la province de Côme.

— De parents méridionaux ? insista le vice-commissaire.

— Non, ils étaient de Magreglio, qui est à deux pas, précisa la vieille.

(Je suis victime des apparences, dorénavant prudence avec les déductions, s'imposa l'honnête Ambrosio.)

La concierge expliqua à Pina l'affaire de la jeune femme blonde qui avait habité au numéro deux, trente ans auparavant, et dont l'ingénieur Brambati avait parlé avec le monsieur de la préfecture de police.

— À propos, que vous a-t-il dit ? Il se souvenait d'elle ?

— Il m'a dit qu'il se rappelait une jeune femme avec une petite fille qui pleurait la nuit.

— Comment avez-vous dit qu'elle s'appelait ? demanda la vieille.

— Anna Kodra.

— Jamais entendu ce nom. Des femmes avec des petits enfants, j'en ai trop vu pour me souvenir justement de celle-là.

— Elle vivait avec une dame âgée, sa tante, qui est morte ensuite à l'hôpital. La tante s'appelait Stuparic. Antonia Stuparic.

— Ce nom... Excusez-moi, mais ce nom... répéta la crémière en prenant sur le buffet un cendrier et le lui présentant, ce nom me rappelle quelque chose. Redites-le-moi ?

— Stuparic.

— Je ne réussissais jamais à l'écrire... Maintenant je me souviens. Je lui avais dit que c'était un nom étranger, pas italien, et la dame, la vieille, s'est fâchée en disant qu'elle était plus italienne que nous.

— Pourquoi deviez-vous écrire ce nom ?

— Pour le livre de comptes, non ? Elles achetaient du lait et du fromage et ne payaient pas tout de suite ; et même, elles payaient souvent en retard. C'étaient des réfugiées, les pauvres. Il me revient qu'une fois mon mari avait fait une scène parce qu'elles devaient quinze mille lires, ce qui alors était beaucoup, et la vieille s'était rebiffée et avait dit qu'elle payerait jusqu'au dernier sou, à la fin du mois. Mais le lendemain, un type pas très recommandable, grand comme un grenadier, avec une tête de brigand, est venu à la boutique et a soldé le compte. Je me souviens qu'il n'a pas plu à mon mari, même s'il avait une voiture américaine longue comme ça.

— Qui était-ce, d'après vous ?

— Peut-être le mari.

— Pourquoi dites-vous « peut-être » ?

— Comment être sûre, monsieur ?

— Est-ce que vous l'avez jamais revu par la suite ?

— Non. Disparu.

— Et après elles ont toujours payé ce qu'elles devaient ?

— Oui, mais elles sont restées peu de temps, vous savez. On ne les a plus vues après que la vieille est tombée malade.

— Pourrais-je parler à votre mari ?

— Ce serait un beau miracle, vu qu'il a disparu il y a trois ans : il est mort d'une pneumonie. Est-ce qu'on peut avoir plus de déveine que ça ? Je lui disais toujours de se couvrir, mais lui rien, c'était comme si je parlais à un idiot. Il s'en est allé en dix-huit jours, juste vers Noël.

— Je suis désolé.

— Il avait quatre-vingt-huit ans, douze de plus que moi.

La concierge se leva, imitée par Ambrosio qui l'aida à enfiler son loden.

Dehors il pleuvait, le ciel semblait de nacre, gris et blanc. Je ne veux pas aller chez ma mère, pensa-t-il, pas aujourd'hui. Aujourd'hui je voudrais aller au lit avec l'amie du comte Cavour. Ils se dirent au revoir devant la porte de l'immeuble et elle lui dit :

— Ça m'a fait plaisir, monsieur.

Et on comprenait que c'était vrai, qu'elle avait été contente de le connaître.

À midi pile, il rangea sa voiture devant la clinique de la via Quadronno. Il regarda l'enseigne d'un restaurant voisin et décida qu'il irait manger là. Dans le hall de la clinique, il trouva un téléphone et avertit sa mère qu'il était débordé de travail, dimanche ou pas.

La sœur préposée à l'administration se souvenait que la patiente de la chambre 212 (date de l'hospitalisation : 13 novembre, date de l'intervention : 20 novembre, date de sortie de la clinique : 2 décembre) payait avec des billets de banque de cinquante et cent mille lires, chose assez rare, les patients réglant d'habitude par chèque.

Les infirmières du second étage ne furent pas d'un grand secours : l'une se rappelait que la dame pleurait, surtout après avoir téléphoné.

— D'après vous, la personne à laquelle elle téléphonait était un homme ?

— Je ne sais pas, monsieur. Ça ne me regardait pas. Je m'en souviens parce que, un après-midi, je suis entrée pour lui donner ses médicaments et elle raccrochait, les yeux pleins de larmes. Je lui ai demandé si elle voulait un tranquillisant.

— Quelqu'un venait la voir ?

— Il ne me semble pas.

— Elle recevait des fleurs ?

— Je ne m'en souviens pas. C'est une chose tellement courante que les malades reçoivent des fleurs que nous n'y faisons plus attention.

— Alors le fait que la dame n'en reçoive pas aurait pu vous frapper ! Ç'aurait été une chose inhabituelle.

L'infirmière, qui était petite, menue, avec une tête de furet, le regarda perplexe, comme si elle craignait un piège, mais Ambrosio lui sourit et elle sembla soulagée.

— Il ne me semble pas qu'elle recevait des fleurs. Peut-être que ma collègue s'en souviendra.

La brune aux yeux clairs et aux taches de rousseur autour du nez confirma que la dame du 212 ne recevait pas de fleurs, seulement de l'argent, beaucoup d'argent.

— Qu'entendez-vous par beaucoup d'argent ?

— Une enveloppe pleine de gros billets.

— Vous avez vu cet argent ?

— Bien sûr, sinon comment pourrais-je le savoir ? C'était au moment du loto sportif, je joue toutes les semaines, et c'était justement samedi parce que je remplissais le bulletin et j'avais demandé conseil à la dame qui allait sortir. Mais elle ne s'intéressait pas au football. Un garçon d'étage est entré avec l'enveloppe, une pochette de papier marron avec une attache métallique du genre utilisé par les entreprises. Elle l'a ouverte tout en parlant avec moi et quand elle s'est aperçue qu'elle était pleine de billets de banque, elle l'a refermée, je me souviens qu'elle m'a dit : « Après-demain je sors. » J'ai quitté la chambre en me demandant, par curiosité, quelle somme pouvait représenter tout cet argent et en me disant que je me serais bien contentée des deux millions du loto sportif.

— Qu'en feriez-vous ?

— Un voyage aux îles Fidji.

— Pourquoi justement aux Fidji ?

— Quand j'étais petite fille, j'ai vu dans un journal des photos en couleur de ces îles et des mannequins en bikini sur les plages immenses avec des palmiers hauts comme la Madone du Dôme, et depuis personne n'a réussi à m'ôter de la tête l'envie d'y aller un jour. Seulement je n'ai pas un sou de côté.

— Le fait que personne ne vienne rendre visite à la dame du 212 ne vous a pas étonnée ?

— La dame avait dit qu'elle vivait seule, qu'elle n'avait pas de parents à Milan. Pourtant, une fois, un monsieur est venu…

— Je ne l'ai pas vu, dit aussitôt la petite infirmière.

— Tu n'étais pas de garde.

— Tu ne me l'as pas dit.

— Pourquoi aurais-je dû ? Je ne pouvais pas savoir que la police viendrait, excuse-moi.

— Quel genre d'homme était-ce ? demanda Ambrosio.

Ils étaient tous les trois debout entre le couloir et une lingerie, ils parlaient à voix basse comme des conspirateurs ; il y avait dans l'air une vague odeur de sauge et de bouillon de poulet.

— C'était un monsieur grand, avec des cheveux gris, un peu longs, très distingué.

— Portait-il un nœud papillon ?

— Je ne me rappelle pas.

— Il est resté longtemps avec la dame ?

— Je ne sais pas, une heure, peut-être plus. Il me semble que c'était tard dans l'après-midi. Pendant qu'il était là, la dame était un peu émue.

— Elle pleurait ?

— Elle pleurait souvent, confirma la petite infirmière.

— Non, elle ne pleurait pas, elle était, elle était… émue. Comment dire ? Elle avait les yeux rouges et humides.

— Et il avait apporté quelque chose ?

— Je ne pense pas.

— Essayez de vous souvenir.

— Pas des fleurs, il mc semble, et pas de sucreries non plus ; peut-être des revues, des livres, mais la dame en avait tellement, des livres et des revues, elle lisait tout le temps. Je ne crois pas qu'il lui ait apporté quelque chose. C'est important ?

À la fin la petite demanda :

— Quelque chose est arrivé à la dame du 212 ?

— Elle est morte.

— La pauvre, et pourtant elle allait bien quand elle est sortie, dit la brune et, en le regardant, surprise, elle ajouta :

— Elle a été tuée ?

— Pourquoi pensez-vous qu'elle pourrait avoir été tuée ?

— Parce que vous êtes commissaire, dit la brune avec le ton qu'elle aurait pris dans un jeu télévisé.

— C'est juste. Elle a été tuée.

— Par qui ?

— Pour le moment, on pense que c'est un accident de la circulation.

Lorsqu'il sortit de la clinique, il était une heure moins le quart. Il pleuvait toujours. Il entra dans le restaurant au bout de la rue et demanda un jeton de téléphone.

— Emanuela est sortie déjeuner, répondit la voix rauque habituelle.

Il allait demander avec qui, il se retint et dit :

— Je suis le vice-commissaire Ambrosio, bonne journée.

Ridicule.

Il n'avait plus envie de manger des spaghettis à la sauce tomate et au basilic, comme il en avait eu l'intention une minute avant. Il demanda du loup grillé et imagina Emanuela en train de retirer son collant dans la chambre à coucher du docteur Ancona. À une heure de l'après-midi, un dimanche ? Peu probable. Alors il la vit dans un restaurant du centre, aux lumières tamisées, toujours avec ce maudit docteur, en train de commander un consommé. L'imagination causera ma perte, pensa-t-il, je dois me nourrir d'autres choses que d'histoires. Et grâce à Dieu, je ne suis pas amoureux d'elle. Mangeons ce loup et pensons au professeur Orlandini. Parce que le type distingué qui est allé voir Anna Kodra, ce devait être lui. Qui sait où il s'est caché ? Et l'argent, de qui venait-il ? D'Orlandini ? Peut-être. Voyons un peu : la pochette avec les billets était arrivée deux jours avant que Mme Kodra ne sorte, il était allé la voir, elle avait pleuré misère... Non, ça ne pouvait pas s'être passé ainsi. L'argent venait de quelqu'un d'autre, mais de qui ? Et pourquoi pas un chèque ? Évident : les billets sont anonymes, pas les chèques. Donc cet argent venait de quelqu'un qui ne voulait pas se compromettre. À moins que... Non, non, il fallait dénicher cet Orlandini au plus vite, il savait beaucoup de choses, c'est pour cela qu'il se cachait.

Le loup était excellent et le Riesling aussi, douze degrés et demi, avec une rondelle de citron dans le verre.

Il ne pleuvait plus.

Il paya, fuma une Muratti et avant deux heures, il était devant le portail de la « Stern S.p.A. — établissements industriels ». Il sonna au poste de garde.

Un homme d'une trentaine d'années vint ouvrir. Il était petit, trapu, il portait un blouson de cuir noir, des lunettes de soleil. Son ton suffisant changea brusquement, lorsque Ambrosio lui dit qu'il était de la police. Il pensa : celui-là, il a déjà fait de la prison. Il lui dit que le directeur de la Stern était l'ingénieur Martin Wolf, un Suisse allemand qui parlait l'italien mieux que lui et était là depuis avant la guerre. Il habitait un gratte-ciel viale Sabotino, à la Porta Romana, et il était venu au bureau, même aujourd'hui, et y était resté jusqu'au milieu de la matinée. Il était marié avec une Allemande qui s'appelait Inge, il avait au mois vingt ans de plus que sa femme, ils n'avaient pas d'enfants. C'était un homme gentil mais distant, comme tous les Suisses de Zurich qu'il connaissait parce qu'il avait travaillé là-bas quand il était jeune.

Très efficace, le gardien. Ambrosio, avant de sortir du poste de garde, lui demanda soudain, en le tutoyant :

— Pourquoi est-ce qu'on t'a coffré ?

— Pour une bêtise, monsieur. Quand on est jeune, on ne comprend rien à rien. Une fanfaronnade, on voulait offrir des fourrures à nos petites amies. C'est tout.

— Tu t'en es pris pour combien ?

— Trois ans et deux mois.

— Et maintenant ?

— Je suis blanc comme un agneau, ça m'a mis du plomb dans la cervelle, monsieur. Un agneau, je vous dis.

— Plus blanc que toi, ça n'existe pas.

— Parfaitement, monsieur.

— Bien, dit Ambrosio.

Et il pensa : s'il savait, Massagrande, que j'ai un flair comme ça, il en resterait baba.

L'appartement de l'ingénieur Wolf était situé au quinzième étage. Quand l'ascenseur ultrarapide s'arrêta avec la douceur d'une Rolls-Royce, il était attendu par un jeune homme à la peau noire en veste blanche. Le Somalien prit sa canadienne et le fit asseoir sur un divan de couleur crème, dans l'angle d'un vaste séjour à la moquette tête de nègre, avec des bibliothèques laquées blanc et, sur les murs, des lithographies de Vasarely qui donnaient une extraordinaire impression de gaieté. Ou peut-être était-ce dû à la lumière argentée qui filtrait à travers les rideaux drapés devant les grandes fenêtres ?

— Bonjour, dit l'ingénieur Wolf en arrivant sans bruit derrière lui, à tel point qu'Ambrosio sursauta. Elles vous plaisent ? Il parlait des lithographies.

Il était grand, habillé de bleu, avec une chemise à rayures blanches et bleues, et une cravate de cachemire bleu. Il avait les cheveux blancs, des yeux clairs, il parlait un italien presque parfait.

— Vasarely me rend gai, dit Ambrosio.

— Vous connaissez Vasarely ?

— Dans la police, on est des fouineurs notoires.

Wolf, en riant, lui fit signe de s'asseoir et ajouta :

— Pardonnez-moi, je suis un passionné d'art moderne et je pense toujours que, en général, les autres n'en font pas grand cas.

— De toute manière vous avez raison : il est rare de trouver des policiers, des pompiers ou des acrobates qui aiment la peinture, mis à part quelques originaux.

— Vous êtes un original ?

— Bah, admit Ambrosio, en acceptant le café que le domestique lui proposait.

— Je vous écoute, dit l'ingénieur.

— Je sais que vous dirigez la Stern depuis de nombreuses années...

— Depuis trente ans exactement. Avant j'y étais employé.

— Alors vous vous rappellerez une de vos subordonnées, Mme Anna Kodra.

— Je sais qu'elle est morte dans un accident qui n'a pas encore été bien éclairci, cela me fait beaucoup de peine.

— Comment l'avez-vous su ?

— J'ai lu le journal d'hier.

— Vous vous en souvenez bien ?

— Certainement : elle est restée avec nous presque dix ans. J'en parlais encore récemment avec Inge, ma femme. Elle est entrée à la Stern pendant l'été 1956 et y est restée jusqu'à la fin de 1965.

— Pourquoi est-elle partie ?

L'ingénieur Wolf ne parut pas surpris par la question, il était clair qu'il s'était préparé à y répondre, mais que l'affaire, tout compte fait, l'embarrassait. Avant de parler, il se versa du whisky, après en avoir proposé à Ambrosio.

— Je dois vous dire sincèrement que cela ne m'est pas agréable, j'aurais préféré que vous soyez mis au courant de cet épisode fâcheux par d'autres. D'un autre côté, je crois que je vous dois la vérité. Je voudrais pourtant que vous me disiez honnêtement une chose : vous êtes déjà au courant de l'affaire d'Anna Kodra à la Stern et vous voulez entendre ma version, ou bien vous ne savez rien ?

— À mon tour de vous poser une question : pourquoi me demandez-vous cela ?

— Parce que si vous ne savez rien, vous la raconter m'embarrasse un peu. Je préférerais que vous soyez déjà au courant.

— Je regrette. Je ne sais rien.

— Je le regrette aussi.

Il but une gorgée de whisky et dit :

— Mme Kodra a été pendant les quatre premières années une simple employée administrative puis elle est devenue ma secrétaire parce qu'elle parlait l'allemand. Disons donc qu'elle a fait carrière : au point que, quand j'étais à l'étranger ou quand j'ai dû me faire opérer d'un ulcère, elle était capable de me remplacer pour la partie administrative. Elle connaissait tout de la maison, elle était intelligente, fine. Elle avait beaucoup de bon sens. L'ingénieur Daniele Corradi était et est encore le directeur technique de la Stern. Et c'est pour ça que je suis embarrassé, parce que Corradi est un de nos amis, à Inge et à moi-même, et sa femme l'est également. Bref, Anna et Corradi ont eu une liaison.

— Cela arrive, admit Ambrosio.

— Oui, mais généralement, au bureau, ces choses ne durent pas. Il s'agit souvent d'un feu de paille, d'un flirt éphémère, de petites affaires de sexe. Au contraire, celle-là a été une histoire sérieuse. Une histoire triste et orageuse parce que la femme de Corradi, quand elle a découvert la liaison, tardivement à vrai dire, a fait des scènes mémorables dont l'une au bureau, la veille de Pâques, je m'en souviens bien. Après ce scandale, Corradi m'a demandé deux semaines de congé et Anna a démissionné. Elle n'est plus revenue.

— Comment cela a-t-il fini ?

— Corradi est revenu travailler, j'ai fait de mon mieux pour l'envoyer souvent à Francfort, où se trouve notre siège central, et il m'en a été reconnaissant.

— La liaison durait encore ?

— Je crois que oui, au moins à cette époque. Vous savez ce qu'il en est. Il faut du temps...

— Et Anna Kodra ?

— Je l'ai appelée au téléphone et elle m'a dit qu'elle donnait des leçons d'allemand.

À Noël nous lui envoyions nos vœux. Quelques années après, je l'ai rencontrée dans un restaurant, et puis c'est tout. Hier en lisant le journal, j'ai appris sa mort plutôt étrange. Voilà tout.

— L'ingénieur Corradi vit avec sa femme ?

— Oui.

— Leurs rapports sont-ils bons ?

— Je dirais que oui, au moins en apparence. Nous nous voyons assez souvent. Ils ont dîné chez nous la semaine dernière.

— Avez-vous reparlé d'Anna Kodra entre vous, vous et Corradi, j'entends ?

— Non.

— Même pas hier ?

— Corradi n'était pas au bureau, le samedi il reste à la maison, comme tout le monde sauf moi. Et il est probable que je ne lui aurais pas montré le journal.

— Quand vous l'avez rencontrée au restaurant, Anna Kodra était en compagnie de quelqu'un ?

— Il me semble que oui, mais je ne m'en souviens pas bien. Franchement je ne me souviens pas.

— Elle était avec une ou plusieurs personnes ?

— Je ne m'en souviens vraiment pas : intuitivement, je dirais qu'elle était avec plusieurs personnes. Si elle avait été avec un homme seul, la chose m'aurait frappé davantage, non ? À cause de cette histoire. Au fond nous sommes tous un peu cancaniers.

— Votre femme connaissait Anna Kodra ?

— Certainement, Inge l'estimait, elles se parlaient au téléphone, elle est venue dîner à la maison deux ou trois fois.

Inge Wolf fit son entrée dans le séjour avec un sens de l'à-propos digne du meilleur théâtre de boulevard. Elle portait un pantalon de velours beige et un chemisier de soie grège, elle était grande, svelte, blonde avec une frange, ses yeux bleu-vert étaient maquillés et elle avait un accent de gouvernante autrichienne. Superbe et fragile, se dit Ambrosio. Sur la quarantaine. Se levant pour lui tendre la main, il observa quelques très légères rides au coin des yeux : plutôt quarante-deux que trente-huit, décida-t-il. La poitrine encore ferme. Natation, tennis, massages, régime, sauna, équitation.

Elle lui sourit.

— Chérie, je te présente le commissaire Ambrosio de la préfecture de police, il est ici à propos de la mort d'Anna Kodra.

— Pauvre Anna, elle n'a pas eu de chance, dit Inge Wolf en s'asseyant sur un fauteuil et en croisant les jambes qu'elle avait splendides. Elle chausse du trente-neuf, mesura mentalement Ambrosio, homme d'expérience.

— Que pensiez-vous de Mme Kodra ? J'aimerais le savoir, cela pourrait m'aider.

Une technique qui donnait des résultats presque à tous les coups. De fait, elle parut aussitôt désireuse de l'aider, disponible. Elle alluma une Marlboro et, en s'enfonçant dans le fauteuil, comme si elle voulait se détendre, elle dit :

— C'était une personne compliquée. Il fallait la connaître pour l'apprécier : au premier abord elle n'était pas sympathique, elle paraissait dure. Elle ressemblait à une de mes amies de Brême qui donnait à tout le monde l'impression d'être sans cœur et qui était au contraire généreuse et sensible. Anna était seule, sans soutien, et malheureusement elle était belle aussi. Quand on est seule, il vaut mieux ne pas être belle. Quand je l'ai connue, elle avait moins de quarante ans, et je peux vous assurer qu'elle rendait des points à des femmes plus jeunes qu'elle. Elle parlait peu, à la différence des Italiennes qui papotent avec plaisir, soit dit sans méchanceté, naturellement. Elle connaissait bien l'allemand, qu'elle parlait à la manière viennoise. J'avais plaisir à l'entendre parler allemand.

— Vous avait-elle raconté quelque chose sur sa vie privée ?

— Elle m'avait dit qu'elle avait fui sa ville avant qu'elle ne soit occupée par les troupes communistes, qu'elle avait vécu à Trieste et à Milan avec une parente qui est morte peu après. Elle m'a naturellement dit qu'elle était veuve d'un officier disparu en

Russie, comme mon père, qui est mort à Stalingrad avec l'armée de von Paulus.

— Vous a-t-elle jamais parlé d'hommes, de prétendants, d'amoureux ?

— Vous voulez parler de l'ingénieur Corradi ?

Et elle regarda un instant son mari qui lui fit un signe de tête imperceptible.

— De l'ingénieur Corradi et d'autres ; elle était veuve et libre.

— Non, jamais. Ou mieux, elle ne parlait de personne en particulier, mais on comprenait qu'elle connaissait les hommes, qu'elle avait souffert. Quand sa liaison avec Corradi est devenue un sujet de curiosité pour notre cercle d'amis, mon mari et moi n'en avons jamais parlé avec elle, n'est-ce pas Martin ? Et Anna, qui venait quelquefois dîner à la maison, n'y a jamais fait allusion. Un soir seulement, elle a dit que Corradi était un homme cultivé et assez rare et je lui ai demandé ce qu'elle entendait par là. Elle m'a expliqué que, d'habitude, les hommes sont bruyants, ils ont des voix peu agréables, leurs conversations sont banales, sport, auto, souvenirs de guerre, aventures dans les trains, mais Corradi était différent : quand il parlait, c'était comme assister à un spectacle. On voyait qu'elle l'aimait encore. C'est vrai que notre ami est intelligent, et même brillant, mais pas comme se l'imaginait Anna. Qu'en penses-tu Martin ?

Elle regarda son mari avec une pointe d'appréhension.

— Chérie, il est toujours difficile d'établir la

vérité. Nous sommes celui que nous paraissons de temps en temps.

— Pirandello, dit Ambrosio.

Il savait aussi être banal quand il le voulait. Mais ça marcha avec ces deux étrangers.

— Vasarely et Pirandello ! Vous êtes un policier exceptionnel, sourit l'ingénieur Wolf.

— C'est ce que je me dis toujours. Mais il faudrait que le préfet de police soit du même avis.

— Pourquoi Vasarely ? demanda Inge.

— Le commissaire Ambrosio sait qui est l'auteur de nos lithographies.

— Je suis le Berenson [1] de la via Fatebenefratelli, admit-il modestement. Et il ajouta, histoire de ne pas perdre de temps :

— Je voudrais parler à Corradi, mais pas chez lui. Cela m'ennuierait de lui créer des problèmes, surtout un dimanche, avec sa femme à la maison. Mais demain ce sera trop tard pour moi.

En réalité il pensait que, hors de chez lui, l'homme serait plus loquace.

— Si vous voulez, dit Wolf, je lui téléphone et, en inventant un prétexte pour sa femme, je le fais venir ici ; vous pourriez lui parler dans mon bureau, là...

Pendant que l'ingénieur se levait pour téléphoner, Ambrosio demanda à Inge :

— Anna Kodra vous a-t-elle jamais dit qu'elle avait une fille ?

---

1. Berenson (1865-1959) : collectionneur et critique d'art, spécialiste de la Renaissance italienne. (*N.d.T.*)

Elle le regarda et la stupeur dans ses yeux paraissait authentique :

— Jamais, et c'est la première fois que j'entends parler de quelque chose de ce genre. Martin et moi, nous avons toujours été convaincus qu'elle n'avait pas d'enfants.

— Encore une question, pardonnez-moi : a-t-elle jamais fait allusion à un ami peintre ou marchand de tableaux, un voisin ?

— Il ne me semble pas... Non, décidément, je dirais non.

— De quoi parliez-vous, à part les conversations habituelles, travail, temps, spectacles ?

— Ça vous semblera curieux, mais la seconde ou la troisième fois qu'elle est venue chez nous, elle et moi, nous n'avons fait que parler littérature : Anna était une lectrice de romans, elle aimait les Russes du dix-neuvième et Gogol en particulier. Elle disait que *Les âmes mortes* était une œuvre encore plus grande que *Guerre et paix*.

— Le fait est que je le pense moi aussi, dit Ambrosio, même si je n'ai pas réussi à finir Gogol, et peut-être justement pour ça.

Elle le regarda et il comprit qu'il pouvait désormais lui poser un autre type de questions, comme s'il n'était pas un policier. Il le fit :

— L'ingénieur Corradi n'est-il jamais tombé amoureux de vous ?

Il le dit doucement et elle tressaillit.

— Comment l'avez-vous compris ?

— Je l'ai deviné.

— Félicitations. Ce fut une affaire très brève, il y a de nombreuses années de cela.

— Ce Corradi est donc un homme qui a du charme, même s'il est différent de celui qui impressionait Anna Kodra...

— Ah ! c'est pour ça... dit Inge. Vous êtes astucieux : il était clair que mon jugement sur Daniele avait pour origine une légère désillusion.

— Pas exactement, je dirais plutôt une connaissance qui n'est pas superficielle.

— Intime.

— Oui, intime, répéta Ambrosio se levant du divan.

Il alla vers une fenêtre, souleva un rideau : on voyait de haut un Milan extraordinaire, surplombé de nuages noirs et gris et de traînées d'azur. Elle s'approcha et lui effleura une épaule de la main.

— À quoi pensez-vous ?

Comme s'ils se connaissaient depuis des années.

— Je regardais le ciel, dit-il, et ces traînées d'azur m'ont donné envie de marcher sous un parapluie avec une femme, comme quand j'étais jeune.

Après un instant, il lui demanda :

— Quel genre d'homme est-ce ?

Il voulait dire Corradi, il n'eut pas besoin de le préciser, car Inge répondit immédiatement :

— Un pauvre homme.

Son mari revint et annonça que Corradi serait là dans une demi-heure au maximum.

5

Encore dimanche

Le pauvre homme ne me plaît pas, pensa Ambrosio dès qu'il le vit : sur son trente-et-un, svelte, bien qu'il ait passé la cinquantaine, cheveux gris coiffés à la mode, yeux sombres, nez ferme. Un de ces types qui, l'été, portent une chemise Lacoste ouverte sur la poitrine et une chaîne en or autour du cou, ont le Dunhill toujours prêt, la sacoche à la main, jouent au tennis, au bridge, sont membres d'un club de golf, connaissent un magasin sur la 53e Rue à New York, et voudraient s'inscrire dès que possible au Rotary.

Reste calme, se dit Ambrosio, il t'est antipathique seulement parce que tu as appris qu'il a couché avec Inge.

Le bureau de Martin Wolf était encore plus agréable que le séjour : entièrement marron et jaune pâle avec des bibliothèques murales en noyer, un divan et des fauteuils de cuir clair, une vaste table de travail, également en noyer, des coussins jaunes et un seul tableau d'Alfredo Chighine : des taches de couleur terre de Sienne et bleu outremer.

— Je regrette de vous avoir dérangé un dimanche.

— Ça ne fait rien, et même je m'y attendais, dit Corradi en s'asseyant sur le divan et en passant la main dans ses cheveux d'un geste qui devait lui être familier. Je m'y attendais après avoir lu l'article. Vous avez été bien aimable de m'avoir appelé ici au lieu de venir à l'improviste chez moi.

— Il y a longtemps que vous n'avez pas vu Mme Kodra ?

— Au moins deux ans.

— Vous vous téléphoniez ?

— Quelquefois.

— C'était Mme Kodra qui vous appelait ?

— Non, non, c'était moi. Pour Noël, pour son anniversaire... Sauf la dernière fois que nous nous sommes parlé : là, c'est elle qui m'a appelé, elle était à la clinique.

— Vous a-t-elle demandé quelque chose ? Vous a-t-elle téléphoné pour vous demander quelque chose de précis ?

— Seulement pour me dire qu'elle devait se faire opérer et qu'elle avait peur. Je lui ai dit les banalités habituelles : que tout irait bien, de ne pas en faire une montagne, que je l'appellerais après l'opération. Elle m'a demandé de ne pas le faire, elle me téléphonerait elle-même au bureau pour me donner des nouvelles. Mais je n'en ai pas eu. C'est la vie, le temps passe, on remet tant de choses. Maintenant, je m'aperçois que j'aurais dû l'appeler quand même, que j'aurais dû lui envoyer des fleurs, au lieu de cela...

— Avant-hier, saviez-vous qu'elle avait été renversée par une voiture et qu'elle en était morte ?

— Non. J'ai seulement lu cet article. J'étais dehors et j'ai dû aller m'asseoir dans un bar.

— Si je ne me trompe pas, vous vous êtes connus à la Stern.

— Oui, il y a vingt ans. Cela me semble comme hier et en même temps dater d'un siècle. Anna était jeune et seule. De ces femmes qui, au début, intimident un peu : elle souriait rarement, elle était ponctuelle, efficace, elle s'habillait bien.

— Quand a commencé votre liaison ?

— Quelques années plus tard, quand elle a quitté l'administration pour devenir la secrétaire de Martin.

— Qui l'a signalée au directeur ?

— Je ne sais pas, demandez-lui. Je sais seulement qu'un jour nous avons commencé à nous chamailler parce qu'Anna avait un caractère décidé et n'admettait pas de se tromper, je lui disais qu'elle était plus allemande qu'une Allemande, une vraie tête de mule. Et puis j'ai compris que c'était une façon de se défendre, que tout compte fait, elle était timide, et assez peu sûre d'elle. Elle se rongeait les ongles, elle avait des mains d'écolière. Et puis Anna était bonne.

— Comment êtes-vous devenus amis ? Bref, que s'est-il passé ?

— Rien de spécial ; vous êtes un homme, vous pouvez me comprendre (espèce de goujat, pensa Ambrosio). Ne me jugez pas trop mal. Martin était à Francfort et nous, ici, nous avions un contrat à respecter, nous avions pris du retard, nous travaillions jusqu'à l'heure du dîner. Nous allions manger ensemble et je dois dire que j'ai commencé aussitôt à lui faire un peu la cour. Un soir, elle m'a dit clairement qu'elle n'était pas libre, qu'elle avait quelqu'un.

— Qui était-ce ?

— Elle ne voulait pas m'en parler, elle semblait presque avoir peur de lui. Je n'ai pas insisté. Un mois plus tard, en juillet, Martin était en congé, je l'ai surprise en train de pleurer : elle était assise à son bureau et elle pleurait. Je me suis approché, et sans rien me dire, elle s'est levée et est venue vers moi. Je l'ai prise dans mes bras. C'est comme ça que ça a commencé.

— Pourquoi pleurait-elle ?

— Je le lui ai demandé et elle m'a supplié de ne pas la questionner, elle avait promis de ne rien dire. J'étais embarrassé et aussi déçu, mais je me suis dit, au fond quelle importance ? Ce qui compte c'est qu'elle soit avec moi. Elle était belle. Au fil des mois, je me suis aperçu que j'étais amoureux d'elle, alors ma vie est devenue un enfer. Un paradis et un enfer. Ma femme était habituée à mes engouements passagers, mais cette fois elle a fait un scandale. Vous avez dû en entendre parler…

— Que savez-vous de la vie personnelle d'Anna Kodra ?

— Pas grand-chose.

— Il faut être sincère avec moi. En me disant tout ce que vous savez, vous éviterez que d'autres collègues viennent vous importuner, jusque chez vous, avec des foules de questions. Toutes aussi indiscrètes.

— Je n'ai rien fait de mal.

— C'est justement pour cette raison. Vous avez bien connu Anna Kodra. Et Anna est morte dans un accident pas clair du tout, elle était seule et personne n'en sait assez sur elle pour nous mettre sur la bonne voie : nous voulons trouver un mobile possible, dans l'hypothèse où le choc aurait été volontaire. Comprenez-vous, monsieur ?

Corradi se leva, alluma une cigarette et retourna s'asseoir :

— Je vous assure que je ne sais pas grand-chose d'elle. Même dans les moments de plus grande intimité, Anna avait une espèce de répugnance à parler d'elle. Et puis je préférais ne pas approfondir.

— Par prudence ?

— Peut-être. J'avais l'impression que c'était mieux de vivre ainsi, de profiter du présent, au jour le jour.

— Et pourtant vous êtes restés ensemble quelques années.

— Cinq, avec des hauts et des bas.

— Et en cinq ans, Corradi, vous n'avez jamais su si, avant vous, Anna avait aimé quelqu'un, avait été aimée de quelqu'un. Ne me racontez pas d'histoires.

— Je veux dire que je savais, mais pas dans les détails. Il y avait, chez Anna, quelque chose qui m'échappait et que, tout compte fait, j'avais peur de connaître. Par jalousie, pour ma tranquillité. Elle s'était mariée très jeune et elle m'a dit que son mari l'avait aimée comme un jeune d'alors pouvait aimer une gamine de dix-huit ans à peine sortie du lycée, avec tendresse, mais sans passion. Elle m'a raconté qu'elle avait connu un garçon à Trieste, après que son mari avait été porté disparu, et que c'était lui qui lui avait fait découvrir la passion. Quand elle vivait avec son mari, elle croyait être frigide... Ce sont ces choses-là que vous voulez savoir ?

— Continuez.

— À Milan elle a connu un professeur qui habitait dans son immeuble. Il était tombé amoureux d'elle, mais l'histoire s'est terminée peu après parce que cet homme, plus vieux qu'elle et célibataire, était sous la coupe de sa vieille mère. Je n'ai jamais cherché à connaître leurs véritables rapports. En tout cas Anna n'en était pas amoureuse.

— Elle devait avoir quelqu'un d'autre, et vous le savez. L'homme à cause duquel elle pleurait au bureau, non ?

— Oui, je suis presque certain qu'elle avait quelqu'un avant notre rencontre. C'était une femme qui ne pouvait rester seule longtemps. Elle m'a dit qu'elle n'aimait personne, que je ne devais rien lui demander et que chacun de nous devait être libre de garder quelque chose pour soi. Question de principe. Un jour que, par jalousie rétrospective, je tentais encore de lui demander qui était l'homme mystérieux qui m'avait précédé, elle m'a juré qu'il n'y avait eu aucun amant secret dans sa vie. On a fini par se disputer. Et puis, comme je vous l'ai dit, je ne voulais pas approfondir, il me suffisait qu'elle me soit fidèle.

— Et elle l'était ?

— Oui. Je crois.
— Alliez-vous chez elle, via Catalani ?
— Elle ne voulait pas.
— Et vous ne trouviez pas cela bizarre ? Elle était seule et libre.
— Elle avait un sens plutôt exacerbé de la respectabilité, elle ne voulait pas que les voisins cancanent.
— Peut-être était-elle encore liée au professeur et préférait-elle ne pas le blesser : il était célibataire, il aurait pu l'épouser. Pas vous.
— Ne dites pas cela, vous ne la connaissiez pas.
— Excusez-moi, dit Ambrosio, détendu, sans agressivité, un vrai saint-bernard. Où vous rencontriez-vous pour faire l'amour ?
— J'avais loué un studio avec salle de bains, meublé.
— Dans le centre ?
— Via Torino, au dernier étage d'une maison sans concierge.
— À votre nom ?
— Non, à celui d'Anna. Elle l'avait aménagé comme un atelier.
— Quand vous êtes-vous séparés ?
— Après la scène que ma femme a faite à la Stern. Martin m'a dit qu'il vous en avait parlé.
— Officiellement vous vous êtes séparés, et pourtant…
— Je suis allé en Allemagne, et puis je suis revenu. C'est vrai, nous nous sommes encore vus, mais ce n'était plus ça, le charme était rompu. Comme ça, petit à petit…
Ambrosio essaya de le provoquer :

— Je ne vous crois pas. C'est la version qui vous arrange. Qu'est ce que ça veut dire petit à petit ? D'après moi ça veut dire que vous vous êtes séparés, peut-être lentement, mais pour quelque chose qui s'est passé entre vous deux, et pas à cause de la scène faite par votre femme. Si vous aviez voulu garder Anna, vous seriez allé vivre avec elle, vous vous seriez séparé de votre femme, vous n'aviez pas d'enfants, il n'y avait pas de problèmes majeurs. Pourquoi donc avoir cédé ? Pourquoi ?

L'homme resta avec sa cigarette en l'air, déconcerté. À la fin, il admit :

— Oui, désormais notre histoire était finie. Une routine, plus d'émotions. Un soir je suis allé via Torino sans la prévenir, et il y avait un homme dans le studio. Il ne parlait pas en italien, mais en dialecte, de Trieste, je crois ; il semblait de mauvaise humeur, je me souviens qu'il disait « t'es simple, t'es simple », ce qui veut dire stupide. J'ai descendu en courant l'escalier sans avoir sonné à la porte et j'ai attendu, dans ma voiture, qu'ils sortent. Une demi-heure plus tard, un homme d'une quarantaine d'années, grand et costaud, avec un imperméable clair, est monté dans une Jaguar métallisée. Elle est sortie une minute après, comme si elle ne le connaissait pas, et elle s'est dirigée vers l'arrêt du tram. Alors je suis sorti de la voiture, je l'ai rejointe et je l'ai accompagnée jusqu'au piazzale Loreto.

— Vous lui avez demandé qui était cet homme ?

— Elle ne me l'a pas dit. Elle criait que, après l'irruption de ma femme au bureau et le scandale, nous avions décidé de nous séparer, et alors, de quoi je me plaignais, elle était libre, tout à fait libre d'aller avec qui elle voulait. Que, de toute manière, c'étaient ses affaires et qu'on ne lui casse pas les pieds. Ça a mal fini. Avec des insultes. Elle est descendue au début de la via Porpora et je ne l'ai plus revue pendant plusieurs semaines.

— Et puis ?

— Je lui ai téléphoné et elle m'a dit qu'elle avait quitté le studio de la rue de Turin et qu'elle travaillait comme traductrice pigiste pour un éditeur de revues techniques.

— Saviez-vous qu'Anna avait une fille ?

— Une fille ?

Corradi prononça distinctement et il répéta :

— Une fille ?

Il semblait sincère. Alors Ambrosio lui demanda :

— Elle vous a plu, Inge, à une certaine époque ?

— Que voulez-vous dire ?

Il paraissait offensé, sérieusement.

Ce fils de pute, on va le laisser mijoter, décida Ambrosio. C'est un mélange de demi-vérités, de mensonges et de demi-mensonges.

— Demain matin les funérailles auront lieu, dit Ambrosio, on partira de la morgue. Puis, très vite :

— Donnez-moi le numéro de téléphone de votre bureau. À propos, une dernière question : où étiez-vous mardi soir, le 6 janvier ?

— Hors de Milan, commissaire. Vous pouvez demander à Martin.

C'était presque une provocation.

Avant de partir, Ambrosio demanda à Wolf combien avaient coûté les lithographies de Vasarely.

Dans l'ascenseur, il s'aperçut que sa main sentait le parfum. Inge la lui avait serrée un instant de plus que nécessaire pour prendre congé d'un fonctionnaire de police.

Dans son bureau, il y avait au contraire une odeur de millet, ce devait être cette plante verte, plus ou moins monstrueuse, qu'on lui avait offerte quelques années auparavant ; l'odeur lui rappelait la cage des canaris quand il était petit. Il ouvrit la fenêtre : la pluie tombait droite comme il aimait, rapide et fraîche, il serait volontiers resté à la regarder tomber si le téléphone ne s'était pas mis à sonner avec impertinence, étant donné qu'il était cinq heures et quart de l'après-midi et qu'on était dimanche.

La voix de Massagrande, moins impérieuse que d'ordinaire, et même traînant un soupçon de lassitude, le surprit parce qu'il lui avait semblé comprendre qu'ils ne devaient pas se revoir avant le lendemain matin à la morgue. Pourtant, le chef de la Mobile voulait lui parler. Il ferma la fenêtre, il s'était mis à faire froid dans la pièce. Il allait sortir quand le téléphone se remit à sonner :

— Je sais que vous avez cherché à me joindre, dit Emanuela, j'étais sortie déjeuner et je viens de rentrer.

Il aurait voulu lui demander avec qui elle était sortie, un dimanche, mais il lui dit :

— Je vous ai téléphoné parce que l'idée de manger seul m'a rendu mélancolique. Je voulais… (à l'autre bout du fil, elle se taisait). Je voulais bavarder avec vous, acheva-t-il.

— De l'enquête ?

— Entre autres.

— Et alors, avec qui avez-vous bavardé ?

— J'avais seulement devant moi un loup au citron.

— J'ai eu plus de chance. Nous étions trente, un repas d'adieu, une de nos vieilles collègues qui part en retraite. Nous lui avons organisé une fête.

Il éprouva un tel soulagement que même Massagrande lui revint à l'esprit. Il l'interrompit :

— Emanuela, je m'excuse, mais le chef m'attend. Seulement je ne voudrais pas dîner en compagnie d'un autre loup.

— Je reste à la maison, téléphonez-moi quand vous voulez.

Il alluma le cigarillo que lui avait donné Massagrande et se dirigea à pas vifs vers le bureau du chef.

— Récapitulons, dit le chef. Nous sommes sûrs que cette Kodra a eu un mari, un enfant, plus précisément une fille, quelques amants, dont l'un a disparu et l'autre fait le mort, et qu'elle menait une vie assez curieuse. Ne me dites pas que c'est normal, vraisemblable, pour une femme seule, jolie, veuve, de se comporter pendant des années comme veulent nous le faire croire cet Orlandini et l'ingénieur de l'entreprise allemande, ce Corradi ; maison et bureau, pas d'amies, aucun parent, etc.

— Et alors ?

— Alors, mon cher, cette femme trafiquait, combinait quelque chose qui, pour l'instant, nous échappe mais qui l'obligeait sans doute à s'enfermer dans cette espèce de tour d'ivoire, la petite tour d'ivoire de la via Catalani.

— Comment expliquez-vous l'affaire avec Orlandini, propriétaire de cette même tour d'ivoire ?

— Probablement, ou plutôt certainement, Orlandini était impliqué dans l'affaire, et c'est si vrai qu'il a éprouvé le besoin de se faire rare.

— Il craint quelqu'un : celui qui a fait taire pour toujours Anna Kodra, admit Ambrosio.

— C'est peut-être lui qui s'en est occupé.

— Peut-être, mais je ne pense pas, je ne le vois pas avec une barre de fer à la main.

— Vous lui avez demandé où il était pendant que la victime agonisait sur l'asphalte ?

— Non.

— Vous voyez ? Et pourquoi ne le lui avez-vous pas demandé ?

— Parce que je pensais, à ce moment-là, qu'il s'agissait d'un accident.

— Bien sûr. Mais nous sommes au point mort : aucune nouvelle de Trieste, demain nous saurons quelque chose sur ces listes de réfugiés, un fonctionnaire des renseignements généraux s'en occupe, on ne sait jamais. Mais je n'y compte pas. J'ai également téléphoné aux Suisses à propos d'Orlandini. S'il est passé de l'autre côté, ils le sauront probablement.

— Et cet argent pour l'enterrement ?

— On vérifiera toutes les machines à écrire de la Stern, du bureau d'Orlandini, de l'ingénieur Corradi et de l'éditeur pour lequel Mme Kodra faisait des traductions, mais je pense qu'on n'arrivera à rien.

Celui qui a envoyé l'argent a tapé cette lettre Dieu sait où.

— Et pourtant, il y a *quelqu'un* qui est toujours resté en coulisse, présent et invisible : Orlandini et Corradi, chacun à sa façon, me l'ont dit. Surtout Corradi, avec prudence, sans trop de détails, par peur (peur de qui ?) et en même temps avec le besoin de paraître sincère parce qu'il se doutait que, tôt ou tard, nous découvririons quelque chose et qu'alors nous pourrions l'inculper de complicité, ou du moins d'avoir dissimulé des informations ou d'avoir menti. Au contraire, un jour, il pourra dire qu'il a été le premier à me parler, par exemple, de l'homme à l'imperméable et de la Jaguar.

— Corradi en sait beaucoup plus qu'il ne vous en a dit.

— Certainement.

— Alors envoyez une voiture de patrouille le chercher et faites-lui cracher ce maudit roman fleuve.

— Sous quel prétexte ?

— Ambrosio, vous voyez ce qu'est devenu notre boulot ? Avec les juges, les paperasses, les tampons, les avocats de mes fesses, les communications judiciaires, les scribouillards gauchistes qui ne nous les lâchent pas, comment diable pouvons-nous découvrir des assassins, des complices, des mafieux, des salopards et des truands ? Dites-le-moi, Ambrosio.

Massagrande à la tribune d'un meeting.

Puis de manière imprévisible, et d'une voix tout autre, gentiment comme un frère, il dit :

— Interrogez-le encore, demain matin, après l'enterrement.

— J'ai une idée.

— L'amener à l'enterrement ?

— Je ne crois pas, mais…

— Je vous fais confiance, Ambrosio.

— Merci, chef. J'ai l'intention de lui préparer un petit piège et s'il fonctionne…

— À demain, Davy Crockett.

Massagrande lui sourit comme si, au lieu d'être à la préfecture de police par un dimanche froid de pluie et de vent, ils avaient été sous une tonnelle au Pausilippe un jour d'été.

En prenant Emanuela sous le bras pour lui faire traverser la rue, Ambrosio sentit la tiédeur entre l'aisselle et le sein ; il en éprouva une sorte d'angoisse : simplement, sans doute, le désir d'un homme de quarante-huit ans, encore dans la force de l'âge, qui n'avait pas couché avec une femme depuis au moins un mois.

Le restaurant, presque au bord du Naviglio, avait un style rustique : nappes à carreaux rouges, chandelles sur les tables, vin de la région de Pavie.

— Simenon est venu une fois ici, on l'a photographié sur le fond du vicolo delle Lavandaie, dit Ambrosio.

— Et il a dit que cet endroit aurait plu à Maigret.

— Vous l'avez lu aussi ?

— Bien sûr, nous avons les mêmes goûts en matière de littérature policière, vous vous souvenez ?

— Je me souviens de tout à votre sujet.

Mais pour ne pas ressembler à n'importe quel coureur de jupons, il ajouta trop rapidement :

— Savez-vous que je suis maintenant jusqu'au cou dans l'affaire de Mme Kodra ? Aujourd'hui, pour la première fois, j'ai eu l'impression de l'avoir connue. Les descriptions de la voisine et de son ami professeur m'avaient donné d'elle une idée plutôt vague. J'ai rencontré, cet après-midi, un homme qui dit l'avoir aimée, mais qui craint de se compromettre et qui ne m'a donc pas dit toute la vérité. Anna Kodra a commencé à se préciser dans ma tête au moment où il m'a décrit leur première étreinte : elle pleurait.

— Pourquoi pleurait-elle ?

— On ne sait pas. Du moins il dit ne pas le savoir. Peut-être ment-il.

Ambrosio raconta à Emanuela qu'une infirmière lui avait également rapporté qu'Anna pleurait à la clinique.

— À l'hôpital beaucoup de malades pleurent, dit Emanuela à voix basse, mais je crois comprendre que cette dame avait de gros soucis qui ne concernaient pas sa santé.

— Le gynécologue l'a également dit hier, souvenez-vous. *Une femme très malheureuse, mais pas à cause de sa santé.* Cette phrase me travaille. Et puis aujourd'hui, j'ai eu l'impression qu'Anna avait un secret qu'elle traînait derrière elle depuis longtemps. Quelque chose qui la rendait si fuyante, si solitaire : une belle femme — vous avez vu la photo sur le passeport ? — qui vivait seule dans un petit appartement, qui travaillait de manière discontinue, sans gagner beaucoup, mais qui vivait pourtant dans une certaine aisance. J'ai vu son appartement : elle avait des meubles anciens, quelques tapis persans et même deux fourrures dans sa penderie. Elle aurait pu se remarier, quand elle était plus jeune. Au lieu de ça, elle a joué les veuves en permanence. Les hommes qu'elle fréquentait n'allaient jamais chez elle. Ça ne vous paraît pas curieux ?

— Peut-être craignait-elle les commérages des voisins.

— Ou peut-être avait-elle un protecteur, un ami mystérieux, quelqu'un à qui elle était liée et qui le lui interdisait.

— Ça ne pouvait pas être le propriétaire de son appartement ?

— Si. Il y avait entre eux une relation plus sérieuse que celle à laquelle Orlandini a voulu me faire croire, et je pense qu'il l'a aidée aussi du point de vue financier. Mais l'affaire est ambiguë. Ça ne devait pas être simple, vous voyez ce que je veux dire ? Il faudrait que je reparle encore avec le professeur.

La bougie sur la table éclairait avec douceur le visage d'Emanuela et il lui parut si attirant qu'Ambrosio cessa de parler.

— Vous ne dites plus rien ? demanda-t-elle.

— Nous nous sommes vraiment rencontrés trop tard ?

Emanuela ne répondit pas. Ambrosio lui versa du vin et ajouta :

— Les meilleures choses de la vie sont libres et

disponibles, mais on n'est jamais assez libre et disponible pour les meilleures choses de la vie.

— C'est vrai.

— Celui qui a écrit cette phrase a eu le prix Nobel. Pour ma part, je peux seulement dire que l'amour est toujours difficile. Ce n'est pas une grande nouveauté, mais, en revanche, c'est la vérité.

— Une espèce de petite guerre.

— Avec des morts et des blessés. Prenez l'histoire d'Anna et du professeur : d'après ce que j'ai compris, leurs rapports devaient être tendus, inquiets. Je ne suis pas sûr, mais il me semble que notre ami s'est trouvé dans des situations critiques, et, qui plus est, s'y trouve encore maintenant.

— Pourquoi êtes-vous devenu policier ?

— Je voulais être peintre, même si j'ai fait des études de droit.

— Vraiment ?

— Au lieu de fouiller dans les tiroirs de Mme Kodra, j'aurais peint les petites maisons de la via Catalani, sous la neige, à la manière d'Utrillo.

— Je ne suis jamais allée via Catalani.

— Un jour je vous y emmènerai et je vous expliquerai pourquoi, quand j'ai appris l'accident, j'ai éprouvé le désir d'y revenir. À dire vrai, je suis aussi revenu à l'hôpital.

— Vous deviez récupérer le sac de la dame, dit Emanuela.

— J'aurais pu envoyer un agent.

— Cela ne m'aurait pas fait plaisir.

— Vraiment ?

— Oui, dit-elle, et elle but du vin. Demain vous allez à l'enterrement ?

— Certainement.

— Qui y aura-t-il ?

— Le chef de la Mobile avec quelques hommes, le substitut du procureur, un journaliste que je connais et moi. Et naturellement les gens des pompes funèbres.

— Personne d'autre ?

— Peut-être quelqu'un d'autre, mais de loin. Nous ouvrirons l'œil. Espérons qu'il n'y aura pas de brouillard.

Cependant le brouillard était tombé après la pluie de la soirée, et quand ils sortirent du restaurant, ils furent plongés dedans au point de ne pas retrouver tout de suite la voiture rangée sur le terre-plein du Naviglio. Emanuela le prit par la main et ils marchèrent tout près l'un de l'autre, lentement, pendant une cinquantaine de mètres. Ne voyant pas la Golf, Ambrosio souhaita presque qu'on la lui ait volée, ainsi il aurait pu continuer jusque chez elle.

On ne la lui avait pas volée.

6

Lundi matin

Il s'endormit vers deux heures, après avoir lu les journaux du dimanche qui étaient restés toute la journée soigneusement pliés sur le siège arrière de la voiture. À sept heures, il fut réveillé, comme toujours, par la radio qui donnait les nouvelles habituelles : enlèvement à Rome, grève des chemins de fer, vol à Milan-Lambrate, pots-de-vin dans le marché des avions de transport militaire, CGIL, CISL, UIL, brouillard dans la vallée du Pô. Il éteignit le radio-réveil, se fit un café fort avec une machine électrique qu'il avait achetée dans un moment d'euphorie, mangea quelques biscottes, se coupa la lèvre inférieure en se rasant, découvrit qu'il n'avait plus d'après-rasage et presque plus de papier hygiénique.

Il sortit finalement de chez lui d'humeur morose, d'autant plus que, depuis le lycée, le lundi le déprimait presque autant que le dimanche : une âme sensible, quoi.

Il ne pleuvait plus et il n'y avait plus de brouillard, seulement une brume grise qui enveloppait les derniers arbres des avenues. Le froid intense pénétrait jusqu'aux os malgré les manteaux et les fourrures, et l'haleine des gens, aux arrêts d'autobus, formait autour d'eux de légers nuages blancs.

Massagrande l'attendait devant l'institut médico-légal. Il fumait un cigarillo, les mains dans les poches d'un imperméable de couleur claire doublé de faux castor. Un vêtement de plouc, aurait dit Francesca qui avait un goût raffiné.

— Voilà notre ami, dit le chef de la Mobile.

De l'autre côté de la rue il y avait une Alfa avec trois agents, et huit ou dix mètres plus loin, à côté de la grille, le fourgon noir de l'entreprise de pompes funèbres avec quatre hommes qui ressemblaient à des gardiens de la paix mais qui étaient des croque-morts.

— On partira bientôt, j'attends le substitut du procureur, dit Massagrande. Quelqu'un a envoyé une gerbe d'œillets rouges, j'aimerais bien savoir qui.

— Ça fait partie du service à six cent quarante mille lires, expliqua Ambrosio en faisant signe à l'un des croque-morts de s'approcher. Et il ajouta : il devrait y avoir un employé de l'entreprise.

Le jeune homme répondit que M. Marescotti était à l'intérieur, dans le bureau, et qu'il allait l'appeler.

Marescotti était petit, chauve, il avait un grain de beauté près de l'oreille droite, il portait un pardessus bleu :

— Ces messieurs sont de la préfecture de police ?

Ce sur quoi Massagrande lui mit une main sur l'épaule en l'appelant fiston et à voix basse, comme s'il complotait, il lui ordonna :

— Dites-nous tout.

Le petit homme regarda Ambrosio comme s'il ne savait pas quoi dire, il était un peu troublé. Le vice-commissaire chercha à le mettre sur la voie en ajoutant :

— Monsieur Massagrande voudrait que vous lui racontiez comment votre maison a été contactée et comment se dérouleront les funérailles de Mme Kodra.

Le chef regarda Ambrosio en ôtant de sa bouche le cigarillo, il retira sa main droite de l'épaule de Marescotti et fit un salut à un jeune homme qui sortait d'une Fiat 128 :

— Voilà la justice, dit-il. Égale pour tous. Et quelquefois plus égale pour certains.

L'employé des pompes funèbres ne l'entendit pas. Il raconta l'histoire de la lettre avec les billets et précisa que la somme de six cent quarante mille lires comprenait le transport de la dépouille dans une bière de noyer avec une gerbe d'œillets ou d'autres fleurs de saison, le rite funéraire dans une chapelle ou une église au choix, l'aménagement, dans le carré 52 du cimetière principal, d'une tombe avec le prénom et le nom de famille de la défunte, simple mais décorée, avec un jardinet.

— Et avec les dates, il y a une majoration de prix ? demanda Massagrande.

— Quelles dates ? intervint le substitut du procureur qui, comme d'habitude, voulait être tenu au courant.

— On parlait de la pierre tombale, dit Ambrosio, pacifique. Monsieur Marescotti est un employé de la maison qui a été chargée par un inconnu d'organiser la cérémonie funèbre pour la victime, Mme Kodra.

Massagrande toussa.

— Vous fumez trop, dit le substitut du procureur, et il sourit à Ambrosio :

— J'ai le permis d'inhumer. Où en est l'enquête ?

— Nulle part, dit Massagrande d'un ton légèrement provocant.

— Nous interrogeons tous ceux qui connaissaient la victime de l'accident, voisins, collègues de bureau, amis, etc., ajouta Ambrosio. Nous reconstruisons à travers tous les témoignages possibles la personnalité de cette dame, qui présente des côtés obscurs.

— Pensez-vous réussir à découvrir la vérité ?

— Que cette femme ait été assassinée ou qu'elle ait été renversée par un chauffard, nous espérons trouver le coupable, ou les coupables, ou la coupable. À condition que nous ayons un minimum de chance, cela va sans dire. Et si nous réussissons à faire parler ceux qui savent quelque chose. En admettant qu'aujourd'hui, conclut Massagrande, on réussisse à faire parler quelqu'un.

Il l'avait placé ! Il offrit un cigarillo au substitut qui, de notoriété publique, ne fumait pas.

— J'ai envoyé quatre hommes au carré 52, ajouta Massagrande, quand le magistrat fut entré à la morgue, et il y a aussi une voiture banalisée, avec un photographe, qui tiendra à l'œil les éventuels pleureurs en visite. Et vous ?

— J'irai au cimetière avec ma voiture.

— Derrière il y a deux journalistes, celui que vous

connaissez et un autre du *Corriere*. Nous sommes désormais sous surveillance, l'histoire s'y prête, elle a tous les ingrédients nécessaires. Et votre piège ?

Il cligna de l'œil.

— Dans l'après-midi, répondit Ambrosio.

— Si vous avez besoin de quelque chose…

— Seulement d'une machine à écrire ou d'un feutre.

— J'ai compris, dit Massagrande, ou presque. Pas mal.

Le petit homme en bleu vint prévenir qu'ils étaient prêts et le chef de la Mobile fit signe aux siens de s'approcher avec la voiture.

Tout se passa rapidement.

Le fourgon noir avec le cercueil couvert d'œillets sortit de l'enceinte et se dirigea vers le largo Rio de Janeiro, entraînant derrière lui l'Alfa de Massagrande, la vieille DS grise de Valenti, une Fiat 124 bleue du *Corriere* avec un jeune homme au volant, et enfin Ambrosio avec la Golf ; et un mal de tête, à cause de la tension ou du froid.

Viale Tunisia, il vit un bar où, certains soirs d'été, il s'asseyait avec Francesca pour boire des cocktails à l'ananas et au gin. Mais maintenant c'était l'hiver et il suivait un convoi funéraire.

La cérémonie dans la chapelle du cimetière dura dix-sept minutes. Le prêtre disait de temps en temps « sœur Anna », ce qui faisait une certaine impression sur Ambrosio : on aurait dit que le prêtre l'avait connue de son vivant, ce qui était impossible. Cependant, le fait de l'appeler ainsi et de parler d'elle prodiguait une sorte de consolation, comme si Anna Kodra avait été entre amis, alors qu'il n'y avait que des policiers, des croque-morts, des journalistes et un photographe qui à la fin lança des éclairs de flash sur le petit groupe. Une vieille en manteau aubergine priait dans un coin.

Ambrosio pensait à la Jaguar métallisée qui avait suivi un moment le corbillard le long du viale Certosa.

Il l'avait vue tout d'un coup dans le rétroviseur, piazzale Firenze, comme si elle avait débouché d'une rue latérale, peut-être de la via Caraciolo. Il avait ralenti et la Jaguar était restée derrière lui pendant deux cents mètres, puis l'avait dépassé ainsi que les voitures des journalistes et l'Alfa de Massagrande, pour rester une minute à une trentaine de mètres derrière le corbillard.

À l'intérieur, il n'y avait que le conducteur. Ou étaient-ils deux ? Fichues fenêtres embuées.

Il ne réussissait pas à se rappeler l'immatriculation, parce que, quand la voiture l'avait dépassé et qu'il avait vu le Z qui précédait les chiffres, il avait pensé que ce ne pouvait pas être la Jaguar dont lui avait parlé Corradi. D'autres voitures étaient passées, de toutes sortes, il y avait une circulation intense sur l'avenue. Et puis il s'était dit : et si ce type avait changé de voiture ? Pendant ce temps, la Jaguar avait également doublé le fourgon mortuaire et avait disparu peu avant l'entrée du cimetière.

L'odeur de l'encens lui rappela l'enterrement de son père et la chaleur de ce jour de juillet. Le questeur lui-même était venu, et il portait une cravate à pois bleus semblable à la sienne. Et lui, qui était anéanti par la douleur, avait dit sottement :

— Nous avons la même cravate.

Au carré 52, la pelleteuse avait creusé une fosse pour une dizaine de cercueils et trois reposaient déjà au fond, l'un à côté de l'autre. Celui d'Anna Kodra était le quatrième, un franciscain le bénit. De petits groupes de parents et d'amis des défunts s'attardaient en parlant à voix basse au bord de la fosse qu'ils contemplaient, d'autres tournaient autour pendant que le photographe de la police prenait avec indifférence des photos-souvenir et que les agents de Massagrande ne réussissaient pas, malgré toute leur bonne volonté, à se faire passer pour de lointains parents.

— Ces fils de pute ne se signent pas, dit le chef de la Mobile à Ambrosio, le métier les endurcit ; de toute façon je laisse encore un peu deux de ces mécréants dans les parages, et puis on verra. Peut-être que pendant ce temps-là votre piège aura fonctionné.

— Espérons, dit Ambrosio. Avez-vous vu la Jaguar métallisée ?

— Quelle Jaguar ?

— Celle qui nous a dépassés et qui est restée quelques instants derrière le fourgon funéraire viale Certosa.

— Eh bien ?

— Ça m'a rappelé la Jaguar qu'avait mentionnée Corradi.

— Vous m'en aviez parlé ? Quelle était son immatriculation ?

— Oui, je vous en avais parlé. Je ne me souviens plus de l'immatriculation, il y avait un Z, donc ce ne pouvait être celle d'alors. Mais il y a des inconditionnels de certaines marques. Bref, j'aimerais bien savoir qui en est le propriétaire.

— Et vous me dites ça comme ça ?

Il haussa la voix et quelqu'un se retourna pour le regarder. Alors l'effronté fit un signe de croix et, murmurant presque, dit à l'oreille d'Ambrosio :

— On contrôlera toutes les foutues Jaguar immatriculées à Milan avec la lettre Z. Combien pensez-vous qu'il y en ait au prix qu'elles coûtent ?

— Peu, dit Ambrosio.

— Très peu, conclut Massagrande, soulagé de constater qu'en réalité on pouvait pardonner la distraction du vice-commissaire. Un péché véniel.

— Ça ne vous était pas venu à l'esprit ? demanda Ambrosio.

— Quoi ?

— De faire le lien entre cette marque de voiture et la victime. Tout compte fait, ça pourrait être une simple coïncidence.

Ils furent interrompus par Valenti :

— Veuillez m'excuser, mais j'aurais quelque chose à vous demander, à vous et à mon ami Ambrosio.

Pendant qu'ils marchaient dans l'allée qui conduisait à la sortie, il commença à tomber des gouttes glacées. Ambrosio se retourna et vit qu'on était en train de descendre le cinquième cercueil. Il sentit un frisson dans le dos.

— Il pleut, dit Massagrande. Demandez, mais soyez bref, parce que je n'ai pas de parapluie.

— Que pensez-vous de la disparition du propriétaire de l'appartement de la victime ? C'est lui l'assassin ou bien il a été éliminé parce qu'il en savait trop ?

— Valenti, ne me faites pas un roman feuilleton, s'il vous plaît. Le professeur Orlandini a été interrogé comme beaucoup d'autres connaissances de cette dame, ça ne veut rien dire de plus, et d'ailleurs nous ne sommes même pas sûrs des circonstances de la mort de la victime. Pour le moment, nous pouvons seulement faire des hypothèses. Nous travaillons pour découvrir le responsable de l'accident : jusqu'à preuve du contraire, il s'agit d'un accident de la circulation. Je me trompe ?

— Si ça peut vous être utile – et Valenti donna au chef un exemplaire de la *Notte* qu'il avait tiré du paquet de journaux qu'il tenait sous le bras – jetez un coup d'œil aux dernières nouvelles.

Il souriait innocemment.

Ambrosio lut lui aussi le titre, en gras sur six colonnes :

LE PROFESSEUR DISPARAÎT

Le chapeau commençait ainsi :

Le mystère du crime de l'Épiphanie s'épaissit.

Les gouttes tombaient sur le journal comme sur une toile tendue, Massagrande le replia, foudroyant du regard le journaliste, puis le roula comme une matraque et, sans mot dire, se dirigea vers l'Alfa qui roulait déjà vers eux.

La voiture du chef s'éloigna dans un hurlement de sirène, son gyrophare lançant des éclairs bleus.

— Il ne l'a pas encaissé, reconnut Valenti.

— En effet, dit Ambrosio.

Une demi-heure plus tard, assis à son bureau, la nuque appuyée au dossier de son fauteuil, il lut attentivement l'article :

L'étrange accident dont a été victime Anna Kodra, cette femme de 53 ans morte dans des circonstances obscures la nuit de l'Épiphanie à l'angle de la via Porpora et de la via Catalani, devient de plus en plus mystérieux. Comme nous l'avons déjà écrit, la victime, qui a été trouvée inanimée, en partie sur le trottoir, en partie sur la chaussée, comme si elle avait été renversée par un chauffard, est morte presque une heure après son admission à l'hôpital de la via Francesco Sforza. La dépouille sera ensevelie dans la matinée au cimetière de Musocco, après la délivrance du permis d'inhumer par la justice. Nous rendrons compte de la cérémonie dans les prochaines éditions.

Anna Kodra, originaire de Fiume et veuve d'un officier albanais qui a combattu avec le corps expéditionnaire italien en Russie en 1942, habitait seule au numéro 12 bis de la via Catalani et menait une vie très discrète. Ses voisins, interrogés par la police, n'ont pas pu donner de renseignements de nature à dissiper le mystère qui entourait sa vie.

Nous venons tout juste d'apprendre une nouvelle qui pourrait constituer un tournant de l'enquête, ou en tout cas l'orienter vers des solutions inattendues :

M. Michele Orlandini, professeur de dessin et marchand de tableaux, propriétaire de l'immeuble où habitait la victime et ami intime de celle-ci depuis vingt ans, a disparu depuis au moins deux jours. Les voisins affirment qu'il menait une vie rangée ; ils ne s'expliquent pas sa disparition imprévue alors que, lorsqu'il quittait l'appartement pour de brefs voyages professionnels, il laissait les clefs à Mme P., sa voisine, qui nous a déclaré être préoccupée par l'absence du vieux professeur.

Il n'est pas à exclure qu'il y ait un lien entre la mort d'Anna Kodra et la disparition d'Orlandini. La police, pour ce qu'on en sait, mène l'enquête dans les milieux fréquentés par la victime, mais on a l'impression que, pour le moment, aucun indice susceptible de faire progresser l'enquête n'a encore été découvert. Il apparaît que des messages ont été envoyés aux postes frontières pour rechercher le vieil ami, qui pourrait cependant avoir été éliminé par ceux qui ont fait taire pour toujours la réfugiée istrienne au passé mystérieux.

Il posa le journal sur le bureau, se passa la main sur la nuque et regarda Valenti, assis en face de lui.

— Et alors ? demanda le journaliste.

— Alors quoi ?

— Comment trouves-tu l'article ?

— Tu es fort pour écrire sur des choses dont tu ne sais rien.

— Et toi, tu en sais quelque chose ?

— Mais moi, je n'écris pas, mon cher.

— Tu fais pire.

— Je te remercie.

— Je plaisantais, naturellement. Le fait est que cette histoire a tout l'air de devenir une grosse affaire. Tu t'en rends compte ou pas ?

— Et alors ?

— Une femme qui a été belle vit seule sans que les voisins sachent rien sur elle, sauf qu'elle était (peut-être) l'amie du propriétaire de la maison, lequel était (peut-être) un homosexuel (et je dis *était* parce qu'il a disparu) ou peut-être un maniaque sexuel ; cette femme, qui a été belle et qui est encore séduisante, meurt un soir de brouillard et quelqu'un essaie de faire passer l'assassinat pour un accident de voiture. Tuée pour voler ? Non. De cela nous sommes certains. Par jalousie ? Pour des questions d'intérêt ? Et de quoi vivait la victime ? De son travail ? Pas toujours, épisodiquement. Regarde seulement son nom : il semble sorti de Buzzati. Qui la haïssait au point de lui donner un coup de barre de fer sur la nuque ? Avait-elle un compte en banque ? Combien y avait-il dessus ? Était-elle impliquée dans un trafic de drogue ? Ou d'argent ?

— Ajoutes-y l'espionnage.

— Et pourquoi pas ? Tu plaisantes, mon vieux, mais ton Anna Kodra avait quelque chose à cacher, et comment.

— C'est la vieille Papetti, cette sorcière que tu appelles Mme P. dans ton article, qui te l'a dit ?

Valenti sourit, desserra le nœud de sa cravate claire, déboutonna sa chemise et commença à se gratter l'épaule.

— Fais comme chez toi, et même comme dans tes

cabinets, lui dit Ambrosio qui éprouvait pour Valenti une admiration mêlée d'agacement de le voir toujours aussi excessif.

L'allusion au compte en banque était intéressante. Il écrivit sur une feuille : « compte en banque », et « homosexuel ». Il barra homosexuel.

Il demanda :

— Qui t'a dit qu'Orlandini connaissait la victime ?

— Secret professionnel.

— Ne fais pas l'imbécile avec moi.

— La fille de cette Papetti.

— Clelia ?

— Tu as vu cette poitrine ?

— Fais-moi le plaisir…

— J'oubliais que tu es un homme raffiné. Tu n'es pas un policier mais un gentleman préposé aux investigations.

— Valenti, faisons un pacte.

Il cessa de sourire et reboutonna son col : il comprit qu'Ambrosio pouvait avoir besoin de lui, et que lui avait besoin d'Ambrosio.

— Parle.

— Je promets de te tenir au courant de tout, à condition…

— À condition ?

— Que tu ne fasses pas le chien fou. Tu mets cartes sur table, et surtout tu ne vas pas bâtir des hypothèses sur des suppositions et des ragots.

— Note quand même que je suis sur cette affaire. J'écris chaque jour si c'est nécessaire.

— Ce n'est pas nécessaire.

— Et alors, qu'est-ce que tu veux ? Me fermer la bouche ?

— Tais-toi et écoute : d'après moi, dans quelques jours, nous découvrirons quelque chose ou au moins nous aurons une meilleure idée de la personnalité de la victime, du milieu qu'elle fréquentait, de qui était en réalité cette femme qui, comme tu le dis, a été belle. Actuellement, il est inutile de mêler quelques informations sûres à une foule de déductions qui pourraient nuire à l'enquête. Faisons comme ça : tu me téléphones à la maison, je te donne quelques pistes intéressantes et en échange, tu me fais part de ce que tu as l'intention d'écrire. Et plus tu écriras des choses sensées, plus je te mettrai sur des pistes intéressantes. Ça te va ?

Valenti décida que ça lui allait. Il se leva, lui tendit la main droite pour sceller le pacte, prit son imperméable qu'il avait jeté sur un siège et allait sortir du bureau quand un agent ouvrit la porte sans frapper et se retrouva presque dans ses bras.

— Tu n'es pas un policier mais un ouragan.

Et il sortit heureux comme un roi.

Dans la chemise bleue que l'agent avait posée sur le bureau d'Ambrosio, il y avait une feuille épinglée à une enveloppe.

Sur l'enveloppe, un timbre oblitéré à Milan samedi et une adresse écrite en caractères d'imprimerie :

PERSONNELLE — CONFIDENTIELLE — AU CHEF DE LA MOBILE — PRÉFECTURE DE POLICE — RUE FATEBENEFRATELLI — MILAN.

La feuille comportait une seule phrase :

L'INGÉNIEUR CORRADI DE LA DIRECTION DE LA STERN, 29 VIA DE AMICIS, SAIT TOUT SUR ANNA KODRA.

La stupeur qui envahit le vice-commissaire était telle qu'il resta quelques minutes la feuille à la main comme si, au lieu d'une lettre anonyme, il avait reçu, mettons, une lettre d'amour de son ex-femme : *cette feuille disait exactement ce qu'il avait eu l'intention d'écrire pour tendre son piège.*

Il lui vint un doute et il courut chez le commissaire en chef.

— Je l'ai eue il y a dix minutes, dit Massagrande, de mauvaise humeur.

— Vous ne pensez pas que c'est moi qui l'ai expédiée, j'espère ?

— Et pourquoi devrais-je le penser ?

— Parce que... parce que..., dit Ambrosio, qui sentait ses oreilles devenir brûlantes, eh bien, j'avais l'intention d'écrire une lettre similaire pour la montrer à Corradi, comme si quelqu'un avait voulu l'accuser ; peut-être qu'il aurait parlé, qu'il se serait laissé aller. De toute façon, ça m'aurait donné une excuse pour le rudoyer un peu...

Massagrande le fixait, mais le regard était absent. Ambrosio se tut, alluma une Muratti, se leva, alla à la fenêtre et appuya le front contre la vitre glacée sur laquelle roulaient des gouttes de pluie. C'était agréable, comme boire de l'eau gazeuse l'été.

— Qui l'a écrite ?

Une question que Massagrande se posait à

lui-même ; il s'approcha d'Ambrosio, le regarda et demanda :

— Et pourquoi l'avoir écrite ?

— Quelqu'un qui a peur.

— Le professeur ?

— Ce pourrait être lui, si l'on admet qu'il a disparu de son plein gré. Il craint peut-être que l'assassin de Mme Kodra le tienne pour un témoin dangereux et donc… Donc il essaye de transférer les soupçons sur un autre qui connaît également le secret de la victime. L'assassin sait que nous pourrons arriver à lui seulement si quelqu'un qui connaît le passé d'Anna Kodra nous met sur la voie. Admettons que ce ne soit pas Orlandini qui l'ait tuée, et je ne crois pas que ce soit lui, il est cependant au courant de beaucoup de choses sur la vie de cette femme, beaucoup plus que ce qu'il m'en a dit. Si aujourd'hui nous l'interrogions encore, nous le mettrions dans l'embarras et il le sait. Il a peur, s'il parle ou si quelqu'un pense qu'il a parlé, de mal finir. Alors il s'enfuit et nous envoie la lettre, pour en compromettre un autre et le faire payer à sa place, le cas échéant.

Massagrande dessinait des étoiles avec le doigt sur les vitres embuées :

— Ce n'est pas mal, il y a de la logique dans ce que vous dites.

— Le fait est qu'il faut maintenant dénicher Corradi, ajouta Ambrosio, qui sentait en lui le besoin d'agir immédiatement, presque comme si s'était enclenché un processus qu'il ne fallait pas arrêter au risque de tout gâcher. Il faut lui mettre la lettre sous le nez et le faire parler, le menacer, lui dire qu'il est en danger, qu'il n'a qu'un seul intérêt : ne pas faire le malin. Qu'il est dedans jusqu'au cou, que... excusez-moi, chef. Peut-être voulez-vous l'interroger vous-même, ou envoyer quelqu'un.

— En effet, je veux envoyer quelqu'un.

Ambrosio éteignit la Muratti fumée à moitié dans la coupelle d'eau du calorifère et resta avec le mégot mouillé en main jusqu'à ce que Massagrande lui dise :

— Qu'attendez-vous pour vous remuer ? Allez, et dès que vous apprenez quelque chose ou que vous avez besoin de quelque chose, appelez-moi.

Il lui sourit en dessinant cette fois unc comète sur la vitre.

À la Stern on lui dit qu'on n'avait pas encore vu l'ingénieur Corradi ce matin. Il demanda à parler à Martin Wolf, mais le directeur n'était pas dans son bureau non plus, il avait un rendez-vous d'affaires à l'hôtel President avec un groupe de Japonais. Peut-être l'ingénieur Corradi était-il avec le directeur ? Non, répondit la secrétaire à laquelle on avait posé la question, et elle ajouta que même sa femme avait cherché à le joindre, qu'elle ne savait pas où il était, probablement à un rendez-vous professionnel à l'extérieur dont il avait oublié de l'avertir.

Ambrosio demanda à voir la secrétaire de Corradi.

Blonde, vingt-cinq ou vingt-six ans, coiffée à la Deneuve, on devait lui avoir dit depuis qu'elle était petite qu'elle avait de beaux cheveux. C'était vrai, mais cette coiffure faisait un peu prétentieux sur elle.

Elle portait une jupe écossaise à dominante verte, en cachemire, un pullover café au lait à col montant :

— Quand il ne vient pas au bureau, il me téléphone ou il m'avertit la veille.

— Et pourquoi, cette fois-ci, ne vous a-t-il rien dit ?

— Il aura oublié.

— C'est déjà arrivé ?

— Non, jamais.

— Cela vous inquiète ?

Il remarqua une légère rougeur, un instant d'embarras, puis la jeune femme prit un mouchoir dans le sac posé à côté de la machine à écrire, et se moucha.

— Ça devrait ?

— Je ne sais pas. Je ne connais pas les habitudes de M. Corradi.

Il la regarda et elle essaya de ne pas baisser les yeux, mais elle remit le mouchoir dans le sac et lui dit sans le regarder :

— C'est drôle qu'il ne se soit pas manifesté.

— Sa femme le croyait au bureau. Que voulait-elle ?

— Je ne sais pas, elle m'a seulement demandé s'il était là.

— Elle téléphone souvent ?

— Environ deux ou trois fois par jour.

— Comme si elle le contrôlait ?

— Non, je ne pense pas, mais pourquoi…

— Vous aimez bien M. Corradi, il vous est sympathique ?

La jeune femme se leva comme si elle avait été

piquée par une aiguille et elle attendrit Ambrosio parce qu'elle était jeune et amoureuse. Il lui dit doucement :

— Excusez-moi, je veux seulement connaître son adresse personnelle. Et ne prévenez pas sa femme que je vais chez elle.

Il lui mit une main sur l'épaule :

— Asseyez-vous, mon petit.

— Mais pourquoi la police s'intéresse-t-elle à lui ? demanda-t-elle en regardant sa cravate.

— Une dame que l'ingénieur connaissait est morte dans un accident, voilà pourquoi. La routine.

— Une dame ?

— Une vieille dame, précisa généreusement Ambrosio en regardant sa montre : il était onze heures vingt et la via Ressi était à l'autre bout de la ville.

Ce fut la femme de Corradi qui vint lui ouvrir, et quand Ambrosio lui dit qui il était, elle ne parut pas surprise. Elle fumait, elle portait une grande veste de laine bleue sur un jean, et dessous une chemise de soie de coupe masculine ; elle avait au poignet une Rolex en or, au cou un collier avec un pendentif en forme de pomme. Le maquillage excessif, les cheveux blonds coiffés à la garçonne, les yeux d'un bleu intense, lui donnaient un air de mannequin sur le retour. Sa voix était grave. Elle demanda :

— Qu'est-il arrivé à mon mari ?

— Rien, que je sache, répondit Ambrosio en se dirigeant vers le séjour plongé dans la pénombre, meublé en style victorien, un peu lourd et mélancolique malgré les efforts accomplis pour lui donner un air raffiné. Absolument rien, madame.

— Pourquoi êtes-vous là alors ?

— Asseyez-vous, madame Corradi.

C'était la seconde fois qu'il disait la même chose en une demi-heure. Il s'assit lui-même sur un divan en cuir et Mme Corradi dans un fauteuil, sans appuyer la nuque ; elle était tendue, irritée.

— J'ai cherché votre mari à son bureau, il n'y était pas ; c'est pourquoi je suis venu ici. J'ai besoin de lui demander des renseignements sur une personne qui a travaillé avec lui il y a longtemps.

— Anna Kodra.

— Il vous en a parlé ? Vous êtes au courant ?

— Oui, hier. L'après-midi, il était tourmenté, et même bouleversé. Il m'a dit qu'il était allé chez Wolf et qu'il y avait un commissaire qui cherchait des informations sur Anna Kodra, parce qu'elle était morte.

— C'est vrai. Ce policier, c'était moi.

La sirène d'une ambulance rompit le silence qui s'était installé entre eux et qui arrangeait bien Ambrosio, parce que rien n'est meilleur que le silence quand on interroge quelqu'un qui est assailli par les doutes ou la peur.

— Où est-il ?

Elle le dit doucement, presque à elle-même. Elle éteignit sa cigarette dans un cendrier d'argent en forme de coquille, comme on enfonce une punaise.

— À quelle heure est-il sorti ce matin ?

— À huit heures et quelque, comme d'habitude.

— Il va au bureau en voiture ?

— Oui, une Alfetta bleue. Pourquoi ?

— Comme ça. Et de quelle humeur était-il ? Agitée, normale ?

— Normale, je pense. Je ne l'ai pas vu, j'étais encore au lit. Il m'a dit au revoir de l'entrée, et puis le téléphone a sonné. Je lui ai demandé qui c'était, il m'a répondu « travail » et il est parti.

— Il avait pris son petit déjeuner avant ?

— Non, il préfère s'arrêter pour le prendre au bar. Je dors jusqu'à l'arrivée de la femme de ménage à neuf heures.

— Je m'excuse, madame, je suis malheureusement obligé de vous poser des questions sur votre vie privée ; je préférerais, croyez-moi, ne pas avoir à le faire, mais c'est impossible. Je ne peux absolument pas faire autrement.

Il la regarda et elle s'enfonça dans le fauteuil, paraissant frappée d'un accablement soudain qui l'épuisait.

— Depuis combien de temps êtes-vous mariés ?

— Dix-huit ans. Dix-neuf en juillet.

— Avez-vous eu des enfants ?

— Non.

— Vous n'en vouliez pas ?

— Au début nous n'en voulions pas, et puis… nous n'en avons pas eu, voilà.

— Madame, je suis au courant de la liaison qui a existé entre votre mari et Anna Kodra.

— Ce n'est un secret pour personne.

— En effet. Je voudrais vous poser une question : comment avez-vous découvert cette histoire ?

— Un coup de téléphone anonyme.

— Une voix de femme ou d'homme ?
— De femme, naturellement.
— Pourquoi naturellement ?
— Parce que... Je ne sais pas.
— Parlez-moi de lui, alors... Je m'excuse, mais c'est nécessaire.
— Je ne l'imaginais pas capable de me raconter tant de mensonges, d'inventer des excuses, de jouer un double jeu pendant des années comme il l'a fait. Et c'est pour ça que, quand j'ai su la vérité, les nerfs ont lâché et que je n'ai pas été capable de me conduire de manière moins stupide.
— Stupide ?
— Oui, parce que je voudrais ne pas avoir fait cette scène au bureau. J'étais... J'étais hors de moi. Et puis j'ai compris que l'intérêt de Daniele pour elle s'était atténué, et j'ai laissé tomber. Ce n'est pas un homme de grandes passions. Il a cherché à se faire pardonner, cadeaux, week-ends à la mer, quelques voyages, il ne faisait même plus la cour à mes amies en ma présence. En somme tout était pour le mieux, sauf une chose.
— Quoi ?
— Une certaine ferveur s'était éteinte en moi. Vous voyez ce que je veux dire ?
— Certainement, ça arrive à tout le monde.
— C'est dommage.
Ce n'était plus le vice-commissaire Ambrosio, et elle le comprit.
— Quand on réalise cela, ça veut dire qu'on n'est plus jeune.

Et elle lui sourit. Dans la pénombre elle était presque belle.

— Vous avez connu Anna Kodra ?

— Oui.

— Que pensiez-vous d'elle ?

— Elle me plaisait.

— Elle vous plaisait ? Et pourquoi ?

— C'était une femme qui donnait l'impression d'être forte. À l'époque où je n'étais pas au courant de sa liaison avec Daniele, je l'enviais, comme une femme au foyer peut envier une femme autonome. Et puis, j'ai appris cette liaison, et j'ai eu le sentiment de la haïr, je me disais que c'était une moins que rien, à laquelle les hommes plaisaient, qui savait y faire au lit, et que Daniele n'était au fond qu'un faible, une victime.

— Et vous avez changé d'avis par la suite ?

— Daniele a besoin de se croire toujours vainqueur. Après son histoire avec cette Kodra, j'ai découvert qu'il m'avait déjà trompée avant.

— Vous en êtes certaine ?

Elle sourit faiblement et secoua la tête :

— Ne cherchez pas à me consoler. Il me l'a dit lui-même, presque pour justifier son amour pour Anna, au moment où je semblais assommée par la douleur et la jalousie.

— Votre mari, pendant sa liaison avec Anna Kodra, était-il tendu, préoccupé ? Vous a-t-il jamais donné l'impression qu'il avait peur de quelqu'un, de quelque chose ?

— Pourquoi me demandez-vous ça ?

Elle s'inquiétait.

— Eh bien, cette dame est morte, comme vous l'avez appris, dans des circonstances pas très claires, et malgré nos recherches, nous n'avons pas réussi à remplir les vides d'une vie qui est par certains aspects normale, et par d'autres assez obscure. Nous supposons qu'elle a été assassinée. Nous nous demandons : pourquoi ? Quel est le mobile ?

— Mais vous devez tenir compte du fait que mon mari la fréquentait il y a dix ou douze ans. Dieu sait combien de choses se sont passées depuis.

— Certainement. Mais nous ne pouvons pas exclure que celui qui l'a tuée la connaissait à cette époque, et peut-être votre mari pourrait-il avoir des soupçons, m'indiquer un motif, un indice. Elle vivait seule dans un petit appartement, elle ne recevait personne...

— Je sais.

Ambrosio la regarda, étonné.

— Je suis restée des heures via Catalani, assise dans la voiture, l'après-midi, le soir, et je me suis promenée dans les alentours, via Vallazze, via Porpora, via Jommelli, en espérant la rencontrer avec Daniele, après leur séparation, comme si je voulais souffrir encore, pour les confondre, les insulter. D'un autre côté j'espérais me tranquilliser en vérifiant personnellement qu'il n'allait pas chez elle, quand je savais qu'il n'était pas au bureau.

— L'avez-vous jamais fait suivre ?

— J'aurais voulu, mais je n'osais pas entrer dans une de ces agences.

— Et vous, l'avez-vous jamais suivi ?

— Non, il s'en serait aperçu.

— Et vous rappelez-vous si, à cette époque, votre mari vous a jamais donné l'impression d'être préoccupé, d'avoir peur ?

— Je n'ai pas l'impression. Il était parfois de mauvaise humeur, et ça lui arrive encore maintenant, parce qu'il est lunatique, facilement irritable. Mais ça passe aussi vite que c'est venu.

— Avez-vous connu ou entendu parler du professeur Orlandini ?

— Qui est-ce ?

— Ça n'a pas d'importance. J'ai vu hier l'ingénieur Wolf et sa femme.

— Inge vous a plu ?

Elle le lui demanda avec un trait de malice et il fit semblant de mordre à l'hameçon.

— C'est une femme qui a du charme.

— Elle plaît aussi à Daniele.

Il lui demanda encore :

— Quand votre mari est rentré à la maison, hier après-midi, vous rappelez-vous s'il a téléphoné à quelqu'un ?

— Oui, à des amis de Monza, les Archinto, qui nous attendaient pour le dîner dans un restaurant du parc. Il leur a dit qu'il n'était pas très bien et que nous ne pouvions pas venir.

— Il a reçu des coups de fil ?

— Non, pas que je sache, du moins tant que je suis restée à la maison.

— Vous êtes sortie ?

— Comme il était d'une humeur massacrante, je suis allée chez une amie qui habite l'immeuble d'en face pour jouer aux cartes. Je suis rentrée à l'heure du dîner.

— Et lui ?

— Il regardait la télévision.

— Il vous a dit ce qu'il avait fait pendant votre absence ?

— C'est important ? (Elle sourit.) Il a lu *L'Unità* ; le dimanche, il l'achète toujours.

— Communiste ?

— Il l'a été quand il était jeune.

— Et son humeur ?

— Il m'a semblé plus calme.

— Avez-vous reparlé d'Anna Kodra ?

— Non, nous avons mangé des sandwichs, il a continué à regarder la télévision, que je déteste, et j'ai fini de lire *Voyages avec ma tante* de Graham Greene. Vous connaissez ?

— Je regrette, de Greene, je n'ai lu que *La fin d'une liaison*.

— Un bon livre, à part son obstination à nous infliger toujours ses théories sur le Père éternel.

— Je suis presque tombé amoureux de Sara.

— Qui est-ce ?

— L'héroïne du roman.

— Vous êtes un policier sensible alors ?

— Tout le monde me le dit.

Elle regarda sa montre et recommença à s'inquiéter :

— Vous comprenez pourquoi il n'a pas encore donné signe de vie ? Où peut-il être allé ?

— Il aura eu une obligation professionnelle ou un contretemps quelconque.

— Je vais essayer à nouveau de téléphoner à son bureau.

— S'il était arrivé au bureau, il vous aurait appelée. Patientez encore un peu et ne vous inquiétez pas.

7

Lundi après-midi

Ne vous inquiétez pas. La phase lui revint à l'esprit deux heures plus tard, dans l'après-midi, quand une voiture radio des carabiniers envoya le premier rapport et qu'il eut appris qu'un cadavre à demi carbonisé, retrouvé à Segrate dans une Alfetta brûlée au bord d'un canal, ne pouvait être que celui de l'ingénieur Daniele Corradi. Quatre-vingt-dix chances sur cent.

Il était en train de raconter à Massagrande sa conversation avec Maria Corradi quand un des hommes de la brigade mobile frappa à la porte d'une façon qui parut si irrévérencieuse au chef qu'il cria :

— Entrez ! Il y a un tremblement de terre ?

Et l'autre dit d'un trait :

— Excusez-moi, je crois qu'on a tué Corradi, à Segrate. La plaque d'immatriculation correspond...

— Comment, je crois ? On l'a tué ou pas ? vociféra Massagrande.

Ambrosio se leva d'un coup. Pendant un instant, il eut la sensation qu'il perdait l'équilibre, et il éprouva un léger vertige.

— Il est brûlé comme un bonze, expliqua l'agent,

qui, à sa manière, voulait dédramatiser l'événement. L'Alfetta a pris feu et la personne qui était à l'intérieur est carbonisée, elle est toute noire.

— Laissons tomber les détails, dit Ambrosio.

Massagrande le regarda un instant et demanda à l'agent :

— Comment sait-on que c'est lui ?

L'agent parut surpris :

— Il avait disparu de la circulation, on le cherchait, c'est sa voiture, il n'est pas rentré chez lui ni au bureau. M. Armenise dit aussi qu'il y a quatre-vingt-dix chances sur cent que ce soit lui, Corradi. Chef, nous avons déjà averti le substitut du procureur.

— Compris ? dit Massagrande. Les carabiniers, les agents de police, les pompiers et les substituts des sous vice-machins ont déjà tout réglé. Ne vous en faites pas, Ambrosio. Allons à Segrate.

Il lui toucha le bras :

— Ça fait une drôle d'impression quand on rencontre quelqu'un et que, quelques heures après, il est mort. On ne s'habitue jamais à la mort.

— Ça me fait de la peine pour sa femme, dit Ambrosio.

Ils mirent quarante-deux minutes, malgré la sirène, pour arriver sur les bords du canal, dans les prés du hameau de Lavanderie, parce que, après la pluie, il était tombé un brouillard qui devenait de plus en plus gris et impénétrable à mesure que l'après-midi avançait.

Sur place il y avait déjà une foule de personnes, pompiers compris, lesquels avaient allumé un projecteur qui éclairait la carcasse de la voiture. Ils parlaient tous à mi-voix et Ambrosio se sentit en dehors de la réalité. Cela lui rappela la sensation qu'on éprouve lorsque, après une intervention chirurgicale, l'anesthésie commence à se dissiper : on se trouve dans une espèce de demi-sommeil, une langueur douce et pas désagréable.

Il subit le charme de cette scène horrible qui avait un je-ne-sais-quoi de grandiose et d'alarmant à la fois. Avant de regarder un instant l'homme, qui paraissait sculpté dans un tronc d'arbre calciné, affaissé sur le volant qui évoquait la roue d'un vieux tricycle d'enfant, il vit un bouleau dressé dans le brouillard et le trouva beau.

Et puis un spasme de nausée le secoua, et quand il retourna vers Massagrande qui parlait avec le substitut du procureur et avec un capitaine des carabiniers, il avait les yeux pleins de larmes. Il fit semblant de se moucher.

Le magistrat le regarda, de même que le chef : il était clair qu'ils avaient parlé de lui et qu'ils s'étaient mis d'accord sur quelque chose, sur quelque chose de désagréable qu'il aurait à faire. Ça lui rappela Francesca juste avant qu'elle lui dise qu'elle ne le supportait plus et qu'elle s'en allait.

— Eh bien, dit Massagrande, je crois que vous êtes la personne la plus indiquée : vous connaissez Mme Corradi, vous lui avez parlé il y a quelques heures, et puis vous savez y faire. Il n'y a maintenant plus de doute : le corps est bien celui de son mari…

— Comment… comment en êtes-vous sûrs ? demanda Ambrosio.

— L'Alfetta est la sienne, la victime possédait une Piaget : et on l'a retrouvée par terre, à quelques mètres de la voiture. Corradi l'a peut-être perdue au cours d'une lutte qui s'est déroulée avant qu'on ne le frappe, qu'on ne le transporte dans la voiture et qu'on n'y mette le feu.

Massagrande tira d'une enveloppe que lui avait remise un agent une montre plate, carrée, la même qu'il avait vue au poignet de Corradi la veille, chez les Wolf.

— À qui avez-vous demandé pour la montre ?

— À la secrétaire, ne vous faites pas de souci.

(Pauvre gamine, pensa Ambrosio.)

— Le corps n'est pas reconnaissable, ajouta le magistrat, l'identification pourra être faite par déduction, à moins que la victime n'ait une prothèse dentaire ou que son dentiste ne sache reconnaître quelque détail qui nous échappe. On verra à l'autopsie.

— Pendant ce temps, Ambrosio, poursuivit Massagrande, vous irez à la Stern avec un mandat de perquisition et vous chercherez dans les papiers du défunt, dans les tiroirs de son bureau, dans les archives, où vous voudrez, et s'il y a trop de matériel, je vous enverrai de l'aide. Il faut trouver quelque chose, l'affaire prend de l'ampleur. Corradi a été l'ami d'Anna Kodra pendant des années et tous les deux sont morts en l'espace d'une semaine.

— D'après moi, la mort de l'un est étroitement liée à celle de l'autre, conclut le magistrat, en lui donnant le mandat de perquisition signé. Et il y a toujours une voiture dans le coup : d'abord la tentative de faire passer un homicide pour un accident de la route, et puis cet autre assassinat, avec l'Alfetta incendiée.

— Pourtant, dit Ambrosio, si le premier crime pouvait être pris pour un accident, celui-ci, non. Donc l'incendie était inutile.

— À moins, ajouta le capitaine des carabiniers, qu'on ait voulu détruire des preuves, à l'intérieur de la voiture. Un examen attentif de l'épave sera nécessaire. Le labo pourra nous être d'un grand secours.

— Le capitaine a sans doute raison, dit Massagrande en prenant Ambrosio par le bras et en le conduisant vers le camion des pompiers. Et moi, je crois que Corradi connaissait le secret d'Anna Kodra, un secret à cause duquel elle a été tuée, et il n'y a pas de secret qu'on puisse emporter tout entier dans la tombe. Il en reste toujours des traces, ne serait-ce qu'un billet de tram, un numéro de téléphone, un nom sur une carte postale, un monogramme sur une bague, une date, une dédicace dans un livre… Et puis il reste les vivants. Ou ceux que nous croyons tels, comme Orlandini.

Il faisait froid, un froid humide, insinuant.

— N'oubliez pas les banques, dit Ambrosio.

Quelqu'un rit, le véhicule des pompiers se mit en marche.

— C'est déjà fait. Demain matin nous saurons si Anna Kodra avait des comptes courants, des coffres et tout ce qui s'ensuit. Nous mettrons le nez partout, j'en fais serment. C'est l'affaire la plus dégoûtante que j'ai eue entre les mains depuis un an, après la masseuse poignardée dans le grenier…

— Nous n'avions rien trouvé sur cette fille.

— Justement. Ça a été une foutue affaire. Et maintenant, celle-ci, ponctua Massagrande.

— Espérons, dit Ambrosio, en ouvrant la portière de la Golf. Il baissa la vitre et avant de partir, il demanda :

— Que dit-on aux journalistes ?

— La vérité. De toute manière, pour l'instant, il ne s'en est montré aucun.

— Je ne compterais pas trop là-dessus, dit Ambrosio. Vous savez mieux que moi qu'ils sont calés sur notre fréquence.

— Et aussi sur celle des carabiniers, se consola Massagrande.

— Certainement, chef, l'impartialité les perdra.

— Allez, et téléphonez-moi dès que vous pourrez.

Une voiture de patrouille lui ouvrit la route à coups de sirène jusqu'à la via Ressi, dans le brouillard et l'obscurité qui étaient tombés brusquement, comme toujours l'hiver à Milan.

Cette fois, quand Maria Corradi le vit immobile sur le pas de la porte avec ce visage qui ne savait pas feindre, elle s'approcha et lui effleura le bras, presque en une caresse. Quelques instants plus tard, Ambrosio, assis sur le divan à la même place que quelques heures auparavant, car il n'y avait pas homme plus régulier que lui dans ses habitudes, vit le maquillage de ses yeux transformé en un masque noirâtre, pathétique, et pourtant, elle ne pleurait pas. Elle regardait la fenêtre, debout :

— Qu'est-il arrivé ? demanda-t-elle.

— Un accident, un vilain accident de voiture.
— Où ?
— Un peu à l'extérieur de Milan, à Segrate.
— Une collision ?
— Non... La voiture a pris feu.
— Mon Dieu, oh, mon Dieu... dit-elle, en portant la main à son visage ; elle fit deux pas et se laissa tomber dans un fauteuil. Alors Ambrosio vit que ses épaules tressautaient et il eut envie de s'approcher, de lui parler mais il n'en fit rien, il resta sur le divan à regarder une chope à bière en céramique blanche, posée sur le guéridon, qui portait les inscriptions *Piccadilly — Trafalgar Sq — Petticoat Lane — Oxford St — Regent Street.*
Tout d'un coup, il entendit sa voix :
— Qui l'a tué ?
Et à voix haute, trop haute :
— Et pourquoi ?... Pourquoi ?... Pourquoi ?
Il s'approcha :
— Nous ne le savons pas, madame. Je vous en prie, calmez-vous. Nous avons... nous avons besoin de vous. Il y a des choses que seule une épouse peut connaître.
— Mais qu'est-ce que vous dites ? Qu'est-ce que vous voulez que je sache, moi ?
— Ne vous agitez pas : je voulais dire que nous ne savons rien sur votre mari, sauf qu'il a travaillé pendant un certain temps avec une dame qui est morte dans des circonstances curieuses.
— Je le savais, je le savais que cette maudite femme détruirait Daniele, qu'elle nous détruirait

pour toujours, je m'en doutais, je le sentais en moi-même.

Elle s'était levée.

— Madame... madame Corradi, venez ici, asseyez-vous.

Il la prit par la main et la conduisit vers le divan, il lui donna un verre avec deux doigts de whisky et se versa également un peu de cognac et elle lui dit :

— Vous n'avez pas pris le bon verre.

Mais elle continua, avec la volubilité d'un être frappé par la douleur, à maudire Anna Kodra, comme si elle la croyait encore vivante et coupable de la mort de son mari.

— C'était une femme maudite, voilà ce qu'elle était.

— Ce matin vous m'en avez parlé d'une manière différente, dit Ambrosio. Je pensais que, après tant d'années, après l'avoir haïe, vous ne la jugiez plus comme autrefois, mais plutôt...

— C'était une moins que rien, éclata-t-elle, et ce matin je ne savais pas que Daniele était mort, qu'il était... qu'il était brûlé.

Elle commença à trembler et le verre tomba sur le tapis sans se casser. Ambrosio le ramassa et le posa sur le guéridon à côté de la chope de bière. Lorsque, quelques minutes plus tard, elle appuya la tête sur le dossier, il semblait que la crise était passée. Il recommença à lui parler :

— Madame, je vous répète que nous avons absolument besoin de vous. Quand vous serez plus calme peut-être vous rappellerez-vous un détail, une phrase, bref, quelque chose qui pourra nous aider à découvrir le pourquoi de ce qui est arrivé. Je crois que les deux événements sont liés et que les responsables de l'un sont également responsables de ce qui est arrivé à votre mari.

Quelle habileté, il était arrivé à ne pas prononcer le mot « mort ».

— Je ne me souviendrai de rien qui puisse vous servir parce que je ne sais rien du tout.

— Voyez-vous, madame, il suffit parfois d'une petite chose qui semble sans importance pour ouvrir une perspective. Par exemple : votre mari gardait-il à la maison des lettres, des documents, des reçus, des agendas, des carnets d'adresses ?

— Comme dans toutes les maisons, nous avons un carnet avec les numéros de téléphone, les quittances de l'électricité, du téléphone, du gaz, les feuilles d'impôts, de vieilles factures d'hôtel, quelques lettres de ma mère. Dans une boîte de gâteaux j'ai encore les lettres que Daniele m'écrivait quand j'étais jeune fille.

Elle s'attendrit, puis elle le regarda et, pour la première fois, lui sourit, ou bien était-ce une grimace ?

— Vous vous demandez, après ce que je vous ai dit ce matin, pourquoi je souffre tant. Je l'aimais. Il m'avait humiliée et déçue, je voyais ses limites, son égoïsme, mais je l'aimais. C'est le seul homme qui ait compté dans ma vie.

— Madame, dit Ambrosio, vous ne pouvez pas rester seule, téléphonez à quelqu'un, à votre mère, à des amis.

Il se leva et prit sur une console, dans l'entrée, le

carnet d'adresses. Il le tint en main, commença à le feuilleter au hasard. Elle lui dit :

— Regardez-le, si vous voulez. Je connais par cœur le numéro de ma mère.

À la lettre K, il n'y avait rien, une page blanche. À la lettre W il y avait le numéro et l'adresse des Wolf. À la lettre O, Ortolano, Ortoleva, Ottico, Orlando. À la lettre R, les numéros et les adresses de quelques restaurants : Le Brelin, Bice, Sabbioni, Adriana, Rigolo, St. Andrew, Assassino. Il ferma le carnet et retourna le poser à côté du téléphone :

— Je voudrais pouvoir rester avec vous, lui dit-il, même comme un ami, croyez-moi, mais je dois m'en aller. Si vous avez besoin de quoi que ce soit, demandez-moi à la préfecture et ne vous inquiétez pas si vous recevez la visite d'autres collègues.

Il voulait lui dire autre chose mais il n'osait pas. Il resta debout en face d'elle. Elle se leva. Son mouchoir roulé en boule, tout maculé de noir, ressemblait à un rat mort. Elle le tira d'embarras elle-même en lui demandant :

— Je suppose qu'on l'amènera à la morgue.

— Oui.

— Je devrai l'identifier ?

— Peut-être, je ne le sais pas encore.

— Il est... il est très...

— Oui, madame. Je vous en prie, appelez votre mère.

Avant de fermer la porte, elle le remercia. Il descendit à pied, il voulait bouger. Il alluma une cigarette, il avait des brûlures d'estomac à cause du cognac. Dans la rue il vit la voiture de la police sous un réverbère, on l'attendait. Avec tout ce brouillard, ça lui serait utile, il en éprouva un sentiment de soulagement. Ils ne dépassèrent pas le vingt à l'heure, il était cinq heures moins dix et on se serait cru à minuit. Une demi-heure plus tard ils s'arrêtèrent devant le portail de la Stern.

— Allez donc via Fatebenefratelli, dit Ambrosio, et prévenez par radio le commissaire Massagrande que dès que j'en aurai fini ici, je retournerai au bureau.

La première personne qu'il vit fut Wolf.

— Venez dans mon bureau, lui dit-il.

Il portait les mêmes vêtements que la veille, seule la chemise était différente, d'un bleu intense. Il semblait anxieux de lui parler. Le bureau, aux murs lambrissés, la moquette de couleur miel, les meubles en loupe, le fauteuil de cuir, les lumières tamisées donnaient une impression de sécurité, comme si toutes les laideurs de la vie étaient restées de l'autre côté de la porte, si bien que, pour la première fois ce lundi, il pensa à Emanuela, et regarda le téléphone.

— Vous avez besoin de téléphoner ?

— Non, merci. Peut-être plus tard.

— Commissaire, ce qui est arrivé est horrible. À deux heures, quand quelqu'un de chez vous a téléphoné à la secrétaire de Corradi pour savoir s'il portait une montre Piaget et lui a dit que la voiture avait été retrouvée, en pleine campagne, brûlée, j'ai voulu parler moi-même à l'agent, mais il n'a rien pu me dire de plus. Seulement qu'il y avait un homme carbonisé dans la voiture. C'est lui, n'est-ce pas ? N'est-ce pas ?

— Cet agent parle trop. Je crains que oui, que ce ne soit bien Corradi. J'ai ici un mandat du substitut du procureur pour perquisitionner son bureau. Ça aussi, je le regrette.

— Vous êtes libre de poser toutes les questions que vous voulez et de regarder où vous voulez, commissaire. Je ne peux pas m'expliquer comment un homme tranquille, qui menait une vie normale, sans mystères, a pu finir de cette manière. Et c'est la même chose pour Anna Kodra. Je n'aurais jamais imaginé qu'un homme et une femme qui s'étaient aimés il y a si longtemps meurent de manière si rapprochée, assassinés tous les deux. Parce que Daniele n'a pas été victime d'une collision, l'agent a dit que l'Alfetta était abandonnée sur la berge du canal.

— C'est vrai, admit Ambrosio. Maintenant, il faut découvrir le lien entre les deux morts : il est évident qu'Anna Kodra et son ex-ami étaient au courant d'un secret dangereux pour quelqu'un. Il est sûr que si nous avions cru à l'accident de la route et si nous avions classé l'affaire, Corradi serait encore vivant. Mes investigations ont dérangé l'assassin, ou les assassins, de votre ex-secrétaire.

Il regarda dans les yeux Wolf, qui baissa la tête. Il ouvrit un tiroir du bureau et en sortit une chemise bleue qui contenait une feuille avec cet en-tête :

Enquêtes Volpe

Il la tendit à Ambrosio. En haut, il y avait la date : *Milan, 12 juin 1956*, puis :

RAPPORT SUR MADAME ANNA STUPARIC
VEUVE KODRA

Trois espaces et la note du détective commençait :

Anna Stuparic, veuve d'un chef de section de la milice, d'origine albanaise, disparu dans la bataille du Don, est née à Fiume il y a trente-trois ans ; après la guerre, elle est venue à Milan comme réfugiée en compagnie de parents, entre autres une vieille tante et une fillette qui, selon des rumeurs recueillies, pourrait être la fille de la susnommée Anna Stuparic. Il n'apparaît pas que ladite Mme Stuparic reçoive la pension de veuve de guerre à laquelle elle a droit. Un an après, la vieille parente mourait de maladie (il y a à ce sujet un dossier à la Mairie de Milan) et la jeune femme est allée habiter, sans la fillette, via Catalani 12 bis, où elle réside encore. Selon des informations dignes de foi, il n'y a rien à redire à la vie de cette dame qui a toujours subvenu honorablement à ses besoins grâce à son travail d'interprète et d'enseignante d'allemand dans une école privée. On ne lui connaît pas de liaison avec qui que ce soit. Il est cependant de notre devoir d'ajouter que, selon des rumeurs non vérifiées, ladite Mme Stuparic aurait entretenu dans le passé une amitié étroite avec un peintre plus âgé qu'elle habitant dans le même immeuble. La concierge d'un immeuble voisin affirme en outre l'avoir vue, mais rarement, sortir d'une voiture de luxe. Au bureau des affaires politiques de la préfecture de police et à celui des casiers judiciaires, il n'y a aucune information défavorable à la personne susnommée. Certifié exact : Salvatore Giannantonio.

— Je peux garder ce document ? demanda Ambrosio.

— Certainement.

— Pourquoi ne m'avez-vous pas dit hier que vous aviez chargé une agence de faire une enquête sur Anna Kodra ?

— Il y a des années, avant d'embaucher un employé, on prenait toujours des renseignements de ce type, qui quelquefois frôlaient le commérage.

— Et maintenant ?

— Maintenant, nous n'embauchons personne. Il sourit : de toute manière les détectives privés n'ont plus la cote.

— Vous ne m'avez pas répondu.

— Je vous assure qu'hier je ne me rappelais pas avoir ces renseignements, je les ai fait rechercher aujourd'hui dans les archives du bureau du personnel.

— Quand exactement ?

— Après avoir appris la nouvelle au sujet de Corradi.

— Existe-t-il également une note d'information sur Corradi ?

— Non, ce n'était pas nécessaire, je connaissais sa famille, son père.

— Vous souveniez-vous qu'Anna avait probablement eu une fille ?

— Non. À l'époque, il y a vingt ans, j'ai lu ce rapport, mais en ce qui concerne le travail, ce point était secondaire et je comprends donc pourquoi je l'ai tout à fait oublié.

— Puis-je aller dans le bureau de Corradi ?

— Quand vous voulez, commissaire.

Il se leva pour l'accompagner.

— Sa secrétaire est là ?

— Je l'ai renvoyée chez elle, elle se sentait mal... vous comprenez.

— Il couchait aussi avec elle ?

Il se repentit d'avoir été brutal en voyant le visage de Wolf qui maintenant, avec ses yeux de glace, semblait sculpté dans le marbre de Carrare.

— Ne vous dérangez pas, j'irai seul.

— Comme vous voulez. Si vous avez besoin de moi, appelez-moi.

Le bureau qui avait été celui de Daniele Corradi avait un air modeste : un bureau de bois clair, deux fauteuils en faux cuir noir ; en face, sur les murs, deux affiches représentant des skieurs, un calendrier Olivetti. À gauche une porte vitrée qui ouvrait sur un réduit de deux mètres sur trois, où travaillait la jeune secrétaire.

Il alluma toutes les lampes et regarda par la fenêtre, à travers le brouillard, les lumières atténuées de la circulation automobile.

Il s'assit au bureau, prit le rapport de l'agence de recherches dans sa poche et le relut attentivement. Il comportait quatre éléments non négligeables dont il fallait tenir compte. Premièrement : la veuve ne recevait pas de pension. Pourquoi ? Deuxièmement : qui étaient « les parents » évanouis dans le néant ?

Troisièmement : l'enfant disparaissait brusquement de la scène. Pourquoi ? Quatrièmement : Anna connaissait quelqu'un qui possédait une voiture luxueuse. Ce pouvait être une Jaguar. L'affaire de la Jaguar le préoccupait. Enfin, il y avait la confirmation que l'affaire avec Orlandini avait été tout sauf passagère.

Il replia la feuille et la remit dans sa poche. Il appuya la nuque au dossier du fauteuil, alluma une cigarette : il voulait réfléchir avant de commencer le dépouillement des papiers, avant de regarder dans les tiroirs. Il sentait qu'il était à un carrefour : le succès, non, pas le succès, l'explication du mystère de ces morts dépendait de lui. Même cela n'était pas exact : cela ne dépendait pas de lui. Simplement il était plus que d'autres en position de comprendre, de deviner. Il suffisait de peu, un indice, un petit signe, et il était là pour le saisir. Voilà pourquoi il ne pouvait pas se jeter aussitôt dans la fouille des affaires du mort comme s'il s'agissait de la routine ordinaire.

Comme pour se donner du temps entre le devoir et le besoin de se détendre, ou peut-être parce qu'il avait besoin d'être en paix avec lui-même, il téléphona à Emanuela. On la lui passa tout de suite et il lui raconta ce qui s'était passé dans l'après-midi. Sa voix, préoccupée, lui donna envie de la voir. De plus cette espèce de complicité qui s'était établie entre eux le déchargea de la tension de la journée, si bien qu'à sa propre surprise il lui dit, le téméraire, qu'il l'appellerait plus tard, même après le dîner, et qu'il regrettait de ne pas pouvoir aller la chercher à l'hôpital. Elle lui répondit qu'il pouvait l'appeler à n'importe quelle heure, parce qu'elle avait le téléphone à côté de son lit.

Pendant qu'il lui parlait, il observait la photographie de Maria Corradi jeune, vêtue de blanc, dans un cadre en plastique. Après avoir raccroché le combiné, il enleva la photo et lut la dédicace : *Avec tout mon amour. M. Camaiore, août 1958.* Il pensa : neuf fois sur dix, le mari qui a une photo de sa femme sur son bureau est un libertin.

Il commença à regarder dans le premier tiroir à droite : une règle à calcul, une boîte de crayons, une loupe, deux gommes, trois paquets de cigarettes MS, une carte postale du Rijksmuseum d'Amsterdam (Femme en bleu lisant une lettre, de Vermeer, 1632-1675) signée de Michele, Roberta, Giulietta, oblitération illisible, deux billets de tram non utilisés, un dépliant d'une entreprise de cache-radiateurs.

Dans le second tiroir à droite il trouva une paire de gants de peau, une petite boîte de colle blanche solidifiée, un taille-crayons, une rame de papier extra-fort, un horaire de chemin de fer, un guide Michelin de 1972 avec son signet rouge à la page du plan de Naples, un dictionnaire de poche Collins Français-Italien Italien-Français.

Le premier tiroir à gauche était fermé à clef. Le second tiroir à gauche était vide. Ou presque : il contenait seulement un exemplaire de *La Notte* du samedi précédent, avec l'article de Valenti.

Ambrosio se leva et se dirigea vers le classeur, qui contenait seulement la correspondance du bureau, pour l'essentiel en allemand. L'armoire métallique n'apporta rien de nouveau, mais permit à Ambrosio de constater que le défunt, ainsi que sa jeune secrétaire, n'étaient pas portés sur l'ordre. De vieux rouleaux de dessins techniques poussiéreux occupaient les rayons, écrasés sous les volumes des Pages Jaunes de 1966-67, du Guide Monaci de1969 et de quelques fascicules d'*Epoca*, aujourd'hui des pièces de musée. Ambrosio en prit un avec Robert Kennedy en couverture et une inscription en gros caractères qui disait *Cher Bob*. Ccla lui rappela une soirée avec un soleil couchant orange : lui et Francesca se chamaillaient dans le compartiment de première classe du rapide pour Rome, peu avant Orbetello. Quelle drôle de chose que la mémoire. Un prêtre avait laissé ce *Cher Bob* sur le velours rouge pour aller aux toilettes et eux, enfin seuls, s'étaient déchirés comme des tigres. Il entendait encore la voix de Francesca : salaud, salaud. Cher Bob, quelle journée incandescente.

Il ne lui restait plus que le tiroir fermé à clef. Mais il n'avait pas la clef. Il prit le coupe-papier en acier qui était sur le bureau.

Comme cambrioleur il ne valait pas grand-chose : il se cassa un ongle, un éclat du tiroir lui sauta à la figure, enfin il réussit à l'ouvrir. Il s'assit, en sueur, avec le désir d'un bain chaud, de son lit, d'un peu de paix, Bon Dieu.

Il regarda dans le tiroir.

Peut-être s'attendait-il à le trouver plein de papiers, documents, lettres, photographies ? En fait, il y avait peu de choses : deux carnets de chèques du

Crédit Italien pas encore utilisés, un carnet de souches de chèques, toujours du Crédit : des versements de neuf cent mille lires, des retraits de cinquante et cent mille lires à intervalles rapprochés comme on fait d'habitude quand on doit payer comptant les magasins, les factures de gaz et de téléphone ; trente-quatre mille lires avec l'indication « chaussures M. », trente et un mille lires « Garage ». Une carte postale illustrée de Londres avec Big Ben, signée Sandra, sans date. Enfin un agenda de bureau de 1965.

Il le prit et commença à le feuilleter.

Il n'y avait rien d'écrit.

Il allait le remettre dans le tiroir quand une feuille de carnet pliée en deux tomba sur ses genoux : c'était l'addition d'une pizzeria de la via Washington (quatre mille deux cents lires). Il regarda attentivement l'agenda page par page. Toutes les pages étaient vierges.

Il prit l'addition, examina l'adresse et le numéro de téléphone. Il le composa, et tout de suite une voix de femme, irritée, lui répondit :

— Qui est à l'appareil ?

— La pizzeria ?

— Elle n'existe plus.

Il ne put placer un mot de plus : on avait déjà raccroché.

Il ferma le tiroir, se leva, mit l'addition dans sa poche, alluma une Muratti, alla à la fenêtre et, tout à coup, lui revinrent en mémoire quelques vers qu'il avait un jour recopiés, en guise de dédicace, sur un livre offert à Francesca peu après leur mariage :

Je suis avec mon désir. Parce que la vie n'offre rien de meilleur que cette heure... l'heure de se réveiller ensemble. Quel couillon, avec deux crimes sur les bras le vice-commissaire se laisse aller à la nostalgie amoureuse. Il éteignit la lumière et, sans avertir personne, traversa le couloir. Une minute plus tard, il était en voiture, enveloppé dans le brouillard le plus épais qu'il eût jamais vu de sa vie.

8

Lundi soir

Il n'en manquait pas un dans le bureau du chef de la Mobile : Ricci du labo, Jesi de la brigade politique, Micciché qui avait enquêté sur Orlandini et était allé à Lugano rencontrer un de ses amis de la gendarmerie suisse, Onofrio qui s'était occupé des banques, à la recherche de comptes courants et de coffres, De Luca qui avait épluché les noms et les immatriculations et enfin Ambrosio lui-même, d'une humeur à la fois distraite et mélancolique.

Le fait est que, pendant le trajet en voiture rendu fatigant par l'impossibilité d'y voir plus loin que le bout de son nez, au lieu de penser aux deux crimes, il s'était surpris à se demander pourquoi ces vers de Pound lui étaient venus à l'esprit. Il devait bien y avoir une raison, un motif même inconscient. S'il faisait un tel effort pour le découvrir, c'était parce qu'il avait l'impression que c'était ce bout de papier, cette addition de pizzeria qui avait fait revenir à la surface ce souvenir inattendu.

— Pourquoi ? hurla Massagrande. Pourquoi diable ne réussissons-nous pas à trouver un embryon de piste ? Celui qui a tué et brûlé Corradi a tué cette

Kodra, ça c'est sûr ou presque. Et nous en savons trop peu sur elle, à part le fait qu'elle a été la maîtresse de Corradi. Aucun indice sur sa vie avant qu'elle n'arrive à Milan. Veuve d'un officier mais sans pension de veuve de guerre, ce qui est assez bizarre même si cet Albanais était dans la milice. Ce fils de pute d'Orlandini a disparu et Micciché n'en a pas trouvé trace à Lugano, ce qui peut vouloir dire que le vieux est resté à Milan, caché chez quelqu'un. Onofrio est revenu les mains vides : la dame n'avait de compte ni au Crédit, ni au Commercial, ni à la Caisse d'Épargne, ni dans les trois ou quatre autres banques connues.

— Demain, je continuerai les recherches, dit Onofrio.

— Certainement, approuva Massagrande.

— On pourrait faire les agences du quartier de la via Catalani et de Loreto, dit De Luca, en tendant à Massagrande une feuille portant une douzaine de noms.

— Et qui sont ceux-là ?

— Les propriétaires de Jaguar et de Daimler avec des immatriculations commençant par MI Z.

Massagrande prit la feuille, la mit sur le bureau et posa la main dessus.

— Pourrais-je la voir ? demanda Ambrosio.

— Tout à l'heure. Maintenant je veux faire le point sur cette histoire. À propos, Ambrosio, quelles nouvelles nous apportez-vous ?

— J'ai perquisitionné le bureau de Corradi.

— Rien trouvé ?

— Non.

— Je l'aurais juré. Quelles sont vos intentions ?

— Rien de précis, mais demain je voudrais aller dans un endroit qui n'existe plus.

— Ambrosio, vous êtes fatigué. Qu'est-ce que vous dites, sapristi ! *Un endroit qui n'existe plus ?*

Ils le regardèrent tous et il sourit, sans embarras, parce que, tout à coup, il avait revu l'image de Francesca et de lui-même, un soir, dans une brasserie de Venise... Mais c'était une autre histoire, la sienne. Il expliqua :

— J'ai trouvé dans le bureau de Corradi une vieille addition avec une adresse, j'ai téléphoné et on m'a dit que le commerce d'alors, une pizzeria, n'existait plus. Je veux voir s'il y a quelque chose là-dessous, c'est tout.

— On ne peut pas dire que ce soit un indice considérable, admit Massagrande.

— Il l'avait gardée dans un vieil agenda de 65.

— Oubliée.

— C'est possible, mais je n'ai rien de mieux. J'irai demain matin.

— Bonne promenade, dit le chef en éteignant trois centimètres de cigarillo dans une assiette en carton qui lui servait de cendrier.

Pendant que les autres parlaient et sortaient un à un du bureau, Ambrosio se vit avec Francesca dans une brasserie du bassin Orseolo, à côté de San Marco, le soir de leur mariage. Elle avait mangé des fruits de mer et bu de la bière brune, puis ils étaient allés au cinéma (un film avec Humphrey Bogart) et ensuite à l'hôtel pour leur nuit de noces. Le matin, Francesca avait retrouvé la note de la brasserie et l'avait prise en disant : « Je la garderai comme souvenir de mon dernier dîner de jeune fille ». Elle l'avait pliée et fait disparaître dans son soutien-gorge. Quelques jours plus tard, il lui avait offert *Les poèmes choisis* d'Ezra Pound, avec cette dédicace, et l'addition avait servi de signet. Voilà pourquoi. Bizarre : cette brasserie de Venise n'existe plus non plus.

— Ambrosio, vous ne m'écoutez pas, disait Massagrande, vous êtes distrait.

Il ne restait plus dans le bureau que lui-même et De Luca.

— À quoi pensez-vous ?

— À cette pizzeria et à cette addition. Le fait qu'il l'ait gardée m'intrigue.

— Peut-être que l'adresse l'intéressait, dit De Luca.

— Ou peut-être avait-elle une signification sentimentale, ajouta Massagrande. C'est à ça que vous pensiez, pas vrai ?

Quand on devient chef de la Mobile d'une ville comme Milan, on n'est pas un crétin, pensa Ambrosio ; peut-être un salopard mais pas un crétin. Sans attendre la réponse, le chef dit :

— Nous avons ici une liste des propriétaires des voitures parmi lesquelles devrait se trouver celle qui, selon vous, a suivi le convoi funéraire.

— Pendant une minute.

— Même trente secondes, mais elle l'a suivi.

— Vous pouvez en être sûr.

— Alors jetez un coup d'œil à la liste de De Luca.

À propos, De Luca, demain tu donneras un coup de main à Onofrio pour les banques.

— Et Onofrio ?

— Quoi, Onofrio ?

— Chef, vous savez, il est un peu... un peu susceptible.

— Vous vous partagerez le travail. Ne te fais pas de souci, je le lui dirai moi-même.

Ils restèrent seuls.

Massagrande se passa les mains sur le visage, bâilla, s'étira et décida enfin d'ouvrir la fenêtre car la pièce était pleine de fumée ; l'air froid du dehors dissipa les odeurs et les émanations toxiques et quand il la referma, après quelques instants, il paraissait un autre homme. Il fit signe à Ambrosio de s'asseoir. Il prit place lui-même dans un fauteuil voisin, et non derrière son bureau.

— J'ai l'impression que vous avez une idée, lui dit-il, et franchement j'espère qu'elle est bonne parce que, comme vous voyez, nous nageons, et ça ne me plaît pas. Vous avez vu la liste des noms ? Comme d'habitude la majeure partie des voitures de luxe sont immatriculées au nom de sociétés, ce qui complique les choses.

— Je n'ai pas vraiment d'idée, dit Ambrosio, je suis seulement intrigué. C'est la première fois que je m'occupe d'une affaire comme celle-là, deux crimes, et par conséquent, je n'ai pas l'habitude, mais...

— Il n'y a pas de mais. Ou on a une intuition ou on n'en a pas. Vous en avez une.

— Merci.

— Vous voyez, le fait que vous attachiez de l'importance à une vieille note de restaurant me plaît. Ça ne vous servira à rien, probablement, mais je suis content que cette histoire vous préoccupe un peu. Vous avez de l'imagination. Et puis vous êtes un sentimental, comme moi. (Il rit.) Qui le croirait ?

— Moi, dit Ambrosio.

— Sûr ?

— Sûr.

Il se leva, lui mit une main sur l'épaule et l'accompagna à la porte :

— Je vous laisse la liste, faites m'en parvenir une copie demain matin et tenez-moi au courant. Bonne nuit.

Dans le centre, le brouillard s'était dissipé. À peine arrivé chez lui, il remplit la baignoire d'eau chaude, ajouta une poignée de sels de bains au citron et se déshabilla. Il allait entrer dans l'eau quand le téléphone sonna.

— Je t'avais dit que je t'appellerais moi-même, dit Ambrosio d'un ton qui aurait découragé n'importe qui sauf Valenti.

— Oui mon cher, mais entre-temps, on a mis le feu à l'ami de notre amie.

— Comment le sais-tu ?

— Grands dieux, ne fais pas le naïf. Tout le monde en parle.

— Qui ça tout le monde ?

— Écoute, je suis les affaires criminelles depuis trente ans, permets-moi d'avoir des informateurs, et même des amis.

— Tu veux dire que tu n'as plus besoin de moi… de toute manière je suis tout nu.

— Ton amie est là ?

— Je vais prendre un bain.

— Hypocrite.

— C'est la pure vérité.

— Hygiéniste. Écoute-moi, raton laveur : demain matin un papier va sortir et je voudrais qu'il soit le moins inexact possible. Je ne te mettrai pas dans l'embarras, et je serai magnanime à ton égard, mais dis-moi quelque chose, Ambrosio, mon vieux. C'était dans notre accord, tu t'en souviens ?

— Attends au moins que j'enfile un peignoir.

— Va donc, jouisseur, mais fais vite.

Un instant après, Ambrosio s'étendit sur le divan en soupirant et reprit la conversation avec son ami :

— Que sais-tu précisément ?

— Je suis allé à Segrate et un carabinier m'a dit que l'homme carbonisé connaissait bien la dame au nom bizarre, celle à propos de laquelle j'avais écrit un article, c'est ce qu'il m'a dit.

— Écoute-moi bien, Valenti, je te dis ce qu'il en est si tu me promets de ne pas exagérer, d'accord ?

— Parole de gentilhomme.

— Ne fais pas l'idiot.

— Je le jure. Ambrosio, je te jure que je m'en tiendrai à notre accord.

— Tout d'abord, n'écris pas que Corradi était l'amant d'Anna Kodra. Dis qu'ils ont travaillé ensemble, dans la même société, pendant plusieurs années. La société s'appelle Stern et a son siège via De Amicis. Tu as noté ?

Il continua à parler pendant dix minutes et à la fin Valenti avait abandonné le ton sarcastique d'étudiant attardé qui lui était habituel.

À huit heures moins dix, Dieu consentit enfin à ce qu'Ambrosio se plongeât dans une eau tiède parfumée au citron. Il changea de vêtements et préféra à la canadienne un pardessus bleu qu'il s'était acheté l'année précédente dans une boutique de la via Sant'Andrea pour une petite fortune, histoire de se remonter le moral.

Il décida d'inviter Emanuela à dîner au dernier moment, alors qu'il éteignait les lumières et qu'il avait sa clé à la main. Cette histoire tragique avait rompu sa routine, et en plus il ressentait en lui la présence permanente de la jeune femme. Cela l'inquiétait, il n'était pas suffisamment protégé de l'ennui. Peut-être était-il trop tard pour l'inviter : huit heures et demie. Peut-être avait-elle déjà dîné.

Il n'était pas trop tard.

Il alla la chercher, elle l'attendait derrière la porte vitrée de l'immeuble. Elle portait la fourrure de renard qui lui plaisait, elle la serra autour d'elle d'un geste si doux et si enveloppant qu'Ambrosio en fut troublé.

La tramontane s'était levée, elle dispersait les nuages et apportait une odeur d'oranges. Elle s'assit dans la voiture et ils parlèrent d'abord de ce vent et de cette odeur inaccoutumée à Milan par une nuit de janvier.

Elle choisit elle-même la trattoria, à deux pas du *Corriere della Sera* (et de la maison du vice-commissaire) : elle en avait entendu parler à l'hôpital. C'était un endroit à la mode, atmosphère du vieux Milan, bougies, dames en vison, un shérif de la Mondialpol à la porte d'entrée, réservation obligatoire. Mais l'appartenance à l'administration de la sécurité publique a quelques (rares) avantages, si bien qu'Ambrosio, que le propriétaire connaissait, eut sa table d'angle dans la salle intérieure, avec deux bougies rouges, une bouteille de Clastidio 70, des copeaux de beurre et du pain maison.

— Voilà ce que c'est que d'être important, dit-elle.

— Pensez donc si j'étais inspecteur général, dit-il.

— Mais vous êtes déjà commissaire.

— Vice-commissaire.

— Un beau grade tout de même.

— Écoutez : j'ai quarante-huit ans et je suis une espèce de lieutenant. Au-dessus de moi il y a les commissaires adjoints, commissaires tout court, commissaires en chef, vice-questeurs, questeurs de deuxième classe, questeurs de première classe, inspecteurs généraux.

— Vous avez oublié le ministre de l'Intérieur.

— En effet.

— Et en dessous de vous ?

— Vice-commissaires adjoints, adjudants de première, de seconde, de troisième classe, brigadiers, vice-brigadiers, caporal-chef, caporaux, agents et stagiaires.

— Vous ne pouvez pas vous plaindre.

Elle lui caressa le dos de la main de sa main droite et il la tint entre les siennes quelques instants.

— Comme vous avez les mains chaudes, dit-elle, chaudes et sèches.

Elle le regarda ; s'il n'y avait pas eu entre eux la table, les bougies, la bouteille et tout le reste, il l'aurait serrée contre lui et embrassée, il lui aurait dit : « Je t'aime, mon trésor, je te veux, je te veux à moi. » Le garçon arriva et Ambrosio employa bien le verbe vouloir en demandant :

— Que veux-tu ?

Elle dit ce qu'elle voulait, il commanda les mêmes plats pour lui, et quand elle commenta : « Tu n'es pas original, vice-commissaire », elle lui sourit comme s'il lui avait vraiment dit tout cela.

— Pourquoi penses-tu que cette vieille addition est importante ?

Ambrosio lui avait raconté en détail cette longue journée.

— Je ne sais pas si c'est important. J'ai été frappé par le fait qu'elle était glissée dans un agenda vieux de onze ans, jamais utilisé, et 1965, c'est l'année au cours de laquelle Corradi et Anna Kodra se sont séparés. J'ai examiné cet agenda page par page : aucun rendez-vous, rien. Seulement cette adresse. Je me demande s'il y a un rapport entre leur liaison et ce restaurant qui n'existe plus. Mon coup de téléphone n'a pas été le fruit d'une logique, ni d'un raisonnement, mais d'une impulsion…

Il ne lui parla pas des vers de Pound.

— Et cette liste de Jaguar ?

— Je l'ai ici : il y a onze noms. Deux étrangers, un fabricant d'encre, le propriétaire d'une boutique réputée, un joueur de football et six sociétés, dont quatre à responsabilité limitée.

Il rit.

— Que vas-tu faire ?

— Je vérifierai si l'un de ces heureux propriétaires de Jaguar et de Daimler connaissait Anna Kodra, l'ingénieur ou le professeur, ou avait eu affaire à eux d'une façon ou d'une autre.

— Qu'est-il arrivé au professeur ?

— Espérons qu'il est vivant.

— Puisqu'il a disparu, ce pourrait être lui le coupable.

— Tout est possible, pourtant je ne le pense pas. Il sait beaucoup de choses : sur Anna, sur Corradi, sur l'homme à la Jaguar, en admettant qu'il existe et qu'il n'ait pas été une invention de ce malheureux qui y a laissé sa peau.

— Qui a bien pu envoyer l'argent pour l'enterrement ?

— C'est une piste à suivre soigneusement, si nous ne trouvons rien de mieux. Ça pourrait être Orlandini.

— Ou l'homme à la Jaguar, s'il existe, comme tu dis.

— C'est une hypothèse à ne pas écarter. D'ailleurs, à y réfléchir, quelqu'un qui envoie tout cet argent dans une enveloppe ne peut que posséder une Jaguar...

— Il a un pardessus en poil de chameau, une Rolex en or de deux millions et demi, des moustaches, une épingle à cravate, plaisanta Emanuela.

— Je t'en prie, laissons au moins une petite marge

d'imprévu, dit Ambrosio, en faisant signe au garçon pour commander deux mandarines glacées.

— Pour moi aussi ? demanda-t-elle.

— Ce soir, c'est comme ça, la même chose pour nous deux.

Quand ils sortirent, la température était tombée de quelques degrés, les étoiles étaient visibles dans le ciel, comme à la montagne. L'idée de l'embrasser lui avait trotté dans la tête, mais quand ils arrivèrent en bas de chez elle, via San Vicenzo, le vice-commissaire perdit toute son assurance. Ce fut elle qui lui dit au revoir avec un baiser rapide sur la joue, en lui disant :

— Merci, ça a été une belle soirée, téléphone-moi, ne sors pas de la voiture, je t'en prie. Bonne nuit, très cher.

Bonne nuit, très cher. Elle était déjà devant la porte et son parfum flottait encore autour de lui.

Il passa la première en sifflotant l'air de Carmen « Si tu ne m'aimes pas, je t'aime ».

Chose assez rare, une minute après s'être mis au lit, il tomba dans un sommeil profond sans avoir besoin de recourir à certains de ces livres qu'il gardait à portée de main parce qu'il se méfiait des tranquillisants et des somnifères.

Il dormit comme un petit ange.

9

Mardi matin

En s'éveillant à sept heures, sa première pensée fut pour la poitrine d'Emanuela, mise en valeur par le pull de couleur cognac qui, la veille au soir, l'avait distrait des inquiétudes d'une journée funeste. En se rasant, il essayait de se rappeler ce qu'ils s'étaient dit ; l'idée du tutoiement lui plaisait. L'avantage de son âge était que tutoyer une femme désirée a une certaine valeur, à la différence des jeunes qui sont tout de suite à tu et à toi, en copains. Entre eux s'était établie une complicité qui semblait préluder à quelque chose de plus tendre. Et pourtant sa prudence, la timidité qui le saisissait quand il était avec elle, pouvaient être le signal d'alarme, une invite à la prudence puisque l'amour était pour lui, pauvre fanatique, un motif d'inquiétude qui confinait à l'angoisse. Que disait Saul Bellow ? La peur d'être remplacé hante chacun de nous. Cette peur, il l'avait toujours eue. Pourtant, il n'était pas d'accord avec le reste de la phrase : à savoir que même les personnes les plus stables et les plus équilibrées ont choisi secrètement et tiennent en réserve quelqu'un pour vous remplacer. C'était certainement vrai pour

Francesca ; peut-être pour Emanuela ; mais pas pour lui, non. Pas pour le vice-commissaire Giulio Ambrosio, destiné à souffrir.

Quoi qu'il en soit, pour le moment, il arrivait au bureau avec l'air de celui qui apporte une bonne nouvelle. Il fit une copie de la liste des possesseurs de Jaguar et la laissa sur le bureau de Massagrande avec une note demandant qu'on s'occupe des voitures de société en recherchant à qui elles étaient affectées ; lui s'occuperait des autres noms. Il donnerait de ses nouvelles plus tard.

Il y avait, au rez-de-chaussée de l'immeuble de style mussolinien via Washington, quatre commerces alimentaires et, à l'angle, une laverie automatique. Le numéro de téléphone correspondait, donc l'ancienne pizzeria ne pouvait avoir été que là, les tables et les chaises à la place des machines à laver. Il entra. Il y avait seulement une femme d'une maigreur maladive, avec une frange de cheveux noirs striés de blanc, des yeux maquillés, une bouche aux lèvres épaisses, une voix aiguë, celle-là même qu'il avait entendue au téléphone. Pourtant, il y avait en elle une sensualité inhabituelle, et même déplacée étant donné son aspect émacié.

— Il y a des années, il y avait ici une pizzeria.

— Oui, dit-elle, et alors ?

— Je souhaiterais savoir où elle a été transférée.

— Je ne sais pas.

— Cette laverie est à vous ?

— Que voulez-vous dire ?

— Vous en êtes la propriétaire ?

— Excusez-moi, mais qu'est-ce que ça peut vous faire ?

— Je suis de la police, dit Ambrosio.

— Et moi, je suis Sainte Emérentienne vierge.

Il tira de sa poche intérieure sa carte et la lui montra :

— Comment avez-vous trouvé ce nom, ce nom de sainte, comme ça sur-le-champ ? lui demanda-t-il avec une pointe d'admiration.

Elle ne sourit pas, mais un éclair de gaieté traversa ses yeux, elle leva le menton :

— Sur le calendrier, répondit-elle, en le montrant du regard.

Il lut les noms sur le calendrier :

— Vous auriez pu dire Amelia Agnese Angela...

— J'ai seulement hésité entre Emérentienne et Liberata, admit-elle. Oui, je suis la propriétaire de toute la baraque. Et après ?

— Pourquoi vous énervez-vous comme ça ? lui demanda Ambrosio.

— Je ne m'énerve pas. Le fait est que ça ne me plaît pas d'avoir affaire à la police. Je suis en règle.

— Vous vous énervez et vous ne savez même pas ce qui m'amène.

— Quand on vous voit, c'est toujours pour des problèmes.

— Vous le savez par expérience ?

Elle l'observa et allait dire quelque chose de désagréable, quand, avec un à-propos dont il se féliciterait plus tard, Ambrosio lui toucha le bras et lui demanda :

— Puis-je vous offrir un café ? Il fait si froid ce matin.

— Merci.

— Je m'appelle Ambrosio, je suis vice-commissaire à la police judiciaire.

— J'ai vu.

— Où ?

— Sur votre carte, bien sûr, s'écria-t-elle.

Ils rirent ensemble et sortirent. Le bar était de l'autre côté de la rue, à vingt mètres.

— Je voudrais un cappuccino avec une brioche. Je n'ai pas encore pris mon petit déjeuner, dit Loredana qui s'appelait vraiment comme ça, ce n'était pas un nom de guerre.

— Je m'appelle Loredana — elle lui tendit la main — et je suis propriétaire de la laverie.

— Mariée ?

Cela ne ressemblait pas à un interrogatoire mais à une conversation entre deux voyageurs dans le compartiment d'un train de banlieue à demi vide, un matin d'hiver.

— Il y a longtemps. Je suis séparée.

— Des enfants ?

— Une fille, mariée à un type de Foggia. Elle est institutrice.

— La laverie appartient aussi à votre mari ?

— À qui ? À celui-là ? Il ne possède même pas ses propres caleçons. Il m'a épousée parce qu'il pensait que j'étais riche. Figurez-vous que mon père était un vice, comme vous.

— Un vice quoi ?

— Vice-*federale* à Grosseto. Dans sa jeunesse, il avait été ami avec Balbo [1], un grand homme. Vu ?

— Vu.

— Et puis vous connaissez l'histoire : mon père s'est retrouvé, comme on dit, en slip. Rejeté. J'étais fille unique. Il m'a laissé un appartement à Marina di Grosseto, que j'ai vendu et puis, il y a quelques années, j'ai acheté la laverie à un slave.

— Et votre mère ?

— Elle a eu de la chance : elle est morte pendant le mitraillage d'un train avant que la guerre ne soit finie. Comme ça elle a eu un enterrement de première classe. Il y avait même le préfet.

Elle le regarda d'un air provocateur.

— En ce temps-là, j'étais seulement avant-gardiste, dit Ambrosio pour lui venir en aide.

— Je ne le répéterai pas, dit-elle.

— Je suis entre vos mains, madame... Loredana, dit-il. Loredana quoi ?

— Mambretti.

— Madame Mambretti...

— Ne me faites pas marcher, commissaire. Vous savez mieux que moi que je ne suis pas une dame. Donc laissons ça. Même si j'ai été fichée aux mœurs, maintenant de l'eau est passée sous les ponts. J'étais différente et aussi plus en chair. Loredana est en règle, même avec le fisc.

— Dites-moi, Loredana : quand vous dites que

---

1. Italo Balbo (1896-1940) : important dirigeant fasciste qui organisa la marche sur Rome avec Mussolini. (*N.d.T.*)

vous avez acheté la laverie, vous voulez dire tout, les murs compris ?

— Les murs et les machines.

— Et qui était ce slave ?

— Le propriétaire précédent.

— Comment l'avez-vous connu ?

— Comme vous êtes curieux. Un ami me l'avait présenté.

— Et comment s'appelait-il ?

— Qui, l'ami ? Gianni.

— Non, le slave.

— Est-ce que je m'en souviens ?

— La laverie était neuve ?

— À peine finie. Quelqucs mois avant, il y avait la pizzeria.

— À qui était la pizzeria ?

— Au slave. Qu'est-ce que ça a de curieux ? Lui et son frère l'avaient lancée, au début elle marchait bien, et puis un soir il y a eu un grand bordel, une fusillade de premier ordre ; à la préfecture, vous devriez être au courant. Les gens du quartier ont eu peur d'y aller, alors ces types l'ont transformée en laverie et ont cherché un acheteur.

— Comment étaient-ils ?

— Deux blonds, forts. Pas mal comme hommes, surtout le chef ; celui qui était le patron. Parce que le frère était une espèce de rustre, de doublure.

— Je voudrais bien connaître les noms et prénoms de ces deux-là.

— Il faudrait que j'aille chez moi pour retrouver le contrat de vente.

— Où habitez-vous ?

— Pas loin d'ici, via Costanza. Mais je ne peux pas y aller maintenant. Téléphonez-moi à une heure.

Elle lui donna le numéro de téléphone et l'adresse.

Il lui dit au revoir devant la laverie mais elle paraissait indécise, en dépit du fait qu'une vieille dame était entrée avec un paquet de linge. Elle lui prit la main, et lui dit :

— Ne demandez rien au sujet des deux types dans les boutiques de l'immeuble. Si vous pouvez l'éviter, c'est mieux. Avec un policier dans le coup, ils commenceraient à imaginer Dieu sait quoi et à dire du mal de moi... Vous comprenez. Surtout cette pute de la mercerie.

— Loredana, j'ai besoin de savoir comment s'appellent les deux frères.

— Je vous le dirai, mais là, je ne me souviens pas de leur nom.

— De quel genre étaient-ils, selon vous ?

— Selon moi, deux brutes.

— Dans quel sens ?

— Comment dans quel sens ? Des ploucs, des gens sans scrupules, habillés comme des messieurs, mais sans l'être. J'en ai connu tellement. Les vrais, les messieurs, je veux dire, ne portent pas d'anneaux au petit doigt, et puis se coupent les ongles correctement et ne se servent pas de la Jaguar pour aller au bar du coin...

Ambrosio sentit son estomac se crisper.

— Ça ne va pas, commissaire ?

— Ce n'est rien, ce n'est rien.

Il fouilla dans sa poche, en retira le papier avec les noms des propriétaires de Jaguar :

— Entrons, dit-il.

— Laissez-moi m'occuper de la cliente, excusez-moi un instant.

Quand elle revint vers Ambrosio, il lui sembla qu'une heure s'était écoulée, il était appuyé à une machine à laver Engelhardt de deux mètres de haut et il s'éventait avec la feuille sur laquelle étaient écrits les noms. Il la lui tendit :

— Parmi ces noms, y en a-t-il un qui vous rappelle quelque chose ?

Elle prit le papier et le parcourut rapidement.

Seigneur, il lui semblait qu'il était devant son professeur de latin quand, dans le silence de la salle, il choisissait les vers de Tibulle à faire traduire sans dictionnaire.

— Ça me revient d'un coup, s'écria Loredana. Le voilà, c'est lui !

La cliente se tourna brusquement, et Ambrosio comprit que, enfin, il tenait l'indice tant attendu. Merci, mon Dieu.

Le propriétaire de l'une des Jaguar immatriculée MI Z s'appelait Duilio Cesnik. Et Duilio Cesnik avait vendu la laverie automatique à Loredana Mambretti.

Du calme, Giulio, se dit le vice-commissaire assis dans la Golf, le papier avec l'adresse de Duilio Cesnik appuyé sur le volant. Cette adresse le renvoyait à l'époque où il habitait avec ses parents justement sur cette place, si lumineuse au printemps. On se croyait à Paris : les immeubles de style Humbert 1er, solides, avec des colonnes encadrant les portes d'entrée, les balcons massifs, les persiennes gris-perle, les doubles vitres aux fenêtres, et toutes ces cheminées.

Du calme. Voyons un peu. Voilà : Corradi avait dit qu'Anna connaissait quelqu'un, un homme mystérieux (grand et fort avait-il dit) qui possédait une Jaguar. À l'enterrement d'Anna, l'espace d'une minute, une Jaguar avait suivi le corbillard et lui, Ambrosio, s'était souvenu d'une partie de son numéro d'immatriculation, et voilà que l'ex-propriétaire d'une pizzeria que fréquentait Corradi et dont il avait conservé une addition, avait, quelle coïncidence, justement une Jaguar et un nom slave qui rappelait l'endroit d'où venait Anna Stuparic, veuve Kodra. Minute. Qu'avait dit la crémière de la via Vespri Siciliani ? « Une fois, un type grand comme un grenadier, avec une tête de brigand et une voiture américaine longue comme un bateau était venu au magasin pour payer une dette d'Anna Kodra. Une brute. Quelqu'un qui faisait peur. »

Et Orlandini et Corradi pouvaient objectivement avoir peur d'une brute de ce calibre.

Mais un tel homme n'était-il pas déplacé dans cet immeuble de la piazza Giovane Italia, en face de la maison où lui-même, fils du juge à la cour d'appel Guglielmo Ambrosio, avait passé les années les plus sereines de sa vie et où habitaient dentistes, ingénieurs chez Edison, professeurs d'université et même un *monsignore* de la Curie avec sa vieille mère ?

Il était vraiment snob. Évidemment qu'un type comme Cesnik pouvait habiter là ; avec de l'argent on peut habiter où on veut. On vit encore dans un pays libre, non ? Et puis n'était-ce pas déjà arrivé ? Précisément dans sa propre maison, les carabiniers avaient débarqué un jour et emmené un monsieur (un monsieur ?) qui habitait à l'étage au-dessus, pour faillite frauduleuse.

Le problème, maintenant, était le suivant : avertir immédiatement Massagrande ou pas ? Lui dire qu'on arrête les recherches sur les propriétaires de voitures parce qu'il avait trouvé le bon ? Ou bien vérifier, contrôler encore, ne pas donner l'impression d'être celui qui crie victoire ayant à peine découvert un début d'indice ?

Il arriva piazza Piemonte et de là se retrouva sur le trottoir de sa maison sans s'en être aperçu. Les persiennes de l'appartement de sa mère étaient ouvertes. Elle vivait seule, une domestique venait quelques heures par jour. Il ne lui avait pas téléphoné depuis dimanche matin, mais elle était habituée à ses silences.

Le concierge de l'immeuble était en train de distribuer le courrier dans les boîtes, il avait un air suffisamment chic, qui venait probablement de ses moustaches poivre et sel et de ses lunettes cerclées d'or, pour porter le titre de gardien. Il avait l'accent sicilien, de Catane.

— J'ai rendez-vous avec M. Duilio Cesnik, dit Ambrosio.

— C'est curieux, parce que M. Cesnik n'est pas là, répondit le concierge, d'un ton qui faisait supposer de bons pourboires de la part de Cesnik ou la peur du pire, ou peut-être les deux à la fois.

— Que voulez-vous dire ?

— Je dis que le monsieur est absent.

— Depuis quand ?

— Je ne suis pas autorisé à le dire.

— Quel dommage ! Mais j'espère que cette carte vous en donnera l'autorisation, mon ami, dit Ambrosio, en la lui mettant sous le nez.

— M. Cesnik est en voyage, reconnut tranquillement le concierge.

— Vous ne répondez pas à ma question.

— Comment cela, monsieur ?

— Je vous ai demandé depuis quand Cesnik est absent.

— Il n'était pas là hier.

— Et avant-hier ?

— Je l'ai entrevu, il est passé.

— Je crois que vous allez devoir venir à la préfecture de police.

— À la préfecture de police, moi ? Et pourquoi, monsieur ?

— Refus de témoigner.

— Refus de témoigner ?

— Aggravé, insista Ambrosio. Et il fit bien, car le gardien de Catane savait quand il fallait oublier pourboires, petites complicités, peurs et imprécisions.

— Allons dans la loge, nous y serons plus à l'aise, dit Aleardo Magri, cinquante ans, né à Giarre, marié, des enfants déjà adultes, ex-chauffeur du général Pirzio Biroli, concierge de l'immeuble depuis six ans après l'avoir été longtemps d'une maison moins importante mais également très bien, Porte Lodovica, pour être précis, via Gian Galeazzo.

— Asseyez-vous, monsieur. Puis-je vous offrir un café ?

Il avait déjà en main la cafetière napolitaine et se démenait avec le fourneau à gaz qui se trouvait dans un recoin de la pièce, protégé par une porte vitrée coulissante.

— M. Cesnik vit seul ?

— Il ne s'est pas remarié depuis son veuvage.

— Vous avez connu sa femme ?

— Allons donc ! madame est morte il y a bien longtemps. Moi, je l'ai toujours connu veuf.

— Qui s'occupe de lui ?

— Une domestique.

— À demeure ?

— Pardon ?

— Une domestique à demeure ou à l'heure ?

— Depuis que je suis ici, c'est toujours la même, elle s'appelle Delfina, elle est d'âge moyen, et a une petite chambre à elle. Une personne recommandable.

— Et la fille ? tenta le vice-commissaire, se rappelant le rapport du détective privé qui attribuait une fille à Mme Kodra.

— Delfina n'a pas de fille, monsieur, ni de fils. Elle n'est pas mariée.

— Je voulais dire la fille de M. Cesnik.

— C'est une dame très belle, blonde, qui ressemble à son père.

— Elle vient souvent ici ?

— Rarement.

— Mariée ?

— Oui, avec le fils du député... Il se pencha vers l'oreille d'Ambrosio en baissant tellement la voix que le commissaire n'entendit pas le nom et dut le lui faire répéter, ce que le concierge fit en hochant lentement la tête avec une mimique digne de feu Angelo Musco [1], acteur inoubliable.

— Où habite-t-elle ?

— Dans le centre, je crois, via del Gesù. Vous pouvez regarder dans l'annuaire, monsieur.

— Et le frère de M. Cesnik, vous le voyez quelquefois ?

Il lui donna une tasse de café, excellent, avec une demi-cuillerée de sucre.

— Si je le vois ? Quand on voit M. Cesnik, on voit aussi M. Libero.

— Ils sont toujours ensemble ?

— Comme cul et chemise.

— Libero habite aussi ici ?

— Et où habiterait-il, autrement ?

— Et il a aussi sa petite chambre à lui, précisa Ambrosio.

À entendre parler de petite chambre, Aleardo eut la faiblesse, assez rare chez un Sicilien, d'acquiescer, d'ébaucher un sourire furtif non sans quelque sous-entendu, si bien que le vice-commissaire en vint naturellement à lui demander :

— Qu'entendez-vous, Magri, par « dame d'âge moyen » ?

— Sur les trente-huit quarante ans, répondit le concierge.

---

1. Angelo Musco : le plus grand acteur sicilien du début du XXe siècle. Il a joué des œuvres de Pirandello écrites en dialecte sicilien. (*N.d.T.*)

— Et cette Delfina, comment est-elle physiquement ?

— C'est une femme bien en chair, sans être grasse. Agréable. De Reggio Emilia.

— J'ai compris : il arrive quelquefois aux messieurs Cesnik de ne pas dormir dans leur petite chambre, conclut Ambrosio.

— Ne dites pas les messieurs Cesnik, monsieur. Seulement M. Libero.

— Si bien qu'entre M. Libero et Delfina…

— C'est ce qu'on dit, c'est ce qu'on dit.

— Et pourquoi ne le dit-on pas à propos de M. Duilio ?

— On l'a dit, mais autrefois.

— J'ai compris. Comment est l'appartement ?

— Grand, deux cent cinquante mètres carrés, tout meublé en ancien, cossu.

— Que font les deux frères ? Je veux dire, quel métier font-ils ?

— Des affaires.

— Quel type d'affaires ?

— C'est leurs affaires, monsieur. Comment pourrais-je le savoir ?

— J'ai peur que vous ne deviez vraiment venir à la préfecture.

— Je crois qu'ils s'occupaient de restaurants, de billards électriques, de médicaments…

— Médicaments ?

— C'est ce qu'on dit, monsieur. Vous me posez des questions, je réponds.

— Ils reçoivent beaucoup de courrier ?

— Pas mal. Factures, lettres commerciales, télégrammes. Pourtant ils ont un bureau Torre Velasca.

— Magri, je vais parler à Delfina.

— C'est vraiment nécessaire ?

— Indispensable.

— Qu'est-ce que je lui dis par l'interphone ?

— Que j'avais un rendez-vous avec M. Cesnik, que je suis un agent d'assurances.

— Ne me trahissez pas, monsieur.

— Je serai muet comme une carpe ou même deux. Personne ici n'a parlé. Nous ne nous connaissons pas, Magri.

— Je ne serai pas obligé de venir à la préfecture ?

— Et pour quoi faire ?

— Merci.

Il monta par l'ascenseur au cinquième étage. Sur le pas de la porte de bois massif, orné de motifs art déco, se tenait Delfina, une grande brune bien faite ; elle portait une jupe à fleurs au-dessous du genou, un chemisier turquoise, des bottes de cuir et au moins trois colliers exotiques. Elle était maquillée, sans excès, et coiffée de telle sorte qu'elle ressemblait presque à une dame. Presque, parce qu'en réalité, en dépit d'efforts louables, elle avait cet air provocant que prennent certaines femmes d'humble origine, sans éducation, mais dotées d'une bonne expérience de la vie, lorsqu'elles veulent surmonter leur sentiment d'insécurité en jouant des attributs qui les rendent désirables.

— Le concierge vous a dit que je suis un agent d'assurances ? J'avais un rendez-vous avec M. Duilio Cesnik, mais il a peut-être oublié.

— En effet.

— Le problème est que je devais jeter un coup d'œil à l'appartement. M. Cesnik voudrait mieux l'assurer et nous devons vérifier…

— Entrez donc.

— Vous êtes Mme Cesnik ?

La question la flatta, elle sourit en boutonnant instinctivement le chemisier ouvert sur une poitrine généreuse.

— Je suis la gouvernante, M. Cesnik est veuf. Je vous en prie.

L'appartement était meublé de manière voyante, avec des meubles de style dix-huitième siècle vénitien visiblement faux et des lustres à pendeloques de cristal, des tableaux représentant des marines et des vaches au pré achetés aux enchères, deux aquarelles de Raimondi, un vase de fleurs de Scrosati (pas mal), des tapis persans de valeur ; le plancher était brillant, en chêne de Slavonie.

— Il me suffira de prendre quelques notes, dit Ambrosio en tirant de sa poche un petit carnet. Je ne vous poserai que quelques questions…

— Le fait est que je ne sais pas grand-chose.

— Ce sont des questions simples ; par exemple, combien y a-t-il de pièces ?

— Six, et même sept avec la cuisine qui est grande.

— Ce séjour, j'imagine, deux chambres à coucher…

— Trois chambres à coucher : la grande où dort M. Duilio, celle de son frère, la mienne…

— Le frère de M. Cesnik habite aussi ici ?

— Oui, M. Libero.

— Alors je suppose qu'il n'est pas marié.

Delfina prononça le mot célibataire avec un soupçon de complaisance, dont elle s'aperçut elle-même, et elle ajouta :

— C'est un homme qui travaille trop, il n'a pas le temps pour autre chose. Comme M. Duilio, du reste.

— Un séjour, trois chambres à coucher, la cuisine... poursuivit Ambrosio, le crayon à la main.

— Et puis le bureau, la penderie, les deux salles de bains, et c'est tout.

— Magnifique appartement, conclut-il en se levant et en regardant par la fenêtre les arbres et la maison en face où habitait sa mère.

— Meublé avec beaucoup de goût, mentit Ambrosio pour se concilier les bonnes grâces de la jeune femme qui tomba dans le piège et voulut lui montrer les trésors des autres pièces, y compris de la sienne, qui était la plus simple et, tout compte fait, la seule agréable.

Ambrosio feignait un intérêt professionnel d'assureur, qui lui faisait dire « splendide », « magnifique » à la vue de tableaux, de lampes et de consoles qui auraient pu servir à son ami décorateur pour une conférence intitulée « Ce qu'il ne faut pas choisir si vous voulez un bel intérieur ».

— Il faut avoir les moyens pour meubler un appartement comme celui-ci, commenta-t-il.

— Il a fallu des années, et c'est Mme Cesnik qui s'est occupée de tout.

— Avant de se marier, la fille de M. Cesnik habitait ici ? demanda Ambrosio et la femme lui expliqua que, depuis qu'elle était adolescente, elle avait toujours été au collège, en Italie ou à l'étranger, à Lausanne et à Londres. Les meilleures écoles. Et puis, à vingt ans, elle s'était mariée et habitait maintenant à Milan et à Lugano, où son mari possédait une maison.

Voyant la photographie d'une jeune femme dans un cadre en argent sur la table du bureau, il demanda si c'était la fille de M. Cesnik.

— Non, c'est sa femme quand elle était jeune. Sa fille est blonde et ressemble à son père, sa femme au contraire était brune et pas très grande.

Il allait lui demander comment s'appelait la fille quand le téléphone sonna. Tandis que Delfina décrochait le combiné, il eut le pressentiment que sa comédie allait prendre fin.

Elle disait :

— Non, rien. Oui, tout va bien.

Puis elle attendit encore et ajouta :

— Il y a un monsieur des assurances.

Finalement elle se mit à le regarder, et Ambrosio, avec l'air de celui qui s'éloigne par politesse, fit quelques pas vers le vestibule, jusqu'à ce qu'elle lui dise à voix haute :

— Arrêtez-vous.

Il la regarda, comme si son ton irrité le stupéfiait.

— M. Cesnik dit que vous n'êtes pas des assurances et qu'il n'a rendez-vous avec personne.

— Quel M. Cesnik ? Duilio ou Libero ? Qui était au téléphone ?

Un instant, elle eut un doute, mais aussitôt elle s'approcha de lui et lui ordonna :

— Allez-vous-en... Vous m'avez prise pour une... (elle allait le dire, le mot qu'une dame n'aurait jamais prononcé, et alors elle conclut :)

— Vous m'avez trompée.

— Il doit y avoir un malentendu, dit Ambrosio, le nom et l'adresse étaient bien ceux-ci, je suis désolé.

— Quel malentendu ? Vous êtes venu pour espionner ici, Dieu sait pourquoi, et je vous ai fait confiance. Sortez ou j'appelle le concierge.

— Ne vous énervez pas, vous verrez que tout sera éclairci. M. Cesnik va rentrer et nous réglerons tout cela.

— M. Cesnik n'est pas actuellement à Milan, vu ? Et vous devez vous en aller.

— Alors c'est M. Libero qui viendra. Il est à Milan, non ? Au bureau de la Torre Velasca.

— Lui non plus n'est pas à Milan. Allez-vous-en.

— Hier, pourtant, il était à Milan, je le sais, hasarda Ambrosio.

— Ils étaient en voyage à l'étranger. C'est clair ?

— À l'étranger ? En Inde ? À Tahiti ? ricana-t-il, sceptique.

Elle, Delfina de Reggio Emilia, ne pouvait laisser un salopard qui s'était faufilé dans la maison par ruse faire le malin à ses dépens.

— Oui monsieur, cria-t-elle, quand je dis l'étranger, c'est l'étranger. Parce que, monsieur le malin, Lugano, selon vous, est en Italie ?

— Excusez-moi, dit Ambrosio. Je ne voulais pas vous offenser. Je n'offense jamais une belle femme. C'est comme ça.

Elle ouvrit la porte et il se retrouva sur le palier.

L'ascenseur était là. Il entra. Quand Delfina eut fermé la porte, il revint sur ses pas et se mit à écouter comme un valet de comédie. Il entendit qu'elle composait un numéro de téléphone avec une longue série de chiffres. Un préfixe international.

Trois minutes plus tard, il était au bar du coin.

Il réussit à parler à Massagrande, et aurait été un policier presque heureux si un misérable bon à rien n'avait pas déchaîné la trompette d'Armstrong, que Dieu ait son âme, par le truchement d'un juke-box, juste au moment où il allait raconter qu'il avait découvert l'homme à la Jaguar, si bien que cet emmerdeur à l'autre bout du fil, se mit à hurler qu'il ne comprenait rien du tout et que si la chose était importante, et il en doutait, il serait préférable qu'ils se voient tout dc suite.

— Bien, dit Ambrosio les nerfs à fleur de peau.

— Où ? hurla l'autre, pendant qu'Armstong cassait les vitres de toutes les maisons dc La Nouvelle-Orléans.

— Eh bien, dit Ambrosio, voyons un peu… dans ce quartier-ci, je pense. Voilà, ça pourrait être à la gare du Nord. Ça vous va ?

— Sainte Vierge, je te remercie, dit Massagrande. Je craignais le pire.

— C'est-à-dire ?

— Les rendez-vous ne sont pas ton fort, hurla le chef de la Mobile, le tutoyant comme si de rien n'était. Puis d'une voix presque normale :

— Sur quel quai ?

— Sur le trois, répondit Ambrosio épuisé.

Il sortit du bar et s'achemina par la via Boccaccio

en maudissant les téléphones publics. Il décida de laisser la voiture sur la place et de marcher jusqu'à la gare du Nord.

Il ne s'aperçut pas que quelqu'un le suivait.

Massagrande arriva au moment où le direct pour Novare partait. Il semblait d'humeur passable et prit Ambrosio par le bras en lui disant : « Racontez-moi tout » (il était revenu au vous) avec l'air de celui qui, par principe et par crainte de déceptions, commence par ne pas croire aux bonnes nouvelles. Mais après avoir, en faisant les cent pas sur le quai trois, entendu l'histoire du début à la fin, il décida qu'il y avait bien là une piste et qu'il allait tout de suite faire trois choses : premièrement, chercher toutes les informations possibles sur ces frères Cesnik, vie et œuvres. Deuxièmement, surveiller leur maison et leur bureau. Troisièmement, aller voir la fille, via del Gesù, en tenant naturellement compte de ce que son beau-père était député.

— J'irai moi-même chez elle, si vous êtes d'accord, dit Ambrosio.

— Et qui d'autre ? admit Massagrande. J'oubliais de vous dire qu'on a trouvé un compte courant au nom de Mme Kodra à la banque Ambrosiano. Depuis que ce compte a été ouvert, il y a six ans, elle a versé tous les trois mois, à une semaine près, neuf cent mille lires.

— Elle vivait avec cette somme ?

— Il semblerait que non, parce que les prélèvements sont très inférieurs à trois cent mille lires par mois. Ce compte lui servait à acheter des vêtements, des chaussures, des produits de beauté.

— Elle avait probablement un autre compte dans une autre banque.

— J'en suis sûr, mes hommes continuent à chercher. Elle travaillait, et qui travaille verse en général son salaire une fois par mois. En tout cas, nous verrons.

Ils se dirent au revoir et le vice-commissaire, dans le hall de la gare, feuilleta un annuaire téléphonique et prit note de l'adresse de la fille de Duilio Cesnik. Il s'arrêta au kiosque, acheta *La Notte*, qui était à peine sortie, et lut sur toute la page, noir comme un faire-part, ce titre :

L'AMI DE LA MORTE
RETROUVÉ CARBONISÉ

En dessous, le chapeau :

Le mystère de la femme assassinée le soir de l'Épiphanie, via Porpora, s'épaissit encore avec la découverte à Segrate du cadavre, carbonisé à l'intérieur de sa voiture, d'un ingénieur qui avait été son collègue de bureau. Le propriétaire de l'appartement qu'elle habitait reste introuvable.

Ce n'était pas dans l'accord, pensa aussitôt Ambrosio. Parcourant l'article, il s'arrêta un instant sur le passage qui disait :

Anna Kodra avait connu l'homme retrouvé carbonisé dans sa voiture à deux cents mètres de la départementale de Segrate, dans le hameau de Lavanderie, à l'époque où ils travaillaient tous les deux dans une entreprise de la via De Amicis. Elle avait un poste à responsabilité et lui, l'ingénieur Daniele Corradi, marié sans enfants, était un technicien très compétent et apprécié du directeur Martin Wolf. Il semble qu'il existait entre la première victime de ce mystérieux assassinat et l'homme qui a trouvé la mort hier dans les flammes de son Alfetta des rapports amicaux, etc. Ça pouvait aller. Qui sait combien cela lui avait coûté, pauvre Valenti, de ne pas annoncer brutalement que la première victime avait été la maîtresse de la seconde. Il sourit et retourna vers la place où il avait garé la Golf. Le brouillard tombait encore. La circulation était dense.

Il eut envie d'un café. Armstrong avait fini de jouer de la trompette.

Une Fiat 127 bleue, en assez piètre état, le suivit jusqu'à la via dei Giardini, mais Ambrosio avait la tête ailleurs et n'y prêta pas attention. Il pensait à sa prochaine rencontre avec la fille de Duilio Cesnik, dont il connaissait le nom de famille mais pas le prénom, même s'il aurait parié son salaire de janvier que la jeune femme s'appelait... Qu'avait murmuré Anna Kodra avant de mourir ? Via Montenapoleone il s'arrêta devant une vitrine de Cusi et chercha à voir le prix d'un anneau d'or avec trois émeraudes, sans y parvenir. Il aurait parié son salaire de février qu'il aurait plu à Emanuela et son salaire de mars que l'anneau coûtait autant que les salaires des deux mois réunis.

Le ciel était devenu sale. Une ambulance déboucha de la via del Gesù en faisant marcher sa sirène, il en éprouva de l'angoisse.

Il regarda l'immeuble néo-classique, remis à neuf,

la porte d'entrée brillante comme un meuble anglais mis aux enchères par Sotheby, le tapis rouge, les sonnettes de cuivre et la loge qui ressemblait à l'entrée d'un magasin d'antiquités. Le concierge était vêtu de flanelle anglaise et rappelait le professeur Einstein, avec moins de cheveux. Ambrosio, se découvrant un talent de simulateur qui le remplit de fierté, improvisa :

— J'arrive de Rome, je suis le secrétaire du député et je dois voir madame tout de suite…

— Malheureusement, madame n'est pas là, dit le concierge avec une nonchalance vénitienne qui jetait bas toute éventualité d'une lointaine parenté avec le génie. Elle est partie à la montagne.

— Savez-vous où ?

— Je pense qu'elle est à Crans avec monsieur, comme tous les hivers.

— Le problème est, ajouta Ambrosio, curieux de voir aussi cet appartement, que monsieur le député m'a chargé de téléphoner à quelqu'un, mais le numéro est sur le répertoire de madame. Vous voyez le problème ? Le député croyait qu'elle était rentrée hier.

— Peu probable.

— Comment, peu probable ?

— Qu'elle rentre avant le quinze, monsieur.

— Je vois, murmura Ambrosio. Et si… et il tira de sa poche un billet de cinquante mille lires.

— Non, non, dit le concierge, pour rien au monde, il ne manquerait plus que ça.

— Et si vous m'accompagniez vous-même ?

Allons-y ensemble, je regarde le numéro sur le répertoire, et tout est dit. C'est l'affaire d'une minute.

L'appartement n'était pas grand : la moquette gris clair, les meubles laqués noir, les divans De Padova recouverts de tissu blanc avec des coussins vert pomme en faisaient un lieu extraordinairement doux. Il vint à l'esprit d'Ambrosio une phrase qui l'avait obsédé quand il était enfant : *ici la mort n'est pas chez elle*. De nombreuses années auparavant, il s'était déchaîné contre une fille qu'il aimait, l'avait insultée parce qu'elle soutenait que c'était une chose de se sentir malheureux dans une Rolls-Royce et que c'en était une autre dans une Cinquecento. Et lui de brailler que c'était pareil, bon Dieu, foutrement pareil.

Le concierge resta dans l'entrée et Ambrosio, après avoir allumé la lumière du séjour, prit sur la petite table, où était posé un téléphone, un répertoire de cuir et commença à le feuilleter après s'être assis sur l'un des divans. Alors le concierge s'approcha et lui demanda s'il en avait pour longtemps. Une minute, dit Ambrosio. Ou deux.

— Dans ce cas, dit le concierge, je ne peux pas rester ici, la loge est vide.

— Je regrette, répondit Ambrosio, mais si je ne trouve pas ce numéro, le député s'inquiétera. Je lui dirai que vous avez été d'une aide précieuse.

Alors l'homme demanda la permission de descendre, en poussant la porte et en laissant la clef dans la serrure. Il lui recommanda cependant de faire vite.

— Deux minutes, peut-être trois, dit Ambrosio.

Il n'avait pas le temps : sur le répertoire, pas de noms familiers : ni Kodra, ni Stuparic, il n'y avait pas d'Orlandini ou de Corradi. Qu'attendait-il ? Dans la chambre à coucher, quelques photographies dans des cadres en argent sur une commode laquée de blanc : une jeune femme, grande, blonde, en robe de mariée avec un jeune homme en habit. Et puis une femme brune en tailleur, à l'air mélancolique et enfin, sur une Land Rover avec un fusil de chasse entre les mains, un type à la Hemingway années cinquante, une photo prise pendant un safari. Duilio Cesnik, évidemment, parce qu'aujourd'hui les députés n'ont pas des visages renfrognés de ce genre-là et n'ont pas entre les mains de carabine Remington. Il ne pouvait pas ouvrir les tiroirs, fouiller dans les armoires. Il trouva un autre répertoire dans la cuisine avec des numéros de téléphone de fournisseurs, de dentistes (deux), d'un médecin, d'une galerie via San Damiano, et puis quelques noms, Rita, Clara, Salvatore (domestiques ? chauffeurs ?), rien d'intéressant. Il regarda quelques cartes postales posées contre une balance : Saint-Moritz, Crans-sur-Sierre, Cortina... Des amis. Un instant : sur l'une d'elles, il y avait la signature *papa* et en dessous *Libero*. Ils étaient tous les deux à Zurich en novembre. Maintenant, il était vraiment pressé. Il mit la carte dans sa poche avec la photo du chasseur qu'il avait enlevée de son cadre, il éteignit les lumières, après avoir jeté un coup d'œil à la salle de bains et à une petite pièce qui servait de garde-robe.

Il allait fermer la porte d'entrée quand le téléphone

le rappela dans le séjour avec une sonnerie assourdie, typique des bonnes maisons.

Il entendit quelqu'un qui haletait, comme s'il avait couru, et une voix basse, craintive, demanda :

— Est-ce que madame est là ?

— Elle n'est pas là. Je dois lui dire quelque chose ?

— Qui est à l'appareil ?

— Le concierge, monsieur, mentit-il. Et vous qui êtes-vous ?

— Un ami. Dès que madame sera de retour, dites-lui de me rappeler à ce numéro, notez...

— Un instant s'il vous plaît. Allez-y, monsieur.

— Vous croyez que madame rentrera bientôt ?

L'angoisse de l'homme, le timbre de sa voix, même déformé par le téléphone et par l'émotion, lui inspirèrent un soupçon qui lui sembla bientôt absurde, déraisonnable.

— Je ne sais pas quand elle sera de retour, je regrette, monsieur.

— Dites-lui que je l'ai appelée, vous avez noté le numéro ?

— Vous serez toujours là, d'où vous téléphonez maintenant ?

— Bien obligé, dit l'homme, comme s'il se parlait à lui-même. Certainement, je serai ici à attendre son coup de téléphone. Merci.

Ambrosio appela le bureau et demanda Massagrande, mais le chef n'était pas là. Il trouva De Luca, celui qui s'était occupé des immatriculations, et en moins de deux minutes, il put lui dire que le numéro de téléphone correspondait à « Oregon-Import », o comme Otrante, r comme Rome, e comme Empoli, 34, via Watt.

— J'y vais, dit Ambrosio. Avertis le chef et dis-lui que je le rappellerai dès que possible.

Il descendit l'escalier en courant.

Le concierge le regarda avec un air de reproche :

— J'ai calculé que vous êtes resté là-haut douze minutes, et non pas deux, lui dit-il.

Après tout, il est peut-être parent d'Einstein, pensa Ambrosio, et il le salua de la main en sortant et en criant :

— Je le dirai au député, je le dirai au député.

La via Giacomo Watt est une rue de la périphérie sud-ouest de Milan, parallèle au Naviglio Grande. L'unique chose digne d'être notée est l'existence de deux rangées de réverbères peints en vert, seule nouveauté de cette zone désolée. Elle ne s'anime qu'à heure fixe, quand quelques dizaines d'ouvriers, peut-être une centaine, entrent ou sortent des entrepôts et de quelques entreprises. Le reste de la journée, surtout l'hiver, par la pluie ou le brouillard, la via Watt rappelle certaines rues de province américaine qui servaient au temps du cinéma muet pour terminer un film sur l'image évanescente d'un homme et d'un chien, d'un homme et d'un orphelin ou d'un orphelin et d'un chien.

Ambrosio laissa la voiture piazza Giorgio Simone Ohm, un nom magnifique pour une esplanade déserte où stationnaient trois camions avec des remorques, abandonnés. Il préféra marcher jusqu'au numéro 34. Le brouillard descendait comme les nuages sur le sommet des montagnes. Un long mur avec une porte de fer de couleur rouille, sur le montant de la porte une plaque d'aluminium portant l'inscription « Oregon-Import » peinte en rouge, une sonnette, une boîte à lettres métallique, vide.

Avant de sonner, il regarda la cheminée grise qui allait disparaître à moins de cent mètres et une voiture, les phares allumés, qui se garait dans l'autre partie de la rue. Les phares s'éteignirent et il appuya sur la sonnette. Il n'entendit aucun son. Sans doute ne fonctionnait-elle pas. Il réessaya. Il poussa la porte, mais elle était fermée. Il attendit jusqu'à ce que quelqu'un de l'autre côté demande d'une voix rude :

— Qui est là ?

— Un ami, dit Ambrosio.

— Un ami de qui ?

— De messieurs Cesnik.

L'homme qui faisait face à Ambrosio était massif, il avait une figure large et plate, des cheveux clairsemés, un blouson de motocycliste, un cure-dent à la bouche. Il parlait avec un accent lombard, il avait des yeux injectés de sang et un grain de beauté sur la joue gauche. C'est un ancien boxeur, pensa Ambrosio en observant son nez.

— Que voulez-vous ?

— Je dois jeter un coup d'œil à l'entrepôt pour voir s'il reste de la place pour de la marchandise.

— Je ne vous ai jamais vu et le patron ne m'a rien dit, oui ou non ?

— Le problème est que je suis nouveau,

dit Ambrosio en avançant. Comment vous appelez-vous ?

— Santo.

— Je m'appelle Giulio et M. Cesnik m'a dit avant de partir pour la Suisse : va voir un peu l'entrepôt et dis-moi s'il y a de la place pour ces choses-là, j'avertis mon gars, c'est-à-dire vous.

— Mais il n'a averti personne, oui ou non ?

Il disait « oui ou non » tous les quatre mots.

— Il a tant de travail qu'il ne peut se souvenir de tout.

— En ce qui concerne l'entrepôt, il est précis comme une horloge.

— Il m'a également dit qu'il y avait ici une autre personne.

L'homme le regarda, cracha le cure-dent et dit :

— Alors c'est vrai que vous avez parlé avec le patron, parce que personne ne sait que le vieux est ici.

Quel âne, pensa Ambrosio en entrant dans la cour pendant que l'ex-pugiliste fermait le portail de fer.

Il y avait deux hangars sur la gauche et, à droite, une petite maison qui autrefois avait dû servir au gardien de l'usine, au fond un mur sur lequel était inscrite la marque d'une machine à coudre connue, délavée par des années de pluie ; à côté de la maisonnette, un massif avec quelques pots de géranium, et au centre du massif un vieux hêtre au tronc et aux branches noirs de suie.

— Je prends la clef et on va dans le magasin. Attendez ici.

Ambrosio aurait voulu précipiter les choses et clore cette affaire une fois pour toutes. Pourtant c'était mieux si tout se passait bien, sans problèmes. Il valait mieux attendre encore un peu. Il regarda la maisonnette : deux pièces en bas et deux autres au premier étage. Il se déplaça de manière à ne pas être vu des fenêtres de la façade, en admettant qu'il n'ait pas déjà été repéré pendant qu'il entrait dans la cour. Peut-être le brouillard l'avait-il protégé. Mais si les choses étaient telles qu'il le pensait, mieux valait ne rien précipiter.

Le type revint bientôt avec deux clefs de type coffre-fort et, le précédant, ouvrit la porte coulissante du premier entrepôt.

— Zut, dit Ambrosio en regardant les centaines de gros emballages de carton qui, à première vue, semblaient contenir des réfrigérateurs ou des machines à laver mais qui en réalité protégeaient des billards électriques et des juke-box.

— Ici c'est le règne du flipper, oui ou non ? dit le costaud au nez cassé.

Ce devait être sa phrase préférée quand il entrait dans l'entrepôt avec quelqu'un. Il marchait en se dandinant légèrement. Ambrosio regarda ses larges épaules. L'homme lui demanda tout à coup :

— Vous êtes pour l'Inter ?

— Oui, risqua le policier.

— Des nuls.

Silence.

— La place libre est ici, ajouta le type, vaguement dégoûté, en lui montrant un angle inoccupé, sauf par un chariot élévateur jaune.

Il fit semblant de le mesurer à grands pas :

— Pour moi, ça peut aller, décida-t-il.

— Vous êtes content. Qu'est-ce que vous devez y mettre ?

— Un lot de waters, improvisa Ambrosio.

— Diable, ils se mettent aussi dans les chiottes, commenta l'homme. Les patrons savent tout vendre, aussi vrai que je m'appelle Santo, oui ou non ?

Santo le conduisit vers la porte d'entrée. Quand ils furent au milieu de la cour, Ambrosio décida que ce n'était pas encore le moment de partir, aussi dit-il qu'il lui aurait volontiers offert un apéritif.

— Il y a bien un café dans le coin.

— Au bout de la rue, vers la via Pestalozzi, mais je n'ai pas le temps, mon cher supporter de l'Inter.

— Ce sera pour une autre fois, dit Ambrosio en s'arrêtant.

Puis après un instant :

— Je voudrais dire bonjour au vieux.

— Non, on ne peut pas, dit Santo.

— Je lui dirai quand même bonjour, répliqua Ambrosio en regardant vers la fenêtre du premier étage.

Le rideau avait-il bougé ?

Il se dirigea vers la maison jusqu'à ce qu'il sente la main de l'homme, dure comme du bois, sur son épaule.

— Bas les pattes, lui dit-il à voix basse. Je vais où je veux, c'est ce que m'a dit M. Cesnik, compris ?

— Le vieux ne veut voir personne, oui ou non ? répéta l'homme, et il semblait décidé à ne pas le laisser continuer.

Le téléphone sonna et Ambrosio eut l'intuition qu'il était, pour la seconde fois en peu de temps, dans le pétrin jusqu'au cou. S'il avait été sage, il se serait dirigé en hâte vers la sortie et serait allé au pas de course piazza Ohm où se trouvait sa Golf. Au contraire, il suivit le gardien, qui se précipitait vers l'appareil, fixé au mur d'une pièce de quatre mètres sur quatre. Sur le mur d'en face s'ouvrait un escalier, il y avait à gauche un bureau de style Far-West sur lequel étaient posés une bouteille d'eau minérale Fiuggi, un verre, quelques albums de bandes dessinées et la *Gazetta dello Sport*. Ambrosio ferma la porte, s'y appuya et attendit.

L'autre, pendant qu'il écoutait au téléphone, au lieu de le regarder, se tourna vers le mur, un peu penché, il disait seulement oui, oui, oui.

Il n'y avait aucun bruit dans la maison.

Il raccrocha le combiné et, toujours sans le regarder, alla au bureau, s'y assit, se passa la main gauche sur ses cheveux clairsemés et de la main droite ouvrit un tiroir.

Quand il se leva, il avait un Walther P. 38 au poing.

10

Mardi après-midi

— Ne bouge pas, fils de pute, dit l'homme, lui aussi immobile comme une statue.

C'était la première fois de sa vie qu'il arrivait à Ambrosio d'avoir un pistolet pointé sur le ventre. Curieusement, il n'avait pas peur, il avait presque l'impression que tout cela arrivait à un autre, qu'il était lui-même un autre. Et en même temps il avait la certitude que l'homme était sérieux et que s'il avait risqué un geste, il lui aurait envoyé dans le corps quelques projectiles de parabellum, calibre 9.

— Je suis de la police, dit Ambrosio. C'était la seule issue possible.

— Tu n'es rien du tout, dit Santo, et tu as cherché à me baiser. Mais maintenant, tu vas te tenir tranquille, sinon je te truffe de plomb, tu peux en être sûr. Lève lcs mains et ne bouge pas.

Il leva les mains.

— Je te répète que je suis de la police, tu es en train de faire une bêtise.

— Ne dis pas de conneries.

Il avança d'un pas. Il était entre lui et le bureau

quand, descendant l'escalier, apparut le vieux. Personne ne l'avait entendu venir. Il dit :

— C'est vrai, c'est un policier.

C'était le professeur Orlandini.

Ambrosio baissa les bras et allait bouger mais Santo, qui avait à peine déplacé son regard vers le vieux, réagit avec une fureur imprévue et, si Ambrosio ne s'était pas jeté en avant en visant de la tête le ventre du gorille, une balle lui aurait fracassé le crâne.

— Salopard ! hurla l'homme.

Ambrosio s'accrocha à ses jambes et lui fit perdre l'équilibre. La canadienne entravait quelque peu ses mouvements mais, en compensation, elle atténuait les coups qu'il recevait sur le dos.

— Arrête, c'est un commissaire, arrête, criait pendant ce temps Orlandini.

L'odeur de la poudre avait envahi la pièce.

Ambrosio réussit à se mettre à genoux, mais l'autre le bourrait de coups de poing. Il lui saisit le poignet de la main droite, mais les doigts qui tenaient le pistolet semblaient d'acier. De la main gauche, l'homme frappa Ambrosio à la nuque : un coup terrible, qui lui ôta toutes ses forces malgré ses efforts pour réagir. La nausée le submergea et il bascula en arrière et tomba sur le côté, pendant que l'homme se relevait et lui donnait un coup de pied dans les côtes. Le souffle lui manquait, il avait le front baigné de sueur froide et il puait comme une charogne.

L'homme leva son pistolet pour le frapper avec la crosse. Ambrosio n'avait aucun moyen d'échapper au coup, il réussit seulement à se protéger la tête avec les mains. Il ne pensait à rien d'autre qu'à sa nausée incontrôlable. Un spasme. Puis l'homme s'abattit sur lui de tout son poids. Mon Dieu, c'est fini.

Un instant plus tard il comprit que l'homme avait été frappé à son tour. Il ouvrit les yeux et par un effort désespéré, il réussit à bouger un peu. Il regarda sa main poisseuse de sang et la manche de sa canadienne maculée d'une grosse tache qui, sur la peau de mouton, ressemblait à de la glace au chocolat.

Santo était inanimé, et il avait des débris de verre dans le cou. Le P. 38 avait glissé sur le sol près de la porte. Ambrosio se leva lentement, il se sentait épuisé, la tête lui faisait mal comme si elle allait exploser. À travers ses larmes, il vit Orlandini tenant en main ce qui restait de la bouteille d'eau minérale verte : il était livide comme un cadavre et s'appuyait au bureau, regardant Ambrosio sans le voir.

Se tenant la tête entre les mains, Ambrosio trouva le lavabo, enleva sa canadienne, fit couler l'eau et se lava. L'eau était glacée. Il en but quelques gorgées. Il s'essuya. Dans sa tête, un marteau tapait au rythme de son cœur, plus fort quand il bougeait.

— Asseyez-vous, lui dit-il, s'asseyant à son tour après avoir ramassé le pistolet qu'il mit sur le bureau à portée de main. Vous m'avez sauvé la peau, merci. Il va falloir téléphoner à une ambulance.

Le professeur Orlandini, assis la tête basse, tremblant, se taisait. Il s'approcha et lui enleva le reste de la bouteille des mains. Un élancement à la nuque provoqua en lui un vertige en même temps qu'un haut-le-cœur. Maintenant, *je dois* téléphoner, pensa-t-il. Qu'ils envoient une ambulance et que la Mobile arrive, qu'elle arrive *vite*.

Il décrocha le combiné et entendit un gémissement, c'était Santo. Quel idiot ! Il avait laissé le P. 38 sur le bureau.

Il avait l'impression de bouger au ralenti. Affreuse nausée. Il raccrocha le téléphone et alla reprendre l'arme. Il valait mieux la garder dans sa poche, dans la poche droite de sa veste.

Il regarda Orlandini qui tremblait toujours (les mains jointes comme s'il priait, les yeux fermés) :

— Calmez-vous, lui dit-il.

De la pointe du pied il toucha le dos de l'homme par terre. Il ne se passa rien. Il retourna au téléphone.

Cette fois encore, il ne réussit pas à appeler le central : la porte s'ouvrit brusquement et, sans avoir été annoncée par un bruit, une voix ou un grincement quelconques, apparut sur le seuil un type d'un mètre quatre-vingt-dix, bronzé, portant des lunettes bleues, les cheveux blond cendré coupés ras comme un marine américain, le visage marqué de rides profondes, les mains dans les poches.

Il ferma la porte d'un coup d'épaule.

Il jeta un coup d'œil à Santo, un autre à Orlandini.

Enfin il regarda Ambrosio qui était demeuré près du téléphone. Il le regarda sans ouvrir la bouche et retira la main droite de la poche de son pardessus bleu. Merci, Seigneur, pensa Ambrosio qui s'était attendu à la voir apparaître munie d'une arme.

Il se détendit, mais ne fut pas assez rapide pour extraire le P. 38 car le géant sortit la main gauche qui tenait fermement un Browning HP calibre 9 aux reflets bleuâtres. Le salopard était gaucher.

Sans un mot, il lui fit signe de lui donner le P. 38 qui dépassait de sa poche. Ambrosio le prit entre le pouce et l'index et le lui tendit. L'autre le lui arracha et le fit disparaître dans son manteau.

— Je suis de la police, dit Ambrosio.

L'homme émit une sorte de ricanement, s'approcha et, rapide comme l'éclair, frappa d'un revers de main la joue gauche d'Ambrosio qui donna de la tête sur le mur, près de l'appareil téléphonique. Il lui sembla que son crâne éclatait, il éprouva de la douleur et de la rage, une rage sauvage qui lui explosait dans le ventre, une haine bestiale, incontrôlable qui le submergea. Les yeux larmoyants, la bouche pleine de fiel, la nuque comme prise dans un étau, il se rua sur l'autre, impulsivement, lui l'imbécile qui n'avait jamais donné une taloche de sa vie. Ce fut si inattendu que l'homme au Browning prit une tête sous le menton et un poing au bas-ventre, entre les jambes, qui le fit hurler comme un fou et tirer un coup de feu qu'Ambrosio sentit comme le claquement d'un fouet sur son bras, mais la frénésie de destruction et de ressentiment qu'il avait en lui était telle qu'il se remit à frapper alors que l'autre s'était plié sous la douleur et gémissait. Il lui tordit le bras et réussit à s'approprier le revolver et le P. 38. Il lui décocha un coup de pied dans le dos pendant qu'Orlandini, toujours assis, disait :

— C'est vrai, c'est vrai, il est de la police… c'est vrai, c'est vrai…

— Vieux con, siffla l'homme en brassant l'air, les

lunettes brisées, à genoux. Le coup de pied le fit tomber et du bras, il heurta Santo.

L'homme haletait et quand il essaya de se soulever, Ambrosio, impitoyable, appuya l'arme sur sa tempe, jouissant du fait que l'autre sentait l'acier sur sa peau et disait « non, non, je t'en prie, non ». Il dut faire un effort sur lui-même pour ne pas appuyer sur la gâchette. La pensée horrible que le projectile aurait percé un trou dans le crâne comme un coup de poignard dans une pastèque le sauva.

— Tiens-toi tranquille ou je t'abats comme une bête, lui dit-il plein de rancœur.

Le géant s'assit avec peine contre le mur, les mains sur le ventre, suant, haletant.

Orlandini s'était calmé, il ne parlait plus, regardait avec un étonnement craintif Ambrosio pendant que ce dernier téléphonait au central.

Sa tête. Il ne réussissait pas à penser. Seulement un grand désir de fermer les yeux. Mais il devait rester sur ses gardes. Il devait faire quelque chose. Mais quoi ?

En attendant, s'occuper de ces deux-là, par terre. Et du professeur.

Attendre.

Les minutes. Les minutes ne passaient pas. Malheur à qui doit attendre son sauveur. Voilà, il faudrait se poser quelques questions : avec qui était venu le géant ? Sans doute avec son frère. Il ressemblait trop à Hemingway pour ne pas être Cesnik. Et ce foutu frère avait-il entendu le coup de feu ? Certainement. Et alors pourquoi ne s'était-il pas précipité lui aussi ? Pourquoi ? Si j'étais en forme, je le saurais, mais je ne me sens pas bien, j'ai la nausée. Peut-être, peut-être parce que je crois que c'est lui, ce salopard, qui a fait place nette. Oui. C'est comme ça.

Il ne se sentait pas tranquille.

Il remit dans sa poche le P. 38 et conserva en main le Browning. Il vérifia le chargeur : il y avait encore douze coups.

— Quelqu'un va venir ? demanda-t-il à l'homme assis par terre.

Ce dernier fit non de la tête.

— Si ce n'est pas vrai, je te tue.

Il se remit à secouer la tête.

— Qui est dehors ?

Silence.

— Qui t'a amené ici ?

— Mon frère.

— Écoute, Cesnik : s'il essaie d'entrer, je tire sur vous deux, compris ?

— Je te l'avais dit qu'il était de la police, dit Orlandini.

Sa voix atone, fatiguée, était déplacée, presque ridicule dans cet endroit.

Le bras commençait à lui faire mal, la manche de sa veste était brûlée et humide, humide de sang.

Les minutes ne passaient pas.

— Et pourquoi ton frère ne vient pas ? Pourquoi ?

— Je lui ai ordonné de ne pas bouger. Il m'attend.

— Je te l'avais dit qu'il était de la police, répéta Orlandini.

— Tais-toi, idiot, murmura Duilio Cesnik.

— Qui croyais-tu que j'étais ?

— Quelqu'un qui me connaissait.

— Et que tu connaissais ?

— De nom, de nom seulement.

— Et quand mes collègues arriveront, que fera ton frère ?

— Je ne sais pas, je ne sais pas. Je jure que je ne le sais pas.

Il s'était repris. Il toucha de la main la tête de Santo.

— Ne bouge pas, lui ordonna Ambrosio, pointant vers lui le revolver et ressentant un élancement à la nuque qui le paralysa presque.

Quand il entendit la sirène, le filet de sang descendu du bras était arrivé sur le dos de sa main, tiède, visqueux comme du sirop. Ce n'est rien, pensa-t-il, si c'était grave, je ne pourrais pas bouger le bras. Quels idiots avec toutes ces sirènes, maintenant le frère Cesnik va filer.

— Ton frère va se tirer.

— Je l'espère bien, sale flic.

— Allez ouvrir la porte de la cour, dit Ambrosio à Orlandini.

— Non, je ne me sens pas la force d'y aller… je n'y vais pas.

— Allez-y, hurla-t-il. Bougez et vite !

Orlandini, indécis, regarda Duilio Cesnik, il devait passer près de lui pour sortir. Il semblait terrorisé.

— Dehors ! répéta Ambrosio d'une voix brisée par l'impatience. Il était au bout du rouleau.

— Et si tu fais seulement un geste, Cesnik, je ne réponds pas de moi, je te descends, je te descends, compris ?

Orlandini se mit lentement en mouvement, il ouvrit la porte et sortit, sans la refermer.

À y réfléchir, la nature humaine est comique : Ambrosio, dans un état proche de l'évanouissement, le bras blessé, la tête traversée d'élancements, se demanda en sentant sur son front baigné de sueur le courant d'air qui traversa la pièce si, enfer et damnation, il n'allait pas attraper une trachéite. C'est pourquoi, pour se protéger, il releva le col de sa veste.

Il vit dans la cour Orlandini se démener avec la porte métallique, l'ouvrir, la laisser ouverte et courir vers la maison comme pour se mettre à l'abri de Dieu sait quoi. Les sirènes se turent.

À ce moment précis, ce fut la fin du monde.

Une armée entra dans la cour. Les hommes de deux voitures de patrouille mitraillette au poing, Massagrande, De Luca, Onofrio, deux infirmiers avec un brancard. Orlandini fut rattrapé, il glissa, tomba, on le prit sous les aisselles, on le releva comme un pantin de chiffon.

— Bravo à notre héros, dit Massagrande, homme d'esprit, en entrant dans la pièce avec deux agents, tous pistolet au poing. Duilio Cesnik se mit debout et personne ne lui dit rien, désormais il était comme un rat pris au piège.

Ambrosio se laissa tomber sur la chaise du bureau. Il dit seulement :

— C'est l'homme qui sait tout sur la mort d'Anna Kodra et de Daniele Corradi. Et le professeur

Orlandini, que vous avez vu dans la cour, en sait également long.

— Et celui-là, qui c'est ? demanda Massagrande en montrant Santo.

— Le gardien de l'entrepôt, un pistolero des Cesnik.

— Pistolero de mes fesses, dit Duilio.

— Toi, tais-toi, lui intima le chef de la Mobile. Maintenant nous allons aller gentiment à la préfecture et tu parleras seulement là, mon chou.

Deux agents le saisirent et l'emmenèrent dehors, puis ce fut le tour des infirmiers : ils s'occupèrent de Santo qui gémissait, avec quelques raisons. Enfin, le médecin de la police entra, suivi d'Orlandini qui s'assit, à bout de forces, sur la première marche de l'escalier ; le médecin voulut qu'Ambrosio enlève sa veste et sa chemise.

— D'abord, fermez la porte, dit celui-ci.

— Je n'ai jamais vu quelqu'un qui pense autant à sa santé, commenta Massagrande, aussi détendu et serein que s'il était au théâtre.

— Une égratignure, dit le médecin.

Finalement il le pansa soigneusement. Veste et chemise étaient bonnes à jeter. Il lui donna un verre d'eau et deux cachets roses :

— Venez à l'infirmerie quand vous pourrez. Et maintenant je m'occupe du blessé. Où l'emmenons-nous ?

— Aux urgences de Fatebenefratelli, et qu'il soit bien gardé. Il vous a tiré dessus, non ?

— Non, ce n'est pas lui qui m'a touché, c'est l'autre sans le vouloir.

— Quel pastis, dit Massagrande. Racontez-moi rapidement.

Indiquant de la tête Orlandini, toujours assis sur l'escalier, il demanda :

— Et lui, qu'est-ce qu'il a fait ?

— Il m'a sauvé, voilà ce qu'il a fait. Il a flanqué un coup de bouteille de Fiuggi sur la tête du pistolero. Voilà tout.

— Alors, c'est lui le héros, conclut le chef.

Orlandini secoua la tête.

— Je n'ai rien dit, monsieur, je n'ai rien dit, lui fit Massagrande,

De Luca et Onofrio fouillaient partout. Pendant qu'Ambrosio lui racontait ce qui s'était passé depuis le moment où ils s'étaient quittés à la gare du Nord, quelques heures plus tôt, Massagrande donnait des ordres à différents agents qui se dispersèrent dans la cour et les entrepôts.

— Et le frère ?

— Il devait être dans une voiture stationnée dans la rue. Quand il a entendu les sirènes, il a dû prendre la fuite. Avec votre manie des sirènes.

— Si on ne les avait pas utilisées, on serait encore piazza del Duomo, rétorqua Massagrande.

Il appela De Luca :

— Va voir Cesnik, interroge-le sur la voiture avec laquelle il est venu ici, et ordonne par radio qu'on la prenne en chasse. Tout de suite, ne perds pas une minute. Qu'ils fassent attention, le petit frère est armé ; ils doivent être venus avec une seule voiture.

De manière inattendue, il demanda :

— Comment vous sentez-vous, Ambrosio ?

— Un peu mieux.

— Vous n'êtes pas mal comme limier.

Il lui sourit, en lui serrant distraitement le bras blessé.

— Je m'excuse, mon ami.

Et puis :

— Que fait-on du professeur ?

— Je pourrais... je pourrais l'amener à la préfecture un peu plus tard ?

— Vous vous sentez capable de conduire ?

— Oui. Je voudrais m'arrêter pour boire et manger quelque chose avec Orlandini. Je serai au bureau dans deux heures.

— Ça va. Où est votre voiture ?

— Piazza Ohm, à deux cents mètres d'ici.

Massagrande lui demanda les clefs, il appela un agent :

— Service à domicile pour mon ami Ambrosio, dit-il.

Ambrosio enfila sa canadienne, s'approcha d'Orlandini :

— Monsieur, nous partons tous les deux, seuls.

Le vieux se leva et le regarda, avec reconnaissance.

Il n'y avait plus de brouillard. Dans la cour on sentait une odeur de neige.

— Le temps change, dit-il à Orlandini, et il éprouva un instant de bonheur.

Il y avait un bistrot, via Lodovico il Moro, le long du Naviglio Grande, fréquenté par des artisans, des commerçants du quartier et des camionneurs, qui leur convint parfaitement : une salle avec un comptoir en noyer, un sol en carreaux de terre cuite, quelques tables, et plus loin une autre salle, plus grande, avec un billard et encore trois tables recouvertes de nappes à carreaux bleus et blancs. Il flottait dans l'air une odeur de bœuf en daube aux épices.

Le patron, plus large que haut, portait autour du ventre un tablier blanc d'aubergiste, il avait un bout de crayon derrière l'oreille. Étant donné l'heure, presque deux heures de l'après-midi, il n'y avait personne. Ambrosio avait envie de vin blanc sec et d'œufs brouillés avec une salade de tomates. Les élancements à la tête avaient disparu, il ressentait une légère sensation de brûlure à l'épaule et sous les paupières, comme si de minuscules grains de sable s'y étaient glissés.

— Et vous, monsieur, vous avez faim ?

— Non, dit Orlandini.

— Il faut quand même manger quelque chose.

Le patron suggéra des blancs de poulet. En attendant, il apporta de la cave une bouteille de pinot gris bien frais, et deux verres. Ils s'assirent à la table du fond, dans la salle de billard. Une lumière douce provenait d'une petite fenêtre qui donnait sur une cour, dans laquelle il y avait une vieille charrette et des tas de fagots.

— Voulez-vous un zeste de citron dans le vin ? demanda l'aubergiste.

C'était exquis. Orlandini en but aussi quelques gorgées. Ambrosio éprouva une agréable sensation de chaleur. La nausée était passée. il regarda sa manche, heureusement que la veste était sombre.

— Vous avez été efficace. Si vous n'étiez pas

intervenu à temps, ce fou furieux m'aurait fait mon affaire...

— Je crois... je crois, oui.

— Comment se fait-il que vous vous soyez trouvé via Watt ?

— C'est Duilio Cesnik qui m'a dit d'y passer quelques jours

— Pourquoi ?

— Il avait peur que je parle, que je ne réussisse pas à me taire. Il m'a téléphoné tout de suite après votre visite chez moi, vous vous souvenez, vendredi soir ? Quand vous m'avez interrogé, je pensais qu'Anna avait été renversée par une voiture quelconque, à cause du brouillard. J'avais seulement un léger doute parce que le soir même de l'accident, c'est-à-dire mardi, Duilio m'avait appelé pour savoir s'il y avait du nouveau, et comme il téléphonait chaque fois qu'il lui tombait un œil, la chose m'avait étonné. Je me demandais pourquoi diable il m'avait appelé deux heures après l'accident. De toute façon, je lui ai dit qu'Anna avait été renversée par une voiture et qu'on l'avait transportée à l'hôpital. Je ne savais pas encore qu'elle était déjà morte.

— Et il a donné une raison pour ce coup de téléphone ?

— Il a dit qu'il l'avait appelée chez elle et qu'il ne l'avait pas trouvée. Il a ajouté aussi qu'il comptait sur ma discrétion, comme toujours. Tu ne me connais pas, compris ? Ne mentionne pas mon nom. À quel propos, lui ai-je demandé ? Aucun, a-t-il dit, mais tu sais, quand il se passe quelque chose, ils arrivent tous : les assureurs, les parents, les amis, les collègues, les agents de police. Mais ne dis pas un mot sur moi. Rends-moi encore un autre service, a-t-il ajouté, va dans son appartement et regarde s'il y a des photos ou des lettres de moi ou quelque chose qui me concerne, elle garde tout dans le premier tiroir de la commode, souviens-toi.

— Et puis ?

— Et puis rien. J'ai jeté un coup d'œil à l'appartement, j'ai regardé dans le tiroir et je l'ai rassuré par téléphone. Enfin vous êtes venu. Quand vous êtes parti, j'ai commencé à réfléchir, à avoir quelques doutes, à penser que les Cesnik, je dis les Cesnik parce que ces deux-là sont toujours ensemble, savaient quelque chose sur la mort d'Anna, et même qu'ils y étaient mêlés d'une manière quelconque.

— Quand Duilio vous a rappelé vendredi soir, que lui avez-vous dit ?

— Je lui ai dit : mais vous savez quelque chose sur la mort d'Anna ? Et Duilio a répondu qu'ils étaient blancs comme neige, qu'ils n'avaient rien à se reprocher. Pourtant, il était préférable que je quitte la via Catalani, comme pour un voyage d'affaires. Il suffisait d'un mot de trop et ces fouineurs de la police pourraient imaginer Dieu sait quoi. Mieux valait que je mette quelques affaires dans une valise, que je prenne un taxi et que j'aille à la gare Centrale. Il m'attendrait au bar à côté de l'escalier mécanique.

— Et vous n'avez pas protesté ?

— Le ton de Duilio n'admettait pas de réplique. Malheureusement, je connais bien ce type.

— Comment est-il ?

— Un violent, comme son frère. Mais alors que

Duilio cache son agressivité sous une apparence tranquille, l'autre est coléreux, souvent déchaîné, à tel point que son frère, plus âgé de quelques années, a du mal à le contrôler. Il lui sert d'homme de main. Ils ont des intérêts dans les billards électriques, les salles de jeu, les night-clubs, ils sont propriétaires de restaurants, ils s'occupent de médicaments...

— Vous voulez dire qu'ils trafiquent aussi de la drogue ?

— Non, non je ne crois pas... De toute manière... Peut-être, je ne sais pas.

— Comment avez-vous connu ces deux frères ?

— Je vous ai déjà parlé d'Anna, vous vous rappelez ? Tout ce que je vous ai dit vendredi est tout à fait vrai. J'étais tombé amoureux d'elle comme un gamin. Elle était belle, elle avait des yeux et des cheveux magnifiques, une peau claire, un visage toujours un peu mélancolique. Il était impossible de la fréquenter sans en tomber amoureux. J'étais alors un homme résigné, malgré mon âge, mais quand je l'ai connue, j'ai éprouvé... j'ai éprouvé en moi une tempête de sentiments, de désirs qui m'a emporté. C'est le mot exact. Je vous ai parlé de ma mère ? J'avais aussi ce problème. J'ai passé outre et j'ai commencé à fréquenter Anna, à l'aider. Je prenais mon temps : j'avais peur de ne pas être à la hauteur, de la décevoir. Elle a pris ma prudence pour de la délicatesse, elle m'en a été reconnaissante et s'est prise d'affection pour moi, c'est ainsi que je suis devenu, non seulement un ami fidèle et timide, mais aussi son confident. Elle m'a parlé d'elle et de Duilio. Ils s'étaient connus pendant la guerre à

Trieste ; après la disparition de son mari en Russie, elle habitait avec une tante. Les Cesnik, eux, étaient fils d'un commerçant en tissus qui est mort dans une fusillade : c'était le couvre-feu, et le vieux, probablement parce qu'il était sourd, n'a pas entendu la sommation d'une patrouille. Les deux fils se sont trouvés du jour au lendemain sur le pavé, ils ne connaissaient rien aux tissus, ils travaillaient pour l'Organisation Todt, en réalité c'étaient déjà des déséquilibrés. Anna a fait la connaissance de Duilio pendant l'été, elle m'a dit que c'est avec lui qu'elle a bu son premier Coca-Cola. Ses parents étaient restés à Fiume qui était devenue yougoslave après la fin de la guerre. Duilio lui a plu, et je la comprends, ce devait être un jeune homme plutôt séduisant. Un soir les deux frères ont attaqué un officier d'intendance américain et l'ont dépouillé de toute la solde d'un régiment. Il s'est défendu, ils lui ont tiré dessus et l'ont blessé, et puis ils se sont enfuis à Padoue.

— Et Anna ?

L'aubergiste apporta un blanc de poulet grillé qui sentait la sauge et un poêlon avec deux œufs à peine sortis du feu. Le pinot gris était digne du Savini.

— Anna les a suivis parce qu'elle était enceinte. Je crois que Duilio avait réussi à se procurer des faux papiers selon lesquels ils s'étaient mariés dans un village à quelques kilomètres de Fiume ; il a aussi changé le nom de famille d'Anna. N'oubliez pas que Fiume était alors de l'autre côté du rideau de fer. Impossible de contrôler. C'étaient des temps chaotiques. Les réfugiés avaient des papiers provisoires. Les archives étaient détruites. Le bébé, Paola, est né à l'hôpital de Padoue, en 1946. Quelques mois plus tard, en 1947, je pense, Duilio, Anna, Libero et l'enfant sont venus à Milan et, avec les dollars de l'Américain, les Cesnik se sont lancés dans le commerce de la pénicilline, et aussi des voitures, des voitures volées je crois. C'est ce qu'Anna soupçonnait. Ils habitaient près de la gare Centrale. Mais cette vie ne lui plaisait pas : Duilio était violent, imprévisible, et puis il la trompait. Un jour elle m'a confié une histoire sordide : il avait amené à la maison une prostituée, il était ivre et voulait qu'ils fassent l'amour à trois. Il y a eu une violente dispute, Anna a décidé de faire venir à Milan la tante de Trieste et de garder sa petite fille avec elle. Elle est allée habiter avec la tante et la gamine du côté de la piazza Napoli.

— Via Vespri Siciliani, dit Ambrosio.

— Exactement. Duilio l'entretenait et allait chez elle, il la considérait comme une véritable épouse, dont il devait vivre provisoirement séparé. Il était très attaché à sa fille, qui, de plus, lui ressemblait. Il l'était d'une manière maladive, comme souvent les voyous. À la mort de la tante, Anna a cherché à travailler, mais les temps n'étaient pas faciles, le peu d'argent qu'elle gagnait ne suffisait pas pour la rendre indépendante de Duilio, qui semblait au contraire s'être enrichi grâce aux trafics. Il avait une voiture américaine, il portait des vêtements sur mesure, on le voyait avec une starlette de Dapporto, il habitait avec son frère une petite villa au Village des Journalistes…

Orlandini mangeait lentement, et buvait de temps en temps une gorgée de vin.

— Et, puis, Anna est venue via Catalani…

— Oui. Elle est venue sans l'enfant, parce que Duilio l'avait convaincue que mieux valait qu'il en ait la garde, puisqu'il pouvait se permettre une nurse, une belle maison, bien chauffée : Anna, si elle ne voulait pas habiter avec lui, pourrait quand même venir voir la petite quand elle voudrait. Au début elle avait refusé, mais un jour qu'elle n'avait plus un sou et que, à dessein, il ne lui avait pas donné une lire depuis un mois, elle a cédé et lui a permis de garder Paola. Duilio savait y faire, ce n'est pas pour rien que c'est un homme d'affaires ; sans scrupules, mais un grand homme d'affaires.

— D'affaires louches.

— Certainement, mais il est astucieux, psychologue, opportuniste. Il a donné à Anna un peu d'argent, a meublé son appartement, lui a acheté un manteau de fourrure et même une Topolino d'occasion.

— Et pourquoi ne venait-il jamais la voir via Catalani ?

— Sous le prétexte qu'il était préférable de ne pas la compromettre aux yeux des gens, pour qu'elle puisse refaire sa vie : c'étaient d'autres temps. Mais d'après moi, il voulait rompre définitivement avec elle, et se marier. C'est si vrai que, quand Anna lui a dit que j'étais son ami, au lieu de se montrer intolérant, selon sa nature, il m'a invité avec elle au Village et il nous est arrivé d'aller en promenade sur le lac ensemble. Anna était une femme loyale et je suis sûr qu'elle lui avait décrit notre relation, comme elle m'avait parlé de lui, de sa fille, de leurs rapports. Mais quand nous étions tous ensemble, on ne parlait jamais de ces choses-là.

— Duilio ne vous a jamais aidé ? Financièrement, je veux dire.

— Il m'a acheté des tableaux. Je pense que je n'aurais pas pu lui dire non...

— Je ne vous blâmerai pas de lui avoir vendu des tableaux.

— Les miens et aussi ceux d'autres peintres. Je vends des tableaux. Pendant la période où je fréquentais Anna, on se voyait avec Duilio assez souvent, au moins une fois par mois ou même deux.

— Excusez-moi, mais qu'est-ce qui n'allait pas entre vous et Anna ?

Orlandini le regarda, but une gorgée de vin :

— Je ne sais pas pourquoi je vous dis tout cela. Oui, vous êtes commissaire de police et vous m'interrogez, mais il y a manière et manière de répondre. Vous me comprenez ?

— Oui.

— Avec vous, je sens que je peux parler, vous dire des choses que je n'aurais jamais dites à votre chef, par exemple.

— Merci.

— Depuis ma jeunesse, j'ai eu de sérieuses difficultés avec les femmes.

— Nous en avons tous eu, plus ou moins.

— Je veux dire que j'ai toujours été anxieux, agité, je n'ai presque jamais réussi à me détendre, à éprouver ce qu'un homme devrait éprouver, et alors tout m'a semblé aller de travers avec, en moi, une amertume, une angoisse que je ne saurais vous décrire. Sauf lorsque…

— Sauf lorsque ?

— Après des mois de solitude, je payais une femme des rues qui n'avait aucune importance pour moi et alors j'étais suffisamment viril avec elle, mais ensuite, je ressentais le malaise, le dégoût de celui qui a fait quelque chose de laid. Je me promettais de ne plus céder.

— Avez-vous jamais consulté un médecin ?

— Quelquefois. Toujours le même diagnostic : une forme de névrose. Si je tombais sur la femme qu'il me fallait, peut-être serais-je guéri.

— Anna n'était-elle pas cette femme ?

— C'était une vraie femme, avec des désirs, des impulsions, des impatiences de femme normale. C'était… c'était…

Il ne trouvait pas les mots exacts.

— La femme que vous aimiez, dit Ambrosio.

Orlandini sourit :

— Chère Anna.

— L'homme qui est allé lui rendre visite à la clinique avant Noël, c'était vous, non ?

— Oui. Anna ne cessait de pleurer parce qu'elle était persuadée qu'elle allait mourir, même si les médecins l'avaient rassurée. Elle disait qu'ils mentaient et elle voulait voir sa fille, lui parler, lui dire qu'elle ne l'avait jamais oubliée, qu'elle s'était sacrifiée pour qu'elle ait tout ce qu'une jeune fille peut désirer et qu'elle n'était pas en mesure de lui donner.

— Duilio s'est marié ?

— Oui, avec une femme bien, assez riche ; il lui avait raconté qu'il avait eu Paola à la suite d'une relation avec une demi-folle qui avait disparu de la circulation, qui était partie à l'étranger avec quelqu'un, une malheureuse. Comment l'ai-je su ? Grâce aux questions que m'a posées, un jour, Mme Cesnik et auxquelles je me suis bien gardé de répondre.

— Et l'enfant ?

— Au début elle croyait que sa vraie mère était la femme de Duilio, et puis ils lui ont dit qu'en réalité c'était sa seconde épouse ; le père était resté veuf, sa mère étant morte en lui donnant le jour. C'est ce que me racontait Anna, dans ses moments d'amertume qui n'étaient pas rares.

— Et Anna a téléphoné à sa fille ?

— Deux jours avant l'intervention. Elle a adjuré sa fille de venir la voir mais celle-ci ne voulait pas, elle disait qu'elle ne la connaissait pas, que rien de tout cela n'était vrai, que sa vraie mère était morte. Puis elle s'est rendu compte que la femme qui lui parlait était sincère, que tout pouvait être vrai. Alors elle lui a demandé des détails, et Anna a parlé, parlé avec elle pendant une heure…

— Et ensuite ?

— Paola a promis qu'elle viendrait la voir le lendemain.

— Elle est venue ?

— Non. Elle doit avoir eu une conversation orageuse avec son père, qui l'a convaincue que sa mère était vivante, mais que c'était une malade nerveuse, une mythomane incapable d'élever une fille, une exaltée, une faible, une espèce de nymphomane qui avait mené une vie indigne. C'est pourquoi il avait été forcé de lui retirer sa fille et de refaire sa vie. En somme un tas de calomnies.

— Anna a rappelé Paola ?

— Bien sûr, mais elle ne l'a pas trouvée. Son père l'avait persuadée de quitter Milan, d'aller à la montagne. Quand Anna est sortie de la clinique et après les résultats rassurants des examens histologiques — en fait il s'agissait d'un fibrome — elle a réalisé qu'elle avait rompu un équilibre, qu'elle n'avait pas respecté les accords...

— Duilio continuait à l'entretenir ?

— Dans les derniers temps, il lui donnait trois ou quatre millions par an.

— C'est lui qui a payé la clinique ?

— En partie. Il lui avait envoyé de l'argent justement pour qu'elle ne fasse pas d'histoires. Avant de téléphoner à sa fille, elle avait parlé avec lui et ils s'étaient vus, je crois, quelques jours avant qu'elle ne soit hospitalisée. Elle était certaine de mourir bientôt.

— Comment est arrivé l'accident ? Vous le savez ?

— Les choses ont dû se passer comme ça : quand Anna est rentrée chez elle, bien qu'elle ait été rassurée sur sa santé, elle a insisté auprès de Duilio pour voir Paola. Elle aurait accepté un compromis : il suffisait que Paola comprenne qu'elle ne l'avait pas abandonnée par égoïsme, mais qu'elle l'avait fait pour son bien, pour son avenir. Bref, elle ne voulait pas que Paola la méprise.

— Et alors ?

— Alors elle a supplié Duilio de préparer une rencontre, d'être raisonnable...

— Mais si Duilio avait dit la vérité, il aurait perdu la face vis-à-vis de sa fille, en passant à ses yeux pour un homme cruel et sans scrupules.

— En effet, Paola aurait appris alors l'amère vérité, quel homme était son père. C'est pour ça que, le jour de l'Épiphanie, Duilio a répondu à une nouvelle demande d'Anna. Il lui a dit qu'ils allaient se rencontrer pour reparler de tout cela. Son idée était de la convaincre de laisser tomber pour le bien de sa fille et pour sa tranquillité. Paola avait épousé le fils d'un homme important et lui, Cesnik, lui avait donné les capitaux pour monter une petite entreprise. Avec l'aide, aussi, du beau-père de Paola, l'affaire promettait. Et alors ? Elle voulait un scandale ? Elle voulait détruire aussi la vie de sa fille ?

— Et ils se sont rencontrés.

— Piazza Piola. Duilio m'a dit tout cela quand il est venu me voir via Watt, samedi matin. Il conduisait une 132 blanche, son frère était assis derrière, Anna devant. Il a cherché à la persuader et il pensait avoir réussi, mais à un moment, Anna a eu une crise de nerfs. Peut-être affaiblie par sa convalescence, peut-être à cause d'un commentaire de Libero, qui lui aurait dit : « Tu as toujours été à moitié putain. » Le fait est qu'elle a commencé à hurler que peu lui importait le scandale, que s'ils ne lui laissaient pas voir Paola de leur plein gré, elle les ruinerait en racontant à qui de droit ce qu'ils avaient fait à Trieste. Selon la version de Duilio, son frère saisi par la colère a sorti son pistolet, Duilio a pris Anna par le bras pour la calmer, mais elle s'est jetée sur lui, tout cela pendant que la voiture roulait dans le brouillard, à faible allure. Si ça n'avait pas été le cas, ils auraient fini contre un tram sur les boulevards de ceinture. Libero, probablement effrayé par le coup de frein brusque, énervé par les hurlements d'Anna, l'a frappée avec violence à la nuque. Il n'y avait personne sur ce bout de route, le brouillard était dense. Elle semblait morte. Ils ont décidé de l'amener près de la via Catalani et de la laisser sur le bord du trottoir.

— Je comprends : ils freinent brusquement, ouvrent la portière et la poussent dehors, le brouillard empêche de voir à deux mètres de distance. Tout le monde croirait à un accident.

— Exactement.

— Et si Anna n'était pas morte ?

— Elle n'aurait pas parlé. Je suis sûr qu'ils se seraient employés à la rendre muette. À ce stade, ils auraient impliqué Paola, pour pouvoir se tirer d'affaire, ils l'auraient fait chanter. Ou peut-être aurait-il suffi qu'ils disent que c'était la brutalité du coup de frein qui avait provoqué le choc avec Libero…

— C'est Duilio qui a envoyé l'argent pour l'enterrement ?

— Je crois que oui.

— Comment ont-ils appris qu'Anna était morte avant que la nouvelle ne soit publiée dans les journaux ?

— Le soir même, ils ont téléphoné aux hôpitaux

en feignant d'être inquiets à cause d'une dame qui n'était pas rentrée chez elle. Ils ont donné un nom quelconque. À l'hôpital principal on leur a répondu qu'une dame qui s'appelait Anna, mais pas Rossi ou Bianchi, avait été admise à la suite d'un accident de la circulation. Elle s'appelait Kodra et elle était morte.

— Pourquoi Duilio vous a-t-il donné tous ces détails, selon vous ?

— Peut-être pour me démontrer que, en réalité, il s'agissait d'un accident : si Anna n'avait pas été prise d'une crise de nerfs, si Libero n'avait pas pris peur et n'était pas le névrosé qu'il est, eh bien, il ne se serait rien passé du tout. Il m'a dit qu'il était très triste, qu'il avait aimé Anna. Rentré à la maison il n'avait pu résister, il voulait savoir comment elle allait, naturellement sans se compromettre, c'est pourquoi il avait téléphoné aux hôpitaux. Si ce crétin des urgences n'était pas tombé dans le piège, il y aurait été en personne...

— Peut-être pour l'étrangler.

— Je ne sais pas. Quand il me parlait, je le croyais presque. Duilio sait être convaincant.

Orlandini avait fini son poulet et Ambrosio ses œufs et sa salade. Il commanda une autre bouteille de vin, même pinot, même année.

— Que savez-vous de Daniele Corradi ?

— Tout compte fait, un brave homme obsédé par les femmes. J'avais mis Anna en garde, quand elle a commencé à le fréquenter. Tout était fini entre elle et moi, en admettant qu'une véritable relation ait jamais commencé. De toute manière, Anna avait toujours été libre d'aller avec qui elle voulait...

— Même au début de votre histoire ?

— Je tenais pour acquis qu'elle avait des rapports épisodiques avec Duilio.

— Et elle en avait ?

— Au début oui, mais après je crois qu'elle sortait de temps en temps avec un collègue plus jeune qu'elle. C'était l'époque où elle enseignait l'allemand dans une école privée.

— A-t-elle été amoureuse de vous ?

— Je crois que oui, parce qu'elle a eu de la patience et de la tendresse à mon égard. Elle ne m'a jamais rien dit qui puisse me blesser ou m'humilier.

Il s'interrompit et lui demanda une cigarette :

— Je vous prends pour un confesseur.

Il sourit, il était pâle et paraissait son âge. Ambrosio dit :

— Peut-être parce que vous sentez que je suis un ami.

Et deux vers lui vinrent à l'esprit : *Les yeux d'une morte / m'ont salué...* et il eut la vision d'Orlandini, livide, déjà dans un cercueil.

— Peut-être, admit Orlandini, ou peut-être parce que j'ai bu.

— Vous me parliez de Corradi...

— Corradi était quelqu'un de vaniteux, de superficiel. Mais généreux, et probablement très capable sur le plan, disons, amoureux.

— Probablement ?

— Anna ne me parlait pas de leurs rapports. Leur liaison a duré plusieurs années et a été tumultueuse.

— Je sais.
— Avec qui en avez-vous parlé ?
— Avec l'épouse de Corradi.
— La pauvre femme.
— Comment avez-vous appris le crime ?
Ce matin en lisant le journal : le gardien était allé s'acheter la *Gazetta dello Sport* et je lui avais dit de me prendre aussi *La Notte*. Je me suis senti perdu. J'ai pensé : ils vont aussi m'éliminer. Ils craignent qu'un jour ou l'autre, je ne m'effondre et que je ne raconte tout ce que je sais. J'ai attendu que le gardien sorte pour mettre des caisses dans un hangar et j'ai téléphoné à Paola.
— Vous la connaissiez ?
— Nous nous sommes vus quelquefois à propos des tableaux que son père m'achetait. Quand elle s'est mariée, il lui a offert une vue de Rovetta d'Arturo Tosi, plutôt bien. C'est moi qui la lui ai procurée.
— Que vouliez-vous lui dire ?
— Que j'avais besoin de lui parler, qu'elle vienne via Watt, pour une question vitale. Je savais que c'était risqué, que peut-être il valait mieux faire le mort, attendre les événements, donner, si possible, aux Cesnik la certitude que je n'ouvrirais jamais la bouche. Mais la peur m'empêchait d'être prudent. Je devais bouger, faire tout de suite quelque chose pour essayer de me sauver : j'ai décidé de l'impliquer pour que son père, sachant qu'elle savait, me laisse en paix.
— Vous lui auriez parlé d'Anna, de vous, de Corradi ?

— Je ne sais pas. J'aurais improvisé. L'important était que quelqu'un qui était cher à Duilio me serve…

— D'otage, disons.

— C'est le mot exact. Je crois bien avoir raisonné comme ça. Mais Paola n'était pas là. C'est le concierge que j'ai eu, je lui ai laissé le numéro, j'étais désespéré, je sentais qu'elle ne m'appellerait jamais.

— Ce concierge c'était moi, dit Ambrosio, et Orlandini avala de travers le dernier verre de pinot gris.

— Les voies du Seigneur sont impénétrables, conclut Ambrosio en faisant signe à l'aubergiste qu'il voulait l'addition.

En voiture, ils restèrent silencieux un moment. Ils remontèrent le Naviglio et arrivèrent à la Darsena. Sans le regarder, Ambrosio demanda :

— C'est vous qui avez envoyé cette lettre écrite en majuscules à la préfecture ?

— J'ai honte de l'avoir fait.

— Pourquoi ne m'en avez-vous pas encore parlé ?

— Quand j'ai appris pour Corradi, je me suis senti responsable de sa fin… C'est… c'est ma faute s'il est mort ainsi.

Ambrosio s'aperçut qu'Orlandini avait les yeux humides.

Il lui dit :

— Savez-vous que si vous ne l'aviez pas envoyée, cette lettre, je l'aurais écrite moi-même ?

— Et pourquoi donc ?

— Parce qu'en interrogeant Corradi j'avais eu l'intuition qu'il en savait beaucoup plus qu'il ne m'en avait dit. Je lui aurais montré la fausse lettre et j'étais convaincu qu'il aurait parlé. Un prétexte pour l'accabler de questions, pour l'effrayer. Vous aussi, vous êtes sûr que Corradi était au courant de Duilio, d'Anna, de Paola, de Trieste ? Ou qu'il était de toute manière en mesure d'imaginer le mobile de l'assassinat de son ex-maîtresse, même s'il n'avait pas été prémédité. Non ?

— Corradi savait beaucoup de choses et je crois qu'il a soupçonné le pire quand vous l'avez interrogé.

— Pourquoi l'ont-ils tué ?

— Peut-être s'est-il rebellé.

— Contre quoi ?

— Il n'aura pas fait comme moi, j'ai été raisonnable. Mais je suis un lâche. Ce vendredi, quand Duilio m'a suggéré, pour mon bien, d'aller via Watt, je lui ai dit au téléphone : tu ne pourras pas cacher tous les amis d'Anna ; que feras-tu de Corradi, par exemple ? Mais en vérité, ce n'était pas tant pour argumenter que je parlais comme ça que pour impliquer Corradi. Comme je savais qu'il avait un caractère impulsif, je comptais sur sa réaction pour me sauver. Et, le samedi, quand Duilio est venu via Watt, il m'a dit avoir cherché Corradi sans l'avoir trouvé.

— Ils l'ont trouvé hier matin.

Ils passèrent devant l'église de Sant'Eustorgio, avec ses arbres qui auraient plu à Utrillo. Il se souvint : lui vêtu de gris, Francesca en tailleur, le portail roman, les collègues, les amies de la mariée qui jetaient des poignées de riz.

— Est-il possible que Duilio ait suivi l'enterrement d'Anna, en voiture ? Étrange association d'idées.

— Duilio n'est pas un type romantique.

— Et pourtant j'ai vu sa Jaguar, pas longtemps, mais je l'ai vue.

— Vous en êtes vraiment sûr ?

— Oui.

— Peut-être ne suivait-il pas l'enterrement.

— Qui, alors ?

— Quelqu'un.

— Quelqu'un qui suivait, lui, le cortège ?

— Peut-être.

— Et Corradi, selon vous, était du genre à accompagner le cercueil d'Anna à Musocco, malgré les voitures de police ?

— Je crois que oui.

— Autre chose : d'après vous, est-il possible qu'Anna et lui soient allés dîner dans l'un des restaurants des Cesnik ?

— Quand ?

— Quand ils étaient ensemble.

— Je ne pense pas.

— Pourquoi ?

— Corradi était jaloux du passé d'Anna, je crois qu'il haïssait tout ce qui rappelait Trieste. Je sais qu'Anna ne pouvait porter sa fourrure de castor parce qu'il savait qu'elle lui avait été achetée par Duilio, et une fois elle m'a raconté que Corradi avait jeté par la fenêtre d'un train une montre qu'il croyait être un cadeau de son ancien ami. En réalité c'était moi qui la lui avais offerte pour son anniversaire.

Il sourit et ajouta :

— Tous les ans, le quatre mars, je lui faisais un cadeau. De petites choses. L'année dernière, une coupe de fruits de Bassano avec des cédrats et des citrons en céramique. Non, il ne serait jamais allé dans un restaurant des Cesnik, il en aurait perdu l'appétit.

— Pourtant, dans ses papiers, j'ai trouvé l'addition d'une pizzeria qui a appartenu un temps à Duilio. Pourquoi l'avait-il ? Et pourquoi la conservait-il ?

— Pourquoi garde-t-on les notes des restaurants ? Pour le remboursement des frais ou parce que l'adresse et le numéro de téléphone vous intéressent ou encore parce qu'on a oublié de la jeter. Je ne sais pas, peut-être représentait-elle pour lui un souvenir, un pense-bête…

— Anna était curieuse ?

— Très, si par curiosité vous entendez attention aux choses, aux personnes. Curieuse avec intelligence. Elle était fine mais vulnérable.

— Que voulez-vous dire ?

— Selon moi, celui qui est fin recèle en lui, justement pour cette raison, une certaine dose de scepticisme, qui le protège contre les désillusions. On est fin et par conséquent préparé au pire. Elle, non. Malgré ses malheurs, elle était terriblement désarmée. Mais cela n'a rien à voir avec cette addition.

— Si. Parce qu'il se pourrait qu'Anna ait choisi

par curiosité ce restaurant qui appartenait à Duilio sans le dire à Corradi. C'est une hypothèse.

— Elle est importante cette note ?

— Elle m'a permis de remonter jusqu'aux Cesnik. Sans ce bout de papier, nous en serions encore aux conjectures et vous seriez encore via Watt. À propos, après le coup de téléphone à Paola, vous n'avez pas pensé à vous échapper ?

— Bien sûr que j'y ai pensé, mais j'avais peur de ce fou, un ancien lutteur à moitié fêlé, tout dévoué aux Cesnik.

— Qui croyait-il que j'étais ?

— Un membre de l'autre bande.

— Quelle bande ?

— Je dis ça comme ça, je ne suis pas sûr qu'il s'agisse d'une bande. Mais je sais que les Cesnik ont toujours marché sur les plates-bandes de quelqu'un, et, pour cette raison, ils redoutent des représailles et du chantage. Quand elle était à la clinique, Anna m'a dit que Duilio avait à l'œil un type qui, semblait-il, voulait le coincer pour exportation de capitaux à Lugano. Il s'était plaint à elle qu'on avait essayé de forcer un coffre-fort au bureau.

— Le concierge de l'immeuble où habitent les Cesnik est un de leurs hommes ?

— Je ne le connais pas. Il est probable qu'ils le paient pour qu'il se taise, qu'il leur rende de petits services, et répande les rumeurs qui les arrangent.

— Je me demande comment il se fait que Duilio se soit précipité via Watt deux heures après que je suis allé piazza Giovane Italia. Ce matin, la domestique m'a dit que les frères étaient en Suisse.

— Vous avez parlé au concierge ?

— Oui, et pendant que j'étais dans l'appartement des Cesnik, la domestique a dit à quelqu'un qui téléphonait juste à ce moment-là, que j'avais demandé Duilio en prétendant être un assureur.

— Qu'est-il arrivé après ?

— Elle m'a jeté dehors, sur l'ordre de celui qui téléphonait.

— Duilio...

— Qui aura immédiatement demandé au concierge de relever le numéro de ma plaque d'immatriculation. Mais je suis allé à pied à la gare du Nord.

— Alors, il vous aura suivi.

— Je ne m'en suis pas aperçu. Le concierge savait que j'étais un policier, je lui avais montré ma carte.

— Et pourquoi le lui avez-vous dit ?

— C'est un Sicilien : s'il ne m'avait pas craint, je n'aurais pas pu monter à l'appartement.

— Alors il se sera bien gardé de le lui dire, à Duilio. Il aura fait l'imbécile : un assureur est venu, M. Cesnik, aura-t-il dit, il m'a juré que c'était d'accord avec vous, etc.

— Donc il m'a suivi et est resté en contact avec les Cesnik, qui sont revenus à Milan, persuadés que le péril majeur ne venait pas de la police, qui ne pouvait pas encore connaître le lien entre Anna et Corradi, mais de ce fouineur qui avait abusé de la bonne foi du concierge et de la domestique et qui était sur le point de s'introduire dans leur repaire de la via Watt, dans leurs secrets, dans le magasin des embrouilles. Oui, il y a une certaine logique.

Ils arrivèrent dans la cour de la préfecture.

Ambrosio descendit de la voiture, fit le tour de la Golf et ouvrit la portière : Orlandini resta assis, ses mains tremblantes sur les genoux, le front trempé de sueur.

— Je ne me sens pas bien, je suis mal… J'ai peur…

— Faites-moi confiance. Vous resterez dans mon bureau. Vous ne rencontrerez pas Duilio Cesnik, je ne lui rapporterai rien de ce que vous m'avez dit. Je ferai un rapport, mais il sera réservé au procureur et au chef de la Mobile. Il ne vous arrivera rien. Vous me croyez ?

— Oui, répondit Orlandini.

— Il neige, dit Ambrosio.

Ils montèrent ensemble l'escalier jusqu'au premier étage.

Dans les bureaux c'était l'atmosphère des grands jours. Tout le monde paraissait saisi d'une sorte de frénésie contenue mais prête à exploser. Micciché et Onofrio surgirent d'une porte et faillirent le renverser.

— Où diable courez-vous ? demanda Ambrosio.

Il avait laissé Orlandini dans son bureau en compagnie d'un agent.

— Vous ne savez pas ? Le frère du Slave s'est tué.

— Quand ?

— Il y a une heure, sur le périphérique est.

— Tué ? Comment ?

— Une patrouille l'avait signalé à la centrale alors qu'il se dirigeait au volant d'une Jaguar vers l'aéroport. L'alarme a été donnée et on l'a poursuivi. Il doit avoir perdu la tête parce qu'il a tiré sur un agent de la police de la route qui était sur le point de le rattraper en moto. Alors, un de la 113 lui a envoyé une rafale dans les roues. Il a perdu le contrôle de sa voiture qui après un zigzag terrible, s'est précipitée sur le rail et s'est littéralement enroulée autour. Il est mort sur le coup.

— Où est Cesnik ?

— Dans la tanière de Massagrande. Ils sont trois à l'interroger. Au début il ne disait rien, il voulait son avocat. Ils l'attendaient. Après avoir appris la mort de son frère, il s'est tassé sur son siège, une main sur les yeux, et maintenant il parle, il semble que plus rien n'ait d'importance pour lui.

— Ils étaient inséparables.

Il appela le chef de la Mobile de la salle des agents.

— J'arrive, dit Massagrande.

Il sortit dans le couloir : le chef avait un air absorbé, il le prit par le bras (celui qui n'était pas blessé) et le conduisit dans un petit bureau plein de classeurs métalliques, obscur comme un placard. Il alluma la lumière, ferma la porte. Il y avait une table et une chaise. Il lui fit signe de s'asseoir. Massagrande s'assit sur le coin de la table. Il devait toujours dominer quelqu'un. Ambrosio dit :

— Chef, asseyez-vous sur la chaise.

Et se leva. Mais l'autre ne voulut rien savoir, il posa sa main sur son épaule (celle qui n'était pas blessée) :

— Vous en avez fait plus que moi, vous êtes épuisé.

Et puis :

— Vous avez appris pour le frère de Cesnik ? Oui ? Bien. Racontez-moi ce que vous a dit Orlandini. Tranquillement, Ambrosio, tranquillement.

Il lui raconta tout par le menu.

— Ça colle, commenta enfin le chef, se levant du coin de table.

Ambrosio se leva également.

— Soyez sage et rasseyez-vous : maintenant je vais vous raconter ce que nous a dit Cesnik. Au début rien du tout. Il faisait le malin, il voulait son avocat, il avait cru être victime d'une canaille qui, avec d'autres salopards, voulait organiser un vol dans ses entrepôts. Il avait pensé que cette crapule c'était vous, Ambrosio, et que vous étiez allé chez lui et via Watt pour lui prendre des documents sans lesquels il n'aurait pas pu dédouaner de la marchandise ; après quoi, il aurait dû négocier avec ces voleurs. Cela lui est déjà arrivé. Pourquoi n'avait-il pas dénoncé la chose à la police ? La police, m'a-t-il dit, est trop occupée avec les enlèvements, les manifestations de rue, les vols à main armée, les viols, les foires, il se rendait compte, raisonnable comme il est, qu'il ne pouvait pas nous déranger, même s'il paie ses impôts, y compris la TVA, l'Ilor, l'Irpef, voir encadré A et encadré C, il riait, il parlait comme un conseiller fiscal. Une vraie comédie. Au point que je comptais sur ce que vous auriez tiré d'Orlandini pour essayer, plus tard, de le mettre dedans. Jusqu'à ce qu'arrive la nouvelle de la mort de son frère.

— Et alors ?

— Il n'y croyait pas. Il croyait que c'était un de

nos trucs pour le faire parler. Je lui ai dit que nous allions aller ensemble sur les lieux. Il a refusé et a demandé quelque chose à boire. Et puis il a commencé à répondre à toutes mes questions : sur Anna Kodra, il a dit la même chose que ce que vous a rapporté le professeur. Son frère ne voulait pas la tuer. Seulement il perdait facilement la tête, il réagissait aux dangers avec excès, il se laissait emporter par la colère. Quand ils ont laissé Anna sur le trottoir, il voulait faire marche arrière et rouler sur elle pour rendre plus vraisemblable l'accident. Lui l'en aurait dissuadé, et juste à ce moment-là un passant est apparu, c'est pourquoi ils se sont enfuis vers Loreto.

— S'ils l'avaient fait, nous n'aurions pas eu de doutes : à coup sûr tuée à la suite d'un accident de la circulation. Nous n'aurions pas fait d'enquête...

— Oui. Et Corradi serait encore vivant.

— Pourquoi l'ont-ils tué ?

— Tout comme ils avaient téléphoné à Orlandini, ils se sont mis en contact avec Corradi, qui avait côtoyé Anna pendant des années. Ils l'ont attrapé dimanche après-midi chez lui. Vous, Ambrosio, vous l'aviez déjà interrogé. Duilio Cesnik lui a dit de ne pas citer de noms, de garder le silence sur le fait qu'Anna connaissait les Cesnik, qu'ils ne voulaient pas avoir affaire à la police, qu'ils avaient déjà trop de problèmes. C'était un accident, et c'est tout. Oui, mais la police est déjà venue me trouver, lui a dit Corradi, il y a un commissaire qui a des soupçons. Et il a demandé : c'est vous qui avez fait le coup ? C'est cette phrase qui l'a perdu. Les Cesnik ont compris que Corradi parlerait, si la police insistait. Entre parenthèses, il est resté vague avec vous, parce que, n'étant pas sûr de la responsabilité des Cesnik, il ne voulait pas les impliquer, mais en même temps il en avait dit suffisamment pour ne pas les couvrir totalement. À y bien réfléchir, il a été évasif mais pas menteur. Pas vrai, Ambrosio ? Ce n'était pas un faible comme Orlandini…

— Qui est moins faible qu'il ne le paraît.

— Duilio a demandé à Corradi s'il irait à l'enterrement d'Anna. L'autre a répondu qu'il aimerait bien y aller. Et Duilio : et si les flics te voient ? Ça m'est égal, tout le monde sait qu'on a été ensemble pendant des années. Ils lui ont retéléphoné hier matin, tôt, avant qu'il n'aille au bureau, en lui ordonnant de ne pas faire d'histoires, d'aller travailler comme d'habitude, d'oublier l'enterrement. Lui, il est sorti de chez lui, il a pris sa voiture et s'est dirigé vers le centre. Tout va bien, ont pensé les frères Cesnik, qui le suivaient…

— En Jaguar ?

— Oui, une XJ 5,3, une merveille. Peu leur importait qu'il les voie. Tout d'un coup Corradi a dû avoir un sursaut d'orgueil, voire un moment de rébellion ou de tendresse pour son ancienne maîtresse, et au lieu d'aller au bureau, il s'est dirigé vers le cimetière à vive allure. Il a rejoint, talonné par la Jaguar, le piazzale Firenze, a emprunté le viale Certosa, il a certainement vu notre petit cortège et l'a suivi, mais peu de temps. Peut-être a-t-il changé d'idée, à la pensée de la Jaguar qui était à ses trousses ou parce que le corbillard était accompagné de policiers et de journalistes. Toujours est-il qu'à un certain moment il a changé de direction et a signé alors sa condamnation.

— Il aurait mieux fait de venir au cimetière.

— Il y est arrivé de toute manière, commenta, macabre, Massagrande. Le frère de notre Duilio l'a tué. Écoutez sa version : à un feu rouge la Jaguar s'est approchée de l'Alfetta de Corradi, Libero est descendu et est monté dans la voiture de Corradi. Il n'a pas pris de gants, ce n'est pas un diplomate, il lui a mis le pistolet dans les côtes et l'a obligé à se diriger vers la banlieue est, à Segrate, à l'endroit du pylône de Feltrinelli [1]. Là, les deux voitures arrêtées au bord d'un canal, ils ont eu une grande discussion ; à un certain moment, Corradi, qui ne se rendait sans doute pas compte du risque qu'il courait avec un paranoïaque de cet acabit, a donné une gifle à Libero, et s'est remis au volant de sa voiture. Sur quoi le frère s'est précipité sur lui et lui a troué la poitrine d'un coup de pistolet. Duilio dit qu'il lui a appuyé le canon du Smith & Wesson juste là sous l'aisselle droite. On fera subir le test de la paraffine aux deux Cesnik, au vivant et au mort. Je suis presque certain que Duilio ne nous a pas menti. La suite a été l'affaire de quelques minutes : pour supprimer les empreintes et

---

1. Pylône d'une ligne à haute tension alimentant Milan, au pied duquel l'éditeur Giangiacomo Feltrinelli trouva la mort le 15 mars 1972 en essayant de le faire sauter.

Après avoir rompu avec le Parti communiste et milité en faveur du tiers-monde, il avait créé les GAP (Gruppi di Azione Partigiana) clandestins dans le but de résister à un coup d'État fasciste qu'il jugeait imminent. (*N.d.T.*)

les traces, ils ont glissé des journaux enroulés dans le réservoir de l'Alfetta. Ils ont aussi répandu un peu d'essence à l'intérieur de la voiture et sur le corps du malheureux. Puis ils ont craqué une allumette et l'ont approchée des journaux glissés dans le réservoir...

— Vous parlez au pluriel.

— C'est une hypothèse, parce que le Cesnik survivant dit que c'est son frère qui a tout fait, naturellement.

— Je parie que le frère avait le port d'arme.

— Oui, et Duilio également. N'oubliez pas le beau-père de la fille, qui est député.

— *Roma docet*, dit Ambrosio.

— Mais ce sont deux permis pour des calibres plus petits, pas pour des armes genre bataille des Ardennes.

— Et maintenant ?

— Maintenant nous allons faire un beau rapport au procureur, vous me donnerez le vôtre...

— Quand ? s'alarma-t-il.

— Demain matin, mon ami. Pour l'instant, les ordres sont de faire un bon somme.

— Et Orlandini ?

— Nous allons lui dire de se tenir prêt à signer, demain également, une déposition. Mais maintenant, allez dormir, allez. Et n'oubliez pas de passer à l'infirmerie.

— Dites, chef...

— J'ai compris, venez là mais pour une minute seulement, et questionnez-le à propos de cette addition de pizzeria.

— Comment savez-vous ?

— Je n'ai pas le grade de vice-questeur pour rien.

Il sourit :

— C'est aussi une petite chose qui m'intrigue : un minuscule détail dans une histoire avec trois morts.

— Et un blessé, conclut Ambrosio, en se caressant le bras.

— Deux blessés, corrigea Massagrande. Vous oubliez le pistolero. Diagnostic réservé, commotion cérébrale. Malheureusement, sauf complications, il s'en tirera.

Le bureau de Massagrande était éclairé par deux fenêtres avec des stores : une lumière blanche, d'une douceur inhabituelle, provenait de l'extérieur. Un agent se tenait bras croisés entre les deux fenêtres, un autre était appuyé sur le bureau, un carnet en main. Cesnik, assis sur une chaise, se taisait, il tenait un verre vide dans sa main droite.

Quand ils entrèrent, personne ne bougea. Massagrande alla au bureau, s'assit, saisit des feuilles, les regarda, puis leva les yeux et, tourné vers Duilio Cesnik, dit :

— C'est notre vice-commissaire Ambrosio qui est remonté jusqu'à vous, qui a eu les premiers soupçons sur la véritable nature de l'accident qui est arrivé à Mme Kodra, qui a interrogé Orlandini et Corradi, le malheureux ingénieur Corradi. Mais ni Orlandini ni Corradi n'avaient parlé de vous ni de votre frère. Peut-être ne serions-nous pas venus à bout de cette affaire si Ambrosio n'avait trouvé dans un ancien agenda une addition vieille d'au moins dix ans, l'addition d'une pizzeria de la via Washington qui vous appartenait à tous deux. Eh bien, nous sommes tous curieux de savoir pourquoi Corradi avait gardé cette note qui nous a conduits jusqu'à vous. Vous n'avez rien à dire ?

Duilio Cesnik tourna le regard vers Ambrosio qui, entre-temps, s'était assis dans un fauteuil à côté de lui. Il ne dit rien, ses yeux semblaient de verre, il suivait des images perdues.

— Oui, dit Ambrosio à voix basse, cette note a été déterminante. De plus, si l'on veut passer inaperçu, il ne faut pas utiliser des voitures comme les Jaguar.

Il allait ajouter encore quelque chose quand l'homme dit inopinément :

— Une idée stupide, une foutue idée.

Ambrosio lui montra la vieille addition, qu'il avait conservée dans sa poche. Cesnik la prit et la regarda comme si ç'avait été un billet de banque :

— Vous voyez ce numéro ? dit-il, et il montra un chiffre en bas à gauche.

— Ce numéro, un simple numéro d'ordre, m'a donné l'idée d'une loterie : le restaurant était nouveau et ne marchait pas bien. Je voulais le lancer à tout prix puis le vendre. J'ai fait un peu de publicité, cherchez les journaux de l'époque et vous verrez : chaque samedi je tirais au sort parmi les numéros des additions de la semaine. Celui qui gagnait recevait un bon pour dix repas complets.

— C'étaient donc des notes à conserver. On repassait après quelques jours pour contrôler si, par hasard, on n'avait pas gagné les dix repas. C'est ça ?

— Oui.

— Pas mal, comme idée.

— Idiote, au contraire. Vous n'imaginez pas les problèmes que j'ai eus avec l'administration des finances, le bureau des concours et tout le reste. J'avais organisé la chose de bonne foi mais ils m'ont sauté dessus comme si j'avais dévalisé le mont-de-piété.

— Corradi, après avoir lu l'annonce, sera venu manger un jour avec quelqu'un, il aura gardé la note avec l'idée de revenir et, comme cela arrive, il aura oublié ou n'aura plus eu l'occasion de passer par là…

— Cette affaire n'a duré que quelques semaines. Étant donné que ce restaurant ne m'amenait que des déboires de toutes sortes, je l'ai transformé en laverie et je l'ai vendu.

La vérité enchantait Ambrosio : une petite loterie avec en jeu des pizzas et de la bière. À n'y pas croire ; et il avait imaginé toute une histoire d'amour dans une ambiance d'Anonimo Veneziano. Et maintenant, Cesnik, au lieu de s'inquiéter du fait que cette idée bizarre l'avait trahi, des années plus tard, aux yeux d'un policier imaginatif, se rongeait à cause de l'amende qu'il avait dû payer au bureau des concours.

— Corradi serait-il venu dans cette pizzeria avec Anna Kodra ?

— Comment pourrais-je le savoir ?

— Ils fréquentaient vos restaurants ? Je sais que vous en avez quelques-uns à Milan.

— Nous en avons eu, nous les donnions en gérance, une affaire comme une autre.

— Mais, venaient-ils ?

— Qu'est-ce que j'en sais, je n'étais jamais dans les restaurants, moi.

— Anna connaissait les restaurants qui vous appartenaient ?

— Mais qu'est-ce que c'est que ces questions ? Anna ne savait rien de mes affaires. Il se peut que, une fois, en parlant avec elle, je lui aie dit que j'étais propriétaire de la trattoria La Perdrix et pas de la pizzeria Les Moules, mais rien de plus. Je n'ai jamais rien raconté de mes affaires aux femmes. Même pas à ma femme qui, entre autres, s'y entendait en gestion parce qu'elle était fille d'un propriétaire terrien qui lui avait donné à diriger deux fermes dans la plaine de Catane quand elle était jeune.

— Pourquoi n'avez-vous pas épousé Anna ?

La question le prit par surprise. Ambrosio se sentit scruté par des yeux qui étaient devenus glacés. Massagrande s'appuya au dossier de son fauteuil comme s'il voulait se mettre plus à l'aise, et l'agent près de la fenêtre fit un pas en avant, les mains dans les poches.

— En voilà des questions, dit doucement Duilio Cesnik, puis se tournant vers Massagrande :

— Qu'est-ce que vient faire une question comme ça ?

— Elle a un rapport, répondit le chef, elle a un rapport, et comment. Nous voulons comprendre.

— Comprendre quoi ?

— Le pourquoi. Le pourquoi de ce qui s'est passé. Pourquoi l'avez-vous tuée ?

— D'abord, ce n'est pas moi qui l'ai tuée, et

ensuite personne ne voulait la tuer. Maintenant, je veux mon avocat.

— Vous ne vouliez pas qu'elle voie votre fille.

— Elle n'était pas faite pour avoir des enfants, ce n'était pas la mère qui convenait. Et même légalement, c'était seulement ma fille, sa mère était une femme qui n'existait pas officiellement. Avec Anna, Paola ne serait rien devenue. Une nullité. Quand j'étais jeune, Anna m'avait plu, mais quand on est jeune, on ne comprend pas, on manque d'expérience. Anna aimait bien les hommes, voilà tout. Pourquoi croyez-vous qu'elle ait épousé, à dix-sept ans, cet Albanais qui a disparu après en Russie ? Parce qu'à dix-sept ans, c'était déjà une femme faite, et lui n'était même pas le premier. Ma fille, à dix-sept ans, étudiait à Lausanne dans le meilleur collège de la ville, et à dix-neuf ans, elle était à Londres. Maintenant, elle parle anglais mieux qu'un lord. Je ne sais pas si je m'explique bien. Je n'ai jamais laissé Anna manquer de rien mais je voulais qu'elle n'ait aucune influence sur ma fille. Je ne pouvais pas vivre avec Anna : nous nous déchirions. J'admets ne pas avoir un caractère facile, mais elle aussi, avec sa caboche d'Istrienne, était têtue comme une mule.

— On ne le dirait pas, puisqu'elle vous a permis de garder Paola, et, à part la période où elle a cru mourir, elle est toujours restée à l'écart. Vous, Cesnik, vous détestiez Corradi ? demanda Ambrosio.

— Pourquoi l'aurais-je détesté ? Au contraire, ça me facilitait la vie : quand Anna s'amourachait de quelqu'un, elle n'avait pas de sursauts d'amour maternel. Et elle a été amoureuse de ce ballot, qui était entre autres jaloux de moi. Il lui faisait des scènes parce qu'il voulait savoir qui lui avait offert ce sac, cet anneau, ce foulard. Bêtises de lycéen. Jaloux de moi. Crétin. Si elle avait été raisonnable, elle aurait gardé le professeur, qui est un homme tranquille, avec une maison, un travail, et un petit patrimoine. Il aurait été un bon mari. Mais non : qu'est-ce que je vous disais ? C'était une femme qui aimait coucher, voilà ce qu'elle était, je regrette d'avoir à le dirc, mais la vérité doit être dite. Je ne veux pas passer pour un monstre qui a enlevé sa fille à une pauvre âme. Et maintenant, ça suffit, appelez mon avocat.

— Mais pourquoi, après l'accident, vous êtes-vous donné tant de mal, vous et votre frère, pour empêcher qu'Orlandini et Corradi ne prononcent votre nom ? Même s'ils l'avaient fait, vous pouviez dire qu'il n'y avait pas de preuves. Quelles preuves y avait-il ? Vous pouviez vous fabriquer un alibi sur mesure : un type comme Santo de la via Watt aurait juré que le soir de l'Épiphanie, vous étiez avec lui à l'entrepôt. Ce n'est pas vrai, peut-être ? Alors pourquoi ?

Perry Mason n'aurait pas été meilleur qu'Ambrosio. Massagrande le regarda avec admiration, il disait des vérités d'Évangile. Mais c'est vrai aussi que si les salauds raisonnaient, ils ne seraient pas des salauds.

Duilio Cesnik tourna deux ou trois fois la tête de droite à gauche :

— C'est en ruminant ça après coup, dit-il

doucement. Bien sûr qu'on pouvait se fabriquer des alibis en pagaille, mais pendant ce temps-là, les journaux auraient parlé de nous, raconté l'histoire de notre vie, de Trieste à Padoue et à Milan. Des choses magnifiques qui auraient rempli de fierté ma fille, son mari, le père de son mari.

— Et pourtant, maintenant les journaux en parleront.

— Parce que tout est allé de travers. Il suffisait qu'Orlandini reste tranquille une semaine et aussi ce Corradi de malheur, pour que l'affaire soit classée. Avec tous les problèmes que vous avez, vous seriez restés à enquêter sur un accident de la circulation causé par le brouillard, en pesant tous les détails sur une balance ? Jamais de la vie. C'est ce que je pensais, et pourtant…

Il se passa une main sur les yeux.

— Pauvre Libero, murmura-t-il.

Tu vas voir qu'il va pleurer, pensa Ambrosio.

— Mais celui-là découvre une vieille addition d'une pizzeria qui, chose unique au monde, messieurs, n'est pas une pizzeria normale mais une petite loterie. Incroyable, conclut Massagrande en se levant et en accompagnant Ambrosio à la porte.

— À demain, mon ami. Je m'occupe de votre Orlandini. Je le renvoie chez lui en voiture.

— Avez-vous compris pourquoi Anna n'avait pas la pension de veuve de guerre ? Ambrosio ne pouvait cesser de penser à toute l'affaire.

— Parce que les dossiers pour ces pensions sont longs à faire aboutir, même les carabiniers s'en mêlent. Il valait mieux laisser tomber : trop d'enquêtes, trop de fouineurs. Imaginez réclamer une pension après la fuite de Trieste, les faux papiers, la naissance de la fille, la vie à Milan avec Cesnik qui passait pour son mari…

Il commença à dormir dans l'ascenseur, ou au moins à fermer les yeux.

Il enleva ses vêtements, ses chaussures, ses chaussettes en trente secondes. Il abaissa les stores et se glissa dans le lit. Quelle bonne odeur, les draps ! Dieu quelle fatigue !

Avant de la poser sur la tablette, il regarda sa Rolex : cinq heures vingt-sept.

À cinq heures vingt-huit, Emanuela téléphona : elle l'avait demandé au bureau et De Luca lui avait dit que le vice-commissaire Ambrosio, en matière d'enquêtes, était un as.

— Je suis mort, dit-il.

— Je m'inquiétais. Mais dors maintenant, chéri. Je viendrai chez toi, ce soir tard, et si tu as envie de sortir, je t'inviterai à dîner, ça te va ?

Ça lui allait. Il fit un ultime effort : il se leva, alla à la salle de bains se passer sur la barbe un peu d'eau de Cologne Dunhill, se lava les dents, et débrancha le téléphone.

Rivages / noir

Dernières parutions

André Allemand
Au cœur de l'île rouge (n° 329)
Un crime en Algérie (n° 384)

Claude Amoz
L'Ancien crime (n° 321)

Cesare Battisti
Dernières cartouches (n° 354)

William Bayer
Labyrinthe de miroirs (n° 281)

Marc Behm
Crabe (n° 275)
Tout un roman ! (n° 327)

Bruce Benderson
Toxico (n° 306)

Abdel H. Benotman
Les Forcenés (n° 362)

Stéphanie Benson
Un meurtre de corbeaux (n° 326)
Le Dossier Lazare (n° 390)

Michel Boujut
Souffler n'est pas jouer (n° 349)

Daniel Brajkovic
Chiens féroces (n° 307)

Wolfgang Brenner
Welcome Ossi ! (n° 308)

Yves Buin
Kapitza (n° 320)
Borggi (n° 373)

Edward Bunker
Les Hommes de proie (n° 344)

James Lee Burke
Le Bagnard (n° 272)

Une tache sur l'éternité (n° 293)
Dans la brume électrique avec les morts confédérés (n° 314)
La Pluie de néon (n° 339)
Dixie City (n° 371)

Jean-Jacques Busino
Le Bal des capons (n° 278)
La Dette du diable (n° 311)
Le Théorème de l'autre (n° 358)

Daniel Chavarría
Adiós muchachos (n° 269)
Un thé en Amazonie (n° 302)
L'Œil de Cybèle (n° 378)

Daniel Chavarría/Justo Vasco
Boomerang (n° 322)

George Chesbro
Les Cantiques de l'Archange (n° 251)
Les Bêtes du Walhalla (n° 252)
L'Odeur froide de la pierre sacrée (n° 291)
Le Second Cavalier de l'Apocalypse (n° 336)
Le Langage des cannibales (n° 368)
Veil (n° 369)
Crying Freeman (n° 403)

Michael Collins
Rosa la Rouge (n° 267)

Robin Cook
Bombe surprise (n° 260)
Mémoire vive (n° 374)

Peter Corris
Le Grand Plongeon (n° 394)

Hélène Couturier
Sarah (n° 341)

Jean-Paul Demure
Fin de chasse (n° 289)
Les Jours défaits (n° 351)

Jean-Claude Derey
Black Cendrillon (n° 323)
Toubab or not toubab (n° 379)

Pascal Dessaint
Bouche d'ombre (n° 255)
À trop courber l'échine (n° 280)
Du bruit sous le silence (n° 312)
Une pieuvre dans la tête (n° 363)
On y va tout droit (n° 382)

James Ellroy
American Tabloid (n° 282)
Ma part d'ombre (n° 319)
Crimes en série (n° 388)

Kinky Friedman
Elvis, Jésus et Coca-Cola (n° 264)
Dieu bénisse John Wayne (n° 348)
N le Maudit (n° 385)

Barry Gifford
Rude journée pour l'Homme Léopard (n° 253)
La Légende de Marble Lesson (n° 387)

Alicia Gimenez Bartlett
Rites de mort (n° 352)

James Grady
Tonnerre (n° 254)
Steeltown (n° 353)

Russell H. Greenan
Un cœur en or massif (n° 262)

Salah Guemriche
L'Homme de la première phrase (n° 357)

Joseph Hansen
En haut des marches (n° 342)

John Harvey
Off minor (n° 261)
Les Années perdues (n° 299)
Lumière froide (n° 337)
Preuve vivante (n° 360)

Vicki Hendricks
Miami Purity (n° 304)

George V. Higgins
Paris risqués (n° 287)

Tony Hillerman
Moon (n° 292)
Un homme est tombé (n° 350)

Bill James
Retour après la nuit (n° 310)
Lolita Man (n° 355)

Thomas Kelly
Le Ventre de New York (n° 396)

William Kotzwinkle
Le Jeu des Trente (n° 301)
Book of Love (n° 332)

Terrill Lankford
Shooters (n° 372)

Michael Larsen
Incertitude (n° 397)

Dennis Lehane
Un dernier verre avant la guerre (n° 380)

Christian Lehmann
Un monde sans crime (n° 316)

Elmore Leonard
Punch Créole (n° 294)
Pronto (n° 367)
Les Chasseurs de primes (n° 391)

Bob Leuci
Odessa Beach (n° 290)

Ted Lewis
Plender (n° 258)

Jean-Patrick Manchette
La Princesse du sang (n° 324)

Dominique Manotti
À nos chevaux ! (n° 330)
Kop (n° 383)

Marc Menonville
Walkyrie vendredi (n° 250)
Dies Irae en rouge (n° 279)

Tobie Nathan
Dieu-Dope (n° 271)

Jim Nisbet
Sous le signe du rasoir (n° 273)
Prélude à un cri (n° 399)

Jack O'Connell
Porno Palace (n° 376)

Renato Olivieri
L'Affaire Kodra (n° 402)

Jean-Hugues Oppel
Ténèbre (n° 285)
Cartago (n° 346)

Abigail Padgett
Le Visage de paille (n° 265)
Oiseau de Lune (n° 334)

Hugues Pagan
Last Affair (n° 270)
L'Eau du bocal (n° 295)
Vaines Recherches (n° 338)
Dernière station avant l'autoroute (n° 356)
Tarif de groupe (n° 401)

Pierre Pelot
Natural Killer (n° 343)
Le Méchant qui danse (n° 370)

Andrea G. Pinketts
Le Sens de la formule (n° 288)

Michel Quint
Le Bélier noir (n° 263)
L'Éternité sans faute (n° 359)

Louis Sanders
Février (n° 315)
Comme des hommes (n° 366)

Budd Schulberg
Sur les quais (n° 335)

Roger Simon
La Côte perdue (n° 305)

Pierre Siniac
Le Tourbillon (n° 256)
Femmes blafardes (n° 274)
L'Orchestre d'acier (n° 303)

Luj Inferman' et La Cloducque (n° 325)
De l'horrifique chez les tarés (n° 364)
Bon cauchemar les petits... (n° 389)

Neville Smith
Gumshoe (n° 377)

Les Standiford
Johnny Deal (n° 259)
Johnny Deal dans la tourmente (n° 328)
Une rose pour Johnny Deal (n° 345)

Richard Stratton
L'Idole des camés (n° 257)

Paco Ignacio Taibo II
Pas de fin heureuse (n° 268)
Même ville sous la pluie (n° 297)
La Bicyclette de Léonard (n° 298)
Jours de combat (n° 361)

Ross Thomas
Crépuscule chez Mac (n° 276)
Traîtrise ! (n° 317)
Voodoo Ltd (n° 318)

Brian Thompson
L'Échelle des anges (n° 395)

Jim Thompson
Avant l'orage (n° 300)

Suso De Toro
Land Rover (n° 386)

Marc Villard
Cœur sombre (n° 283)
Du béton dans la tête (n° 284)
Made in Taïwan (n° 333)

Donald Westlake
Aztèques dansants (n° 266)
Kahawa (n° 277)
Faites-moi confiance (n° 309)
Trop humains (n° 340)
Histoire d'os (n° 347)
Le Couperet (n° 375)
Smoke (n° 400)

Janwillem Van De Wetering
Retour au Maine (n° 286)
Le Papou d'Amsterdam (n° 313)
Maria de Curaçao (n° 331)

Charles Willeford
Les Grands Prêtres de Californie (n° 365)
La Messe noire du frère Springer (n°392)
L'Île flottante infestée de requins (n° 393)

Colin Wilson
Le Tueur (n° 398)

Daniel Woodrell
Faites-nous la bise (n° 296)
La Fille aux cheveux rouge tomate (n° 381)

Achevé d'imprimer sur rotative
par l'Imprimerie Darantiere à Dijon-Quetigny
en mai 2001

Dépôt légal : 2e trimestre 2001
N° d'impression : 21-0628